U0516814

新婚之夜

辽京 著

中信出版集团 | 北京

图书在版编目（CIP）数据

新婚之夜 / 辽京著. -- 2版. -- 北京：中信出版
社, 2025. 4. -- ISBN 978-7-5217-7413-9

Ⅰ . I247.7

中国国家版本馆CIP数据核字第2025XN8071号

新婚之夜

著　者：辽　京

出版发行：中信出版集团股份有限公司

　　　　　（北京市朝阳区东三环北路27号嘉铭中心　邮编　100020）

承 印 者：嘉业印刷（天津）有限公司

开　本：880mm×1230mm　1/32　　印　张：10　　字　数：188千字

版　次：2025年4月第2版　　　　　印　次：2025年4月第1次印刷

书　号：ISBN 978-7-5217-7413-9

定　价：49.80元

送给陈静川小朋友，

你呼呼大睡的夜里，妈妈开始写小说。

目　录

我要告诉我妈妈

一

到最后，两室一厅的房子归李义男，银灰色高尔夫轿车和儿子李子涵的抚养权都归何雯。此前，他们已经分居半年，何雯带着子涵住娘家。家里只有母亲，女儿的婚姻问题给她带来无数的烦恼。离婚这种事，听说也是会遗传的，有些什么毁灭倾向的性格特征是写在基因里的吗？何雯想，她得上网查一查，搞清楚，然后拿给妈妈看，证明女儿的不幸，至少有一半来自妈妈的遗传，希望这能让妈妈安静一会儿。"妈，求你，别念叨了。"近半年来，这是她说得最多的一句话。

趁着李义男周末加班，何雯最后一次回家整理自己跟儿子的东西，提前打好招呼，确保不会有尴尬的会面。她收拾起换季的衣服、书、自己淘来的影碟——其实没必要，网上都找得到，但是她就是想要拿走，作为彼此切割清楚的一种姿态。她用两只蓝色的宜家大号购物袋来装东西，塞得满满的，两个肩头各挎一只。经过客厅的时候，她看见三口人的合照还摆在钢琴上。照片是前年去普吉岛出海的时候拍的，所有上船的游客都会经过一个举着相机的码头员工，下船时，相片都摆在长桌上任人挑选，抓拍得奇形怪状，大部分人都不要。李义男非要买下来，照片上的何雯刚好闭了眼睛，他觉得挺有趣的。她在钢琴前停住了脚步。

钢琴搬不走，她租的那间小屋没地方搁。子涵练琴是个问题，像他这么大的男孩，难得能坐得住，进步也很快，她不想让他放弃。她伸手把节拍器拿了下来，塞进左肩的购物袋里，然后把钥匙扔在餐桌上，台布是新的，她过去没见过，奶白色的防水布上印着粉红的小樱桃。她径直走了出去，把门关上，听见咔嚓一声上锁的声音。很快，那合影就会被收起来，丢进阴暗的角落，她想，好，这是最好的结局。

她乘电梯下楼，走向停在便道上的高尔夫，幸好没遇见邻居。车窗开着一道缝，防止独自留在车里的儿子被闷死，此刻他正眼巴巴地望着妈妈被一左一右两只巨大的购物袋夹在中间，右手还费力地举着手机。何雯把东西放进后备厢，坐进驾驶位，发动机开始运转，子涵问："我的变形金刚找到了吗？"

"找到了。"她简短地回答，一边看着后视镜开始倒车，儿子的目光撞过来，那是李义男的眼睛。

"乐高摩托车和直升机呢？"

"都装上了，放心吧。"

于是他安静下来，眼睛望着窗外。何雯又看了一眼后视镜，这回是为了儿子。见他正呆呆看着窗外，她问："你晚上想吃什么？"

"比萨。"

"现在还早。我们把东西放回家，然后就去必胜客吃比萨。"

"哪个家？姥姥家？"

"我们的新家。"她把"新"字说得格外重些。

"我不喜欢那个家。"子涵说。何雯没有回应他，她得小心开车，刚才有一辆车突然并线，她在心里暗暗骂了一句。有孩子，不能随口说脏话。

"你以后就喜欢了。"她低声说，似乎是说给自己听的。

新租的房子，位置选在单位和姥姥家之间，孩子上学也不远，公交线路多，加班的时候，可以叫姥姥过来陪孩子。她千挑万选的这个地方，价格也能接受。为了让子涵尽快接受新环境，她特意带着他去宜家挑家具。他选了跟原来的家里一模一样的儿童床、书桌和摇椅。何雯告诉他，床已经有了，新家的卧室没有那么大，书桌和椅子，你只能挑一样。

子涵不高兴，即使给他买了果汁和乳酪蛋糕，也依然沉着脸。他蜷缩着坐在购物车里，双手抱膝，一只台灯的白色灯罩横在前头，两口锅、木案板、颜色一致的盘子和碗、黑色的塑料锅铲，这些都是何雯用惯的东西。宜家的好处就是，总能不费劲地买到熟悉的物品，丢了坏了都可以重新再买，一模一样地置办出另一个家。她一点也不介意，何雯想，她才不会触景生情，睹物思人。不，那个阶段已经过去了，她希望子涵也能快点度过这个痛苦的时期。她推着沉重的购物车，排在长长的预约送货队伍末尾，看着儿子头顶的发旋，一动不动。连发旋的位置都像李义男。显然，他还没做好准备。

"我不喜欢那个家。"子涵小声说，在姥姥家过了半年多，他已经学会了不要提起爸爸，不要随便说：我想爸爸了。为这，何雯跟淑英吵过好几次。"妈，我求求你，"她控制自己的语气，不要显得太粗暴，"别跟子涵说他爸爸找小三，找后妈，这种话你不要说给孩子听！对他没好处！"

不知道为什么，明明已经三十多岁了，在外头涵养也很好，朋友都说她性格温和，好相处，偏偏在家一跟妈妈说话，就变得像个小孩子，控制不住地要发脾气。

"这是我瞎编的吗？"淑英不服气，"我一句没说错啊。当初你们俩好，我就不愿意，你非要认死理，非要跟他结婚。结果呢，我的话应没应呢？"

何雯想：你少咒我两句，我就谢天谢地。她忍着没说出口。有时候，能忍，忍住了，也是一种胜利。

现在，尘埃落定，她终于可以搬出来，重新建立自己的生活，新的家，新的平衡，只有她和儿子的小世界，她决心捍卫这里的平静和安宁。这半年多，跟淑英住在一起，日子过得磕磕碰碰，再加上离婚官司，好一场兵荒马乱。她开车拐进小区的大门，一边在路边寻找车位，一边在心里默默计算时间，把车里的东西拿上去，然后开车去最近的必胜客，吃完饭，去姥姥家。姥姥家有何雯小时候用的钢琴，往后，为了练琴，两边奔波也是少不了的。

子涵抱着他那几件最重要的玩具，双臂之间撑得满满的，跟着何雯走进电梯。在他们身后，跟着进来了另一对母子，男孩看起来比子涵大三四岁，蹬着一辆儿童自行车，挡泥板上沾满了泥土。前两天下过雨。车子的辅助轮轧过何雯的脚面，他妈妈说了三四遍，男孩才不情愿地从车座上下来，推着车站在一边。那位妈妈抱歉地对何雯笑笑说"对不起"，一边对男孩严厉地说："你跟阿姨说对不起了吗？啊？"

男孩像没听见妈妈的话，沉默不语，眼睛盯着子涵怀里抱着的变形金刚。

"没关系，没关系。"何雯说。陌生人之间，谅解是很容易的。

"你们是新搬来的？"

"上个月刚租的房子。"

电梯门开了，何雯带着子涵走出来，不忘跟那对母子说再见，对方微笑着回应。

子涵拖着步子跟在妈妈身后。等何雯开了门，把东西放在玄关的鞋架旁边，他跨过那两个蓝色的大袋子，走进狭小的客厅，坐在小小的双人沙发上，说："我想看电视。"一边说，他一边把变形金刚、直升机和摩托车在茶几上排成一列。要打仗了。

"我们要去吃饭了，比萨，说好的。"

"我想先看动画片，再去吃比萨。"

"那，妈妈已经饿了，你陪妈妈去吃，好不好？"她放软了语气，用那种哄小孩子的撒娇似的语气。两三年前，这招对他很管用，他会架不住妈妈的请求，乖乖听话。现在，他思索片刻，然后说："不好。"

好吧，何雯想，连儿子的爱也在缩水。

"快点，"她有些不耐烦，"吃完还要去姥姥家练琴，我们没时间磨蹭。"

这句话起到了相反的效果，子涵拿起一个斑马图案的抱枕，上面挂着的淘宝店的吊牌还没摘下来。粉色的纸牌上印着金闪闪的"感谢小主光临"，好像男人就不该买这些东西似的。他把脸埋进枕头，拉长了声音："我不想练琴！"

这是个死循环，何雯想，练琴，不想练琴，练琴，不想练琴……这是从三十年前就开始了的。她不想练琴，淑英逼着她非弹不可，不断地拉扯，对峙，争吵，冷战。有关钢琴的战争蔓延在她的整个童年，最终定义了她与淑英对立的母女关系。在工资那么低、钢琴那么贵的年代，有一次她愤怒地举起琴凳朝钢琴砸去，琴键合鸣，发出巨大的噪声，她恨透了这一排井然有序的黑白。而淑英呢，她不会去反省自己的教育方式，试着换种方式去接近女儿，她只是请人来修理，顺便调了调音，然后告诉何雯："你给我接着练。"

考过十级后——这是淑英给她定的目标，何雯整整十年没碰过钢琴。她不知道这算不算报复，报复至少要让对方感觉得到，可是淑英完全不在乎，逢人便说女儿考过钢琴十级，这是淑英的胜利，单亲妈妈教育孩子的胜利。钢琴十级的证书被镶进玻璃框，高高地摆在钢琴上，何雯觉得那就像块墓碑，底下埋着她的童年。

有一次，那时候她大概十五六岁，青春期，刚刚对时间的流逝有了概念，开始思考一些有关过去和未来的问题，她对淑英说："妈，我不喜欢弹钢琴，从来没喜欢过，为什么非要我练琴？"

"你喜欢有什么用？"淑英头也不抬地继续切土豆丝，菜刀密密地斫在案上，"你不喜欢也没什么用，你以为你是皇太后？"

现在，轮到她了。子涵跟妈妈不同，他是少见的能在琴凳上坐得住的男孩，四岁开始，进步飞快，六岁就拿过幼儿钢琴比赛的大奖，启蒙老师夸他很有天分，"得练下去，别耽误了"，老师对李义男夫妻这么说。现在，这担子落在何雯一个人肩上。

她深吸一口气，告诫自己不能乱发脾气，教育不包括发脾气。她平心静气地说："你现在不跟我走，晚上就没有比萨吃。"

她比出一根手指，这是计秒的意思，三秒之内，李子涵必须做出决定，是动画片，还是比萨？还有一种可能，那就是惹怒了妈妈，两样都得不到。他迅速地判断情势，然后从沙发上站了起来，顺手抓起他的大黄蜂。久别重逢，他一刻也不想放下这件玩具。

"我想吃那个带菠萝的比萨。"坐在儿童座椅里，子涵大声说，大黄蜂贴在他的胸口上。

"好，我也想吃。"

车开出去没多久，她接到淑英的电话。挂断之后，她再次从后视镜里看见了儿子的脸，皱着眉，眼睛直直地望着她。

"呃。"她不喜欢这样心虚的声音，仿佛是迟钝的思维发出了杂音。她说："子涵，姥姥包饺子了，你最喜欢姥姥的饺子了。"

"我想吃比萨！"从妈妈刚才讲电话的内容里，他已经猜出一二。

"姥姥特意给我们包的，她一个人忙了一个下午，很累的。"不自觉地，她开始重复淑英的话，甚至语气也变得像淑英，"我们不能让她白忙活，不然她就会，会很伤心。下次带你去吃比萨。"

"你总说下次！"子涵的声音已经带了哭腔，"说好了要吃菠萝比萨！"

她决定不再跟孩子讨论，沉默着转动方向盘，掉头，朝淑英家的方向驶去。子涵开始哭了，两脚用力蹬着司机的椅背，表达他的愤怒。李义男说过，等孩子大了，要换一辆空间更大的车，这样他就不用被儿子伸着腿踹来踹去。她喝道："李子涵，你别乱踢！"

他不踢了，脚松松地垂了下去，哭声更大了。她任他哭。没办法，他还没有长到够资格做决定的年纪，她想，这就是作为孩子的痛苦之处，有时候，你不得不屈服于父母，让你的自由意志在压抑中成长，直到有一天——她踩下刹车，看着前面那辆公交车的红色尾灯，直到有一天，你会发现长大也没什么用处，世界依然充满了悬而未解与无可奈何，不过是个比家庭更大一些的圈套而已。

走进淑英的家，子涵还在抽泣。何雯知道，他的委屈不光是因为比萨。她脱掉鞋子，踏进自己那双旧毛绒拖鞋，很旧了，淑英就是不肯丢，坚持让她穿着，"又没坏"，淑英说。在这个家里，只有"能用"与"不能用"。而后者几乎是不存在的——即使眼前无用，日后也保不准能派上用场。

"省吃俭用供你学琴，供你上大学呢。"好在，这些话近两年淑英不再说了，好像一口食物嚼了几十年，终于嚼没了滋味，吞进肚里。子涵是她下一口的新食物，她最喜欢的句式是："唉，你长得这么像你爸爸，抠门像不像他？你的好吃的给姥姥行不行？"前两年，子涵还小，不识闹，护食，护玩具，淑英便对女儿说："你看，小气鬼也是遗传的。"

"无所谓。"何雯冷冷地答道，"碎嘴子不要遗传就好了。"

此刻，淑英正在包最后两三个饺子，听见他们进门，子涵在哽咽，就说："子涵怎么啦？给你吃饺子！"

何雯走进客厅，拿起遥控器打开空调。淑英在厨房里说："九月了还要吹空调？"一边说，一边端着生饺子去厨房。子涵停止了哭泣，坐在妈妈身边，小声说："我想看电视。"

她在凌乱的客厅里转了一圈，没找到遥控器，最后从沙发坐垫与靠背的夹缝里摸了出来，递给子涵，看着他熟练地打开电视，调台。这半年在姥姥家住着，他最多的娱乐就是看电视。何雯闭上眼睛，让自己沉浸在欢快的卡通片里，英雄打败了坏蛋，轰隆隆地爆炸，痛快，解气。子涵看得目不转睛，淑英喊她去拿碗筷。

"好咸。"何雯说，皱着眉头去蘸醋，试图让酸味冲淡那股咸，子涵已经吃了好几个，面色如常。

"子涵，咸不咸？"

子涵摇摇头，筷子伸向下一个。

淑英咬了一口，嚼嚼，说："这肉馅前天就拌好了的，前天你说要过来吃饭，结果又变卦。我怕放坏了，昨天又加了一把盐，可能放多了。多蘸醋。"又对子涵说："你不怕咸啊？喝点汤。这孩子是不是傻的。"

子涵吃完饺子，端起桌上凉的饺子汤，汤也咸，一口气喝干，放下筷子，说："我还想看电视。"

"你该去练琴了。"何雯说，"你早点练完，我们早点回家。"

在姥姥家，子涵还算听话，不一会儿，卧室里就传出琴声，巴赫练习曲。淑英还在喝汤，真的很咸。何雯说："妈，以后东西不新鲜了就扔掉吧，不差这几个钱，非要吃，还弄得这么咸。"

"这曲子你小时候也练过，"淑英又说，"都是钱买的，干吗要扔？你说要来我才买的肉馅，都拌好了，面也和好了，又不来了。"

何雯不说话了，开始咕咚咕咚地喝汤。淑英有一种本领，旁人模仿不来，她能够把所有的日常对话都转向批判，别人永远是错的。前夫、女儿、外孙、现在的邻居、过去的同事，只要被她提到，全是失误和缺点，而她永远在承受委屈，心胸宽大地容忍了所有人的问题。

她絮絮叨叨地收拾桌子，把剩下的饺子用保鲜膜罩起来，留作明天的早饭、午饭，或许还是晚饭。何雯带着子涵搬出去，她又开始一个人过日子。何雯帮着她把碗码进厨房的水槽，顺手把灶台周围的一圈污渍擦抹干净。脚下的垃圾桶满得冒尖儿。

何雯去陪儿子练琴，淑英开始洗碗。小时候，饭后是练琴的时间，淑英从来不让何雯洗碗，要保护她的手。那些年，何雯觉得那双手都不是自己的，是钢琴的人肉配件。她在日记里狠狠发泄过这种恨，然而没多久，就发现淑英偷看自己的日记。在争吵中，淑英流畅地引用女儿的日记，这些有关内心私密的句子被掘了尸似的扬在空中。淑英从不打孩子，但在精神上，何雯挨了无数巴掌。

开车回家的路上，子涵沉默不语，何雯猜他一定没吃饱。快到家的时候，她说："咱们点个外卖的比萨好不好？带菠萝的？"

没有回应，她往后视镜里看了一眼，子涵已经歪在座椅上睡着了。下车时，她不得不把他拍醒，他揉着眼睛，一只手被妈妈牵着，迷迷糊糊地往前走。等电梯时，他说："妈妈，我渴了。"

"饺子那么咸，你也不吭声。"她按下楼层的数字，子涵长长地打了个哈欠。

"我怕姥姥不高兴。"他说，"姥姥就爱批评人，还说爸爸是坏人。"他抬头看何雯的脸色，只看见她平淡而冷硬的侧脸。

"明天你就见到爸爸了。"掏钥匙开门的时候，何雯说。屋里一片漆黑，摸到墙上的开关，按了两遍，还是黑。灯坏了，只好把厨房和卫生间的灯都打开，借着亮，在充当餐桌的折叠圆桌上找到凉水壶，给自己和子涵各倒了一大杯白开水。母子俩一口气喝干，像拼酒似的，有股子宁静中的壮烈。

"爸爸要带你去游乐场，我跟他说好了。"何雯说。

"你去吗？"小小的声音中含着一丝期望。

"我得加班。"她说，拿不准要不要跟儿子说明实情。话到嘴边，变成了"我得加班"。

"好吧。"子涵说。何雯催着他去洗漱，上床，结束了作为妈妈的一天。睡前，她给李义男发微信，确认了明天"交接"儿子的时间和地点，然后她迟疑了一会儿，告诉他子涵最近抗拒练琴，让他跟孩子说说。"他比较听你的话。"她发出这条微信，随后又撤回了。对方只是简单地回了个"好"字。睡着之前，她模糊地记着要去买根灯管，买个正规牌子的，保证安全。过去，这些事都归李义男管。

第二天早上，在停车场里，子涵见到爸爸就跑了过去，李义男站在他的新车旁边，弯下了腰。何雯想，原来他有小金库，房子归他，何雯分到一笔钱作为共同还贷的补偿，没几个月，他又换了新车。心底划过一声冷笑。车窗上贴着深色的膜，看不清里面有没有坐着别人。

在子涵跑回来拉她过去之前，她冲着父子俩的方向挥挥手，不管他们看没看见，转身钻进自己的高尔夫里。上午，她开着车闲荡，逛了两家商场，买了几件季末打折的衣服，买完又后悔，不该花这些钱。现在她只有一笔定期存款，每个月几千块钱的公务员薪水，法院判给的可怜兮兮的抚养费，面对的则是孩子从七岁到成年的教育费，简直是个无底洞。再向李义男去要？她嘴边不自觉地浮起苦笑，脸颊上的细纹加深了。她没那么大的脸。

下午，她早早地回到游乐场外的停车场，趴在方向盘上睡了一觉。现在，她只要一个人安静下来，什么也不想，随时都能睡着，好像在弥补离婚前那几个月的失眠困顿。阳光暖暖地晒着，醒来时觉得后脑勺的头发丝都在发烫，有人在敲她的车窗。

李义男把孩子送上车，对他说："下星期再见！"子涵坐好了，摇下车窗，跟爸爸道别。车子开走了，他还把手伸出去继续摇着，显得依依不舍。李义男双手插在牛仔裤的裤兜里，戴着墨镜，他身上那件翻领 polo 衫还是何雯给买的，颜色洗得黯淡了——扔掉旧感情比扔一件旧衣服还容易。何雯开着车，他的身影在左侧的后视镜里越来越小，转弯之后就看不见了。

"中午吃了菠萝比萨。"子涵说，"爸爸说我要好好练琴，过生日给我买新的变形金刚。"

"好，你要说到做到。"何雯迟疑了一会儿，终于开口问道，"今天除了你爸爸，还有别人吗？"

"没有。"子涵很快地说，"妈妈，你下礼拜不要加班了，好不好？"

何雯没有回答，子涵也不再追问，安静地听他的睡前故事。有时候，他似乎天真得什么也不懂，有时候，又世故得八面玲珑；他任性的时候，何雯常常控制不住自己的坏脾气，而他忽然懂事的时候，做母亲的又忍不住地要心疼。

"早点睡吧。"她讲到最后一页，合上书。大部分绘本都以上床睡觉为结局，小熊盖好被子，穿睡衣的熊爸爸和熊妈妈一起亲吻它，星星月亮微笑着闭上眼睛。她在儿子脸上轻轻亲了一口，床头柜上亮着新买的白布罩的台灯，她伸手转动着旋钮。漆黑中，她想起客厅的灯管还坏着，白天闲逛那么久，还是忘了买。

二

星期一早上，何雯在镜子前，把昨天买的新裙子穿了脱，脱了穿，最后还是换回平常的衬衣和长裤。她不想让同事们觉得，瞧她离了婚，灰心丧气的，所以格外用力地打扮自己。她不需要表演振作，因为从来没有失落过。单位里，某人的婚姻状况常常成为整个办公室的谈资，当面关怀得小心翼翼，背后议论得热火朝天，无论她今天是精神百倍或者颓丧萎靡，他们都有说法，她不得不容忍所有的流言。流言就像一头饿兽，当旧的猎物陈腐了，不新鲜了，自然就会转向新的目标。眼下，她只要维持原样，别人终会对她失去兴趣。

她在一楼大厅的镜子前站住，镜面周围镶着一圈乌木，听说很贵重，是辖区企业送的礼物，摆在这儿，提醒大家注意仪表。她走进来，迎面撞见一个神情黯然的女人，三十多岁，穿着平整古板的浅蓝衬衣和长裤，产后腹部的赘肉一直没能减下去，脸上的妆淡得几乎看不出来。迟到了，因为子涵赖床，发了通脾气才把他镇住，扭送到学校，还忘了给他买早饭。

她没去自己的办公室，先去找领导，跟他商量能不能提前一个小时下班，因为"要接孩子"。领导很痛快地答应了，是因为同情？也不多想，她回到办公室，开始处理休假两周积攒下来的工作，没人问起离婚官司的事，她心里一阵庆幸，同时也有点不安。屏幕上跳出新邮件提醒，打开来看，是年末文艺会演的通知。

他们一定会派出代表来试探我，她想，关掉邮件的页面，猜猜这个人会是谁？中午，她和几个同事一起去食堂吃饭，聊着无关紧要的话题：选秀节目、八卦新闻、周末的吃喝玩乐，单位里的人际琐事……直到方姐开了口。方姐是办公室里资历最老的同事。"你今年还给我们伴奏吗，何雯？"

　　她正在专心拨弄一块鱼肚子上的刺，过几秒钟才明白方姐在跟自己说话。方姐指的是系统里的文艺会演，每年都要大张旗鼓地排练合唱，别的单位从外面请专业的钢琴伴奏，他们呢，就因地制宜。何雯想，这说法真是客气，明明是因陋就简地用何雯这位业余人士去弹琴。

　　"我得接孩子。"她说。文艺会演的排练时间在下班以后，没结婚的年轻人都被抓去参加，而她呢，从前接送孩子都是老公的任务，也乐得陪他们玩玩。方姐借机问道："判给你了？"围坐的几个人都安静下来，望着她。闸门终于开启。

　　"孩子归我，车归我，房子归他。"她流利地说，把一整块鱼肉放进嘴里，等嚼完咽下去，几双眼睛还是盯着，使她觉得自己有义务再分享点什么。

　　"我租了个房子，离这儿不远。领导让我每天早走一个小时，子涵放学先去托管班，等我接他回家。"

　　何雯闹离婚，没把房子争到手，不得不带着孩子住出租屋，这几乎是个爆炸性的新闻。所有同事，尤其是女同事都站在她这一边，把李义男嚼成了骨头渣。渐渐地，这个话题开始远离何雯，更脱离了事件本身，上升到形而上的层面，爱情的、法律的、道德的、伦理的、人性的，所有的角度都被仔细地分析过一遍，最后得出结论：婚姻是一场骗局，全人类都在自欺欺人地说爱。

　　"你脾气这么好，性格这么温柔，"有一天，方姐说，"他居然会出轨。"何雯笑笑，她当然知道，自己并不是方姐眼中的那种人。多么美好的误解。

谈恋爱的时候，淑英百般不愿意，嫌李义男的父母是农村人，没有医保。"没有医保，"她把这四个字咬得很重，"你知道看病要花多少钱吗？况且，他还没有工作。"在她眼里，除非吃皇粮，否则就算没有工作。那两年，李义男在一家小公司做销售，在淑英看来，跟路边的小贩是一路人。"不一样？"淑英反问，"是不一样。还没人家挣得多呢。"

婚前，她替他辩，因为喜欢；离婚了，她还想替他辩。不是的，她在心里说，事情不是这样的。舆论倒向她，所有人都在同情她，李义男成了人人喊打的负心汉，而她则是含辛茹苦的单亲母亲。表面上看这是个很老套的故事，而真相往往比笼统的表象要曲折得多。

在她的性格里，有一种近乎病态的暴躁，或许来自淑英的遗传。打离婚官司的时候，李义男试图以此来证明她不适合带孩子，却苦于无人做证。同事、朋友、邻居，法院能够调查到的对象，人人都夸何雯性情温和，心地善良，工作收入都稳定，对孩子也能循循善诱，富有耐心，没人知道她的致命缺陷。有时候，坏情绪会像潮水一般涌上来，将她整个吞没，然后她就会失控，转眼变成暴力的化身。最严重的那次，争吵中，她吼叫着抄起一把实心榆木做的椅子砸向李义男，他闪过去，象牙色的墙皮破了一大块，剥落下来，露出灰泥的底子，就像她当年举起琴凳砸向那台黑沉沉的钢琴。四岁的子涵吓得大哭起来。

"我会尽量控制，"她不止一次地对着李义男道歉，"我真的在努力。"她去看过心理医生，学习过瑜伽和冥想，她读了一本又一本心理学的书，试图分析自己，从中找到解决的办法。有的书告诉她，暴力倾向是一种精神疾病，这让她陷入深深的自我怀疑；有的书则反过来安慰她，认为这问题多半来自原生家庭的影响，会好的，一定会好的，只要你报名作者的心理治疗课程……总是有希望，然后便是更深的失望。

不止一次，李义男对她说：如果你不能控制你的情绪、你的行为，那我们的日子怎么过下去？两个人还好，有了孩子怎么办？你想让孩子看见你这副样子吗？他说的句句在理，句句扎心。从情理上，她只能接受，而从内心里，她想反问：当初说能包容我一辈子的，又是谁呢？她问不出口，对方已经把她当成一个问题要去解决，撒娇又有何用。生活不是电视剧，不会让谁抹一把眼泪就蒙混过关。

"你得改，"李义男说，"这也是为了你好。"何雯相信这是真心话。他是那种理性的男人，爱老婆、爱儿子也是他理性的一部分，轻易不会动摇。他热心地帮何雯分析前因后果，要她遇事先冷静三分钟，学着呼吸吐纳，抑制心魔，有话好好说，他告诉她，坏脾气一定得改正，一定要改。他充满善意地步步紧逼，而她则退无可退，无处可逃，只能点头受教，就像小时候钢琴老师纠正手型那样，淑英站在旁边，老师说一句，淑英就硬邦邦地重复一句，仿佛有把看不见的铁尺敲在手背的关节上。

后来，他们有了子涵。不出李义男所料，孩子带来了新的压力，事情随之越来越坏。李义男和她讨论过无数次，他们不是那种沟通不良的夫妻，反之，他们一直在谈，甚至何雯累了，困了，想结束话题，李义男依然滔滔不绝地分析：怎么改善你的坏脾气？有无数次，何雯想对他说，"你再多忍忍，慢慢我会好的"，可是他不同意。"人得讲道理，得分清对错，"他说，"谁也不能无理取闹。"他有着清楚的理智，冷静的思考，明确的结论。"你不适合当妈。"有一次，他这么说，"你的脾气太暴躁了。"直到那天，李义男忽然学会了简明扼要，他说，雯雯，算了，我已经受够了。她从他眼里看见失望乃至绝望，早在那个女人出现之前，比那早得多的时候，她就有隐隐的预感：这婚姻恐怕要完了。

他说得对，全对。她想，所以打离婚官司时，她拼命抢抚养权，房子可以不要，别的什么都好说，她只要儿子。她知道子涵更喜欢爸爸，他总是被妈妈吓哭，双手紧紧地贴在耳朵上，睁大的眼睛里全是惊恐，那是李义男的眼睛——越是这样，她越控制不了燃烧的怒火，像业火似的扑不灭——她能接受婚姻的失败，却不肯承认为人母亲的失败。"我得当个好妈妈"，她对自己说，而李义男竟然想把儿子带走。半年多的争执与拉扯，最后，她赢了。

这些事，跟外人说不清。他们看见了一场当代常见的婚姻悲剧，像走进森林，眼前只有茫茫的绿，看不见每一片叶底的脉络，条清缕晰，是如何一点点地通向结局。当方姐言之凿凿地判定男人都是浑蛋的时候，何雯觉得，她应该为李义男分辩几句，却找不到合适的切入口，对方的结论听起来那么铿锵有力。于是，她只能说："他人倒不坏，子涵喜欢爸爸。"

"时间久了，还是喜欢妈妈。"方姐说，她不知道，即便是亲母子，时间久了，积攒下来的未必都是爱。如果没有意外，办公室的这些人，可能要跟何雯做一辈子的同事——她端着接满开水的保温杯穿过长长的走廊，跟遇上的每个人熟络地打招呼，而实际上，谁又真正地认识谁呢？也许几十年后，她去世了，老同事们围着她，和着哀乐的节奏缓缓地走完一圈，还会对子涵说：你妈妈是多好、多温柔的一个人。

也许子涵会感到无奈，又想哭又想笑，就像她现在一样，忍不住地想要嘲讽自己。

下班后她去托管班接孩子，车停在路边。托管班在离家不远的另一个小区，租着一套三室一厅的房子，客厅里摆着几张长桌，放学后无处可去的小学生挤在这儿写作业。门虚掩着，何雯进去，看见子涵和另外一个男孩坐在桌子两边，头对头地在玩打仗的游戏，橡皮是坦克，铅笔是战斗机，夹在指间，嘴里呜呜作响。托管班的阿姨把空桌子挪到一边，正在扫地。天天迟着来接，再这么下去，人家要说话了。

"我打败你了！"那个男孩说，穿着跟子涵一样的校服。

"我还有两个坦克！"子涵高高地举起两个长方块橡皮。

"坦克不会飞。"男孩冷静地说，"就是我赢了。"何雯想起来，这是那天在电梯里推自行车的孩子，是邻居。她停在门口，叫了声"子涵"。

"这是我的笔。"子涵开始整理自己的文具盒，那个男孩手里还拿着一根自动铅笔，顶上趴着一个小小的红色蜘蛛侠。

男孩握着笔，不说话。子涵又重复了一遍。扫地的阿姨抬头看看，说："小勇，不能拿别的小朋友东西啊，你妈妈来了又要说你了。"

子涵伸出手来，手心朝上，意思是要他的笔。何雯刚要开口，小勇就把铅笔竖着举到半空，手松开，笔尖直着朝下落在子涵的手心，扎得他生痛。何雯走过去催促："动作快点，我们去吃饭，然后去姥姥家练琴。"

子涵收拾好书包，母子俩往外走，遇上小勇的妈妈刚刚进门，"咦？你们也在这儿啊？真是巧。今天我来晚了。"

何雯跟她寒暄，小勇妈妈邀请他们有空来家里玩，"小孩在家没个伴，就要反天了。"她个子不高，皮肤很白，大眼睛，说话总带着笑，两个人一道带着孩子出门，何雯开车先送他们母子回家，然后带子涵去吃麦当劳，跟他商量：如果姥姥问起晚上吃了什么，你要怎么说？

"妈妈炒的菜。"子涵嘴里填满了汉堡包，说话含糊不清，一截沾着沙拉汁的生菜挂在嘴角，被他揭了下来，丢在餐盘里。

"好。"何雯吸了一口冰可乐，不是她想教孩子撒谎，就是想图个耳根清净。跟淑英在一起，所有的解释到最后都会演变成争吵。她认定了女儿是懒的，"你就不像个妈。"

她泄愤似的猛喝了一大杯冰可乐，垃圾食品，有什么关系？子涵拿到了儿童套餐送的小玩偶，塞进书包里，拉上拉锁，很满足的样子。最近子涵倒是很乖，不再说"我不想练琴"这种话，也许是怕拿不到变形金刚。在儿子面前，李义男一向说话算话。

渐渐地，何雯跟小勇妈妈熟悉起来，人家是全职太太，老公在一家外贸公司上班，听说赚得不少。周末李义男来接孩子，有时候，何雯就约着小勇妈妈去逛街吃饭，消磨一整天。那天，李义男送子涵回来，子涵下车时手里抱着一只大纸盒，上面印着大大小小五颜六色的汽车人，何雯站在路边，问李义男："不是说好了过生日再送？"

"我下个月出差。"李义男坐在驾驶位上没下来，跟儿子道完再见，便升起了车窗，脸消失在暗色的玻璃镀膜后面，他好像胖了。何雯牵着儿子的手，听他絮絮地说今天吃了什么，玩了什么。初冬，天开始变得又冷又短，夜晚包裹过来，被高楼里的一盏盏灯割破，千疮百孔的，洞穴深处闪着火光。城市里连个完整的黑夜都没有，她也走进了自己的小洞，新换的灯管非常明亮，白花花的灯下有种刺目的寂静。子涵全心全意地陪着他的变形金刚，何雯蜷在沙发里刷手机，任由那些与己无关的八卦琐事将自己深深淹没。

三

单位的文艺会演还是不肯放过她。"找不到别人弹琴呀。"方姐说,"人家都有伴奏。"何雯没搭腔。每天下班之后,一分钟也不能耽搁,赶快去接孩子。人家托管班也有下班时间的,她总是迟到,人家抱怨过几次了。然后随便吃点东西,去姥姥家练琴,练足一个小时,回家还要检查作业,签字……这个月李义男出差了,周末她也不能松一口气。

中午,领导叫她去办公室,先问了问家里的情况,有什么困难,需不需要帮忙,何雯就知道他话里有话。果然,话题绕到今年的演出上。她坦言这次确实没办法参加,每天都要提前下班,哪儿有时间排练呢?领导的意思呢,她也听明白了,是让她多少回报一下,也堵堵别人的嘴,不然天天四点钟就走,有人提意见了,领导也很为难。

幸好是吃皇粮的单位,何雯想,要是私企,像她这样,不知道被开了几回。年纪渐长,慢慢发觉淑英的很多观念也不全是错的。

她说,我想想。回到工位上,就跟方姐抱怨,这是将我一军呢,太难为人了。方姐说:"这有什么难,叫子涵来弹呀。你家宝贝弹得那么好。你早点去接他下学,到单位来排练,还省了托管班的钱。折腾不过一两个月,就完事了。领导一高兴,你爱几点走都行。"

"他哪儿行?"她嘴上这么说,心里却活动起来,省下几个钱也好，她想着。回家跟子涵商量——也算不上商量，他一向不怎么敢违抗妈妈的意思。事情定好，她先去退了两个月托管班的费用，她算了算，差不多是三个月的油钱，一边算，一边自伤自怜：离开李义男，连这点钱也要计较了。她还记着每个月去查账，看抚养费到账没有。当初不是没有赌气，想着我只要孩子，不要你的钱，后来想想，志气不能当饭吃，法律都支持，为什么不要？何况淑英还在后面拱火："你嫁他的时候，他什么也没有呢，这么容易就掰开啦？"

带子涵参加单位的排练，说起来容易，实行起来，反而更疲于奔命了。每天下午，她得从单位开车去学校，再开车回来，排练完，吃过晚饭再去姥姥家练考级的曲目，回了家才有时间陪子涵写作业，有两次母子俩一齐趴在桌子上睡着，醒来天都亮了。李义男出差回来，听子涵说了，还特意打电话来表示反对。"影响孩子学习。"他说，"雯雯，往年不都是你自己去吗？这次为什么折腾孩子？"她懒得解释，"雯雯"这个称呼也像根针似的扎得她心里一跳，毛衣里的热胳膊泛起冷冷的麻。"他自己喜欢上台。"最后她这么说，挂断了电话。

有天晚上，淑英说，我一个人做饭总是剩下，以后你带子涵来吃晚饭，别的什么也没说。回家路上，她问子涵，子涵说："我是说吃妈妈炒的菜呀，你没听见吗？"

也好，她想，垃圾食品确实不太好，最近她都胖了几斤。上周李义男看见她，没话找话说她胖了，她没接茬，心想我的胖和你的胖，可不是一回事。那女人大概很会做菜。

因为忙，小勇妈妈好久没见了，有天在电梯里碰见，她邀请子涵上家里去玩，"小勇哥哥可想你了。"他们上同一所小学，子涵二年级，小勇四年级。子涵没说话，何雯拍拍儿子的背，"阿姨跟你说话呢。"

"我不想去。"子涵说，"我才不跟他玩。"

回到家，何雯批评子涵，那样子说话很没礼貌，子涵看着妈妈的脸色，不敢顶嘴。这天单位有事，不用排练节目，又是星期五，何雯破例允许子涵不用练琴，明天再补回来。晚饭后，小勇妈妈又发微信来，叫他们过来家里，孩子们做伴，大人可以聊聊天。她带着子涵上楼，子涵还想玩变形金刚，何雯叫他带着，他有点犹豫。

"小勇哥哥拿走了怎么办？"

"不会的。"何雯说，"玩具要跟朋友分享，人家玩完了就会还给你。小气鬼可没有朋友。"

子涵抱着两个汽车人，一红一黄，把它们小心地贴在胸前。何雯敲开了门，小勇妈妈穿着一套珊瑚绒的家居服，把他们往里让。小勇正坐在地板上，目不转睛地盯着电视，两个机器人正忙着轰炸对方。

"小勇，跟阿姨打招呼呀。"小勇没有理她，依旧盯着闪动的液晶屏。子涵抱着他的宝贝走过去，又回头看看何雯，何雯鼓励他说："你去找哥哥一起玩。"

果然，变形金刚吸引了小勇的注意，小勇妈妈趁机关了电视，对何雯说："他不爱说话，在家没有伴，整天就想看动画片。"一边说，一边切了一盘哈密瓜端出来。她是西北人，水果是老家亲戚寄来的，特别甜。

客厅不大，满满的都是东西。阳台旁边的角落里，挤着一台钢琴，起初她没注意，因为那上面不光罩了一层黑色的绒布，跟周围的家具融成一体，还堆着几只收纳盒、一摞书和过期杂志，琴被埋在下面，看样子很久没人碰过了。

"小勇也学琴？"

"学过几天。"小勇妈妈说，"他不爱弹，那就算了。"语气很轻松，"你别发呆，来吃瓜呀。"

在下降的电梯里，子涵仍旧抱着他的变形金刚，只剩下一个红色的擎天柱，大黄蜂不见了。他抿着嘴，不说话，眼睛盯着变换的红色数字。刚才在小勇家里，何雯说："没关系，小勇留着玩吧。"子涵的脸就绷得紧紧的，到现在还没松弛下来。"小气鬼是不是遗传的？"淑英说过这话，她损人也是一箭双雕，何雯想着，这样不行，得让他学会分享。门开了，何雯让子涵走在前头，小小的背影显得气呼呼的，低下头站定，等着妈妈来开门。

临睡前，她挑了一本教小朋友分享食物的图画书。小花猫、小白猫、小黄猫和小黑猫分享了一条肥大的鱼，每只猫的眼睛都笑成两道细细的缝。子涵的头发还湿着，他不肯吹头发，从小就不肯，害怕吹风机的噪声。李义男说，你看，你总是乱发脾气，大声吼，把孩子都吓出毛病来了。何雯想不出话去反驳。

枕头上有些泛潮，一本书讲完，子涵的眼睛还是亮晶晶的，毫无睡意，她预备关掉台灯，忽然听见儿子说："妈妈，我想要我的大黄蜂。"

"阿姨不是说过了吗，借几天就还给你。"

"小勇哥哥抢了我的蜘蛛侠铅笔，都没有还。"

"什么时候的事？"何雯问，随后又加了一句，"算了，妈妈再给你买个新的。"

子涵不说话了，翻个身，把被子拉到肩膀上。何雯说："咱们要借小勇哥哥的钢琴，以后你每天都去他们家练琴，所以，你的玩具借给小勇哥哥玩玩，这没什么。明白吗？"

她不指望子涵理解这里头的人情逻辑，别总是一副委屈要哭的样子就行了，他没回答，只管闭上了眼睛。何雯转动着台灯开关，越来越暗，手指上沾了一层薄薄的灰——这房子的玻璃窗只有单层，楼层又低，靠着马路，灰尘不断地飘进来。黑暗中，何雯正要起身离开，子涵忽然说话了："妈妈，爸爸也能分享吗？"

"什么？"她以为孩子犯困，糊涂了，还惦记着爸爸给他买的玩具。

"会还给你的，"她轻声安慰着，"放心吧。"她走出房门，客厅里白光照耀，像个冰冷的雪洞，她想着明天要跟房东商量，请人换双层的玻璃窗，北京的空气越来越脏了。

四

周末，李义男照例来接孩子，为了透气，车窗降下一半。这回何雯看见了，他车里还坐着一个小女孩，比子涵小些，儿童座椅也备着两套。换新车原来是为了这样，她不自觉地微笑，自己并不知道那微笑其实更像个苦笑。要说现在还要吃醋，未免显得人太小气，也太不知趣了，她只是替子涵感到心疼，爸爸也要跟人家分享的。

小女孩安静地坐在座椅上，手里抱着个穿白纱裙的洋娃娃，身上套着粉色毛衣，头发盘在脑后，蓬松着，头顶堆着个硕大的粉蝴蝶结。李义男的外套就放在她身边，跟一件粉红色的小棉衣堆在一处。他下车来接人，只穿着衬衫，身上带着热风吹出来的干燥和暖意。这件衬衫是何雯没见过的。天气冷，两人快速地约定了送子涵回家的时间，来不及说别的，他就上车走了。

白天，她请了人来换窗户，临时多加了三百块钱，求人家务必当天完工，不然漏着风怎么睡觉？工头抽着烟，勉为其难地点了头。看着别人干活，时间过得最快，她披着厚毛衣在屋子里转来转去，提醒着工人搬动东西时别碰坏了家具，房东在意得很。人走后，满地都是揭下来的胶纸，拆破的纸箱，泡沫塑料的碎屑，等收拾清爽了，抬头看表，子涵要回来了，赶着穿衣服要出去接，就听见有人轻轻地敲门。李义男带着子涵站在门外，她外套还没扣好，手里拎着两个鼓鼓囊囊的垃圾袋。

他越过她肩膀，朝屋内扫了一眼，子涵拉住爸爸的手，说："爸爸，你进来呀。"他站着没动，对子涵说："爸爸要走了，下周再来。"又对何雯说："晚点我给你打电话。"她知道他车里还有个孩子，不能停留太久，也没说什么，李义男主动帮忙把垃圾带下楼。门一关就落了锁。

晚上，子涵睡了，他果然打电话来，声音压得很低，是怕别人听见吗？她拿着手机，走到窗前，新换的玻璃窗晶莹透亮，连夜晚都显得清明了许多。他说："子涵又说不想练琴，你是不是逼他逼得太紧了？"

她说："他抗拒练琴不是一天两天了。你知道这是为什么。"她指的是闹离婚那段时间，子涵忽然变得暴躁，不想上学，不想练琴，两个人都觉得，这样对孩子伤害太大了，不如速战速决。

她听见推拉门滑过轨道的声音，他走到阳台上——他们的阳台，不知道那些多肉还活着吗？"雯雯，我知道你心情不好，但孩子不是出气筒，你得掌握他的心情、他的状态……"他的话被何雯的笑声打断了，她不是想嘲讽什么，是真心觉得好笑。"他快九岁了，他什么都懂，用不着我去控制。"她说，"我心情挺好，也用不着拿谁出气。"李义男这样说话，以为她还在为离婚而伤情，真是小瞧了她。

对方沉默了一会儿，说："你最近是不是打过他？"

"没有。"

没有别的话好说，她隐隐听见，那边有声音在喊"爸爸，爸爸"，他匆忙地挂断了电话。她顺手打开窗户，让冷风吹进来，夹杂着尘灰的味道。不想练琴这种话，子涵很久没说了，他知道跟妈妈说什么也没用，爸爸才是他的朋友。她倒退两步，坐在床沿上。每天晚上，子涵上床睡了，时间终于属于自己，又空茫，又漫长，像冬天干涸了的喷泉池子，池底散落着夏日里顽童投掷的石子，是好时光已经逝去的况味。明年她都三十八岁了。

第二天，她开车送子涵去学校，快要期末考了，作业比平常多。子涵坐在车上打着哈欠。写作业，练琴……他总是睡不够。何雯问他，昨天爸爸带你去哪儿玩？他絮絮地说吃了什么，玩了什么，绝口不提那个同行的女孩。她听着，觉得儿子比她想象的更成熟，也许是自己关注得不够。虽然母子俩相依为命，她每天接送，陪着做功课，检查作业，陪他练琴，既是司机，又是保姆，儿子仍然在她察觉不到的细微之处悄悄变化着。他说着说着，到兴头处，说漏了嘴："爸爸还问我，妈妈又打你了吗？"

"那你怎么说的？"何雯从后视镜里看一眼儿子。

"我说没有啊。"短暂的安静过后，他又画蛇添足地补了一句，似乎想安慰妈妈："我跟她说，我妈妈再也不打人了。"

何雯想，这样斩钉截铁的语气，一定是对那个小姑娘说的。不知道李义男在家是如何议论自己的？母女俩拿她当个笑话听。她把高尔夫停在学校门口，从储物箱里拿出一支塑封完整的自动铅笔，小蜘蛛侠静静趴着。子涵探身接过去，小小地欢呼一声，过后又低落起来："小勇哥哥要是还给我，我就有两根了。"

她忍不住笑了，让他小心下车，看着他背着书包，一边走，一边低着头拆那铅笔的包装。小勇厉害霸道，她怎会不知道，可眼下既要借人家的光，人家妈妈也热情相待，孩子之间的小事，忍忍就算了。

现在，他们不用跑去淑英家练琴了。每天晚上，先吃了晚饭，子涵去小勇家弹琴。刚开始的时候，何雯陪了几天，人家总拿她当客人招待，沏茶、切水果，弄得她很不好意思。渐渐地，她就不去了。有一次，子涵回来，阴沉着脸，问他怎么了，半晌才说："我不想练琴了。"

又来了，她想，全世界都在给她出难题。她想着书上教的办法，深呼吸，一次不行就两次，三次，四次。不想练琴，这没什么，她告诉自己，我小时候也不想练琴。

"为什么呢？"她柔声问道。

"我弹琴的时候，小勇哥哥就玩我的大黄蜂。"他说，"我想要回来。"

"妈妈再给你买个新的，好不好？"

"那是爸爸给我买的。"他眼里蒙了泪，"是我爸爸给我买的！"每个"我"字，他都咬得很重。

"他不是你爸爸了！"这是何雯能想到的最伤人的话，一桶冰水泼过去，有什么东西在子涵的眼里熄灭了。

"他是我爸爸！"他喊道，眼泪滚下来，"是我爸爸！"

"他是人家的爸爸。"何雯说，"你的钢琴给人家弹了，你的爸爸给人家叫了，他每天送人家去上下学，你到底什么时候能明白！死心眼儿！"说完她都愣住了，这些话不像从自己的腔子里冒出来，倒像一段假编的台词，照着提词板念出来的，头顶那崭新的白炽灯亮得像舞台上的聚光灯。她慌张无措，看不清暗处的脸，只听见所有人都在起哄，喝着倒彩。

子涵哭了，眼泪漫出来。他无声地哭，从小就这样，只流泪不出声，张着嘴，睁着眼，像一出静默的悲情哑剧。何雯冷漠地看着他，此刻她不能陪着哭，不能在儿子面前塌了台。这些日子以来，她在一切人面前，都跟过去没什么两样，该说的说，该笑的笑，像拿了剧本的演员。儿子跟她共同披着一件质地虚假却彩绣辉煌的新衣，装作大家都挺好。现在，小孩子先忍不住了，要跳出圈外。"爸爸，"他一边流泪一边说，"我要爸爸，不要你！"

她木然地伸出手，给了子涵一巴掌，打在脸上，自觉这条手臂僵直得像根木棍似的，不知道他有多疼。小孩的眼泪更加汹涌了，何雯看着他，一层模糊变作了两层。他还在说，不停地说："我不要你，不要你，我爸爸从来不打我！"

过后，她不记得自己有没有再动手。早上醒来，母子俩窝在一张床上，穿的还是昨晚的衣服。子涵的头发乱蓬蓬的，泪痕已经干了，她想自己肯定也是一副狼狈样子。今天是演出的日子，练了这些天，终于要上台。她让子涵去洗澡，自己在衣柜里翻找准备好的衣服，白衬衫，黑领结，黑长裤，黑皮鞋，折叠好了装进干净袋子，预备临上台再换。子涵裹着毛巾走出来，自己找衣服穿。何雯正忙着收拾东西，一眼瞥见儿子裸露的背。他正往头上套一件印着蜘蛛侠的长袖 T 恤。

"这是什么？"她伸手按向一处红色的斑痕，子涵痛得一缩，没有说话，继续穿衣服。

昨晚的气还没消，整个早上，子涵都不肯跟妈妈说话。在一片凝固的沉默中，她发动了车子，快到学校时，又问一遍："你背上是怎么回事？"子涵下了车，重重地关上车门，边走边背上书包，小跑着奔向学校的大门。直到儿子的背影消失，她才转动方向盘，缓缓融入早高峰的滚滚车流之中。从昨晚到现在，漫长得像隔了一个世纪，她很久没有这样失控了，像宿醉似的，印象被割成零碎的片段，时间错乱，空间分裂，分不清到底是哪个家、哪个人让她如此愤怒。她只记得打了子涵一巴掌，后来呢，怎么就睡过去了？过去，李义男会立刻把孩子拉开，让他回自己房间去，告诉他，不哭，妈妈太累了，她明天就会好。明天就是今天了，过去的再也追不回来。她想，阳光照进车窗，握方向盘的手背上青筋累累，是衰老的征象——她不知道自己有没有变好，或者就像李义男说的——他用疲惫的语气说："雯雯，我看你永远也改不了。"

五

　　演出很成功，子涵穿着那身黑白的衣服，头上抹了发胶，额前的头发乖顺地拢向一边，看起来非常精神。之后的整整两周，办公室同事的话题总离不开他，念书聪明，长得帅，又会弹琴，有孩子的同事表示羡慕，尽管何雯知道，她们嘴里的"羡慕"是带着几分安慰的意思在里头，她却依然很受用。

　　那天，节目演完了，子涵走到舞台中央，像模像样地给观众鞠躬，领受喝彩与掌声。系统内部每年都组织这样的活动，领导喜欢排场，专门租了附近一所大学的礼堂，何雯就站在台侧的阶梯旁看着他弹琴。她坚信子涵与众不同，像天下所有的父母那样，以为自己的孩子最棒，这多半是一场甜蜜的误解。晚上，她带他去吃比萨，面饼上撒满菠萝，加了双份芝士，餐后的甜点是三个彩色冰激凌球。他埋头吃着，发胶还硬邦邦地固定着头发。她问："上台演出开心吗？"

　　他点点头。

　　"练琴有意思，是不是？"淑英可从来没这么循循善诱过。

　　子涵吞下一大口冰激凌。"小勇哥哥不弹琴，"他说，"他妈妈老说他。"

　　"说他什么？"

　　"我去练琴，他妈妈就说他懒，没有毅力，说他什么事都干不长，让他跟我学习。"

这些话听起来很是耳熟，活脱脱另一个淑英。看不出来呢，小勇妈妈整天笑眯眯的，何雯想。现在，儿子倒成了"别人家的孩子"，而她自己，还没从童年的阴影中走出来，好一个讽刺的轮回。

"我管不着别人，只管你。"她搅着可乐上面的鲜奶油，忽然想起一件事，"你背上的伤，是被谁弄的？"

子涵说他吃饱了，两个人便开车回家。他没有回答妈妈的问题，妈妈也不再追问。这个年纪的孩子，开始愿意保留一些秘密，何雯努力回想着自己的八九岁，蓦然发现那已经是三十年前了，许多曾经鲜明的事件被时间冲刷得只剩下破碎的画面和语音。唯一能够确定的是，她有很多事不想告诉淑英，家庭中的隔阂是用几十年筑起来的漫漫长城，拒敌烽火，千里之遥。

子涵还是要去小勇家练琴，他嘴上说不愿意去，何雯一直以为，他是要性子不想练琴，想偷懒，并没想到别的。这一天，星期六，李义男接子涵出门，带他到一家温泉度假村去过夜，第二天送他回来时，特意叫住何雯，拉她到旁边说话。

"你最近怎么样？"

"挺好。"她说，心想这算什么悄悄话，还要避着孩子。

"你又打孩子了。"

"没有。"

"他背上，胳膊上，都有伤。"

"胳膊上没有。"话一出口，她就意识到自己上当了。她抬头看他，他一点也没有开玩笑的样子，在路灯下紧皱着眉头，压力迫使她又低下头，像真的做错了什么。

"我没打他。"她想起那失控的一耳光，不知道这算不算撒谎。

"你保证过，雯雯，"他那种熟悉的教训人的口气又来了，"你说你不再打孩子。不是人人都像你这样，当妈的得有点耐心。你这脾气太不适合带孩子了。"

"我没打孩子。"她又重复了一遍，想要截住李义男的话锋，"你说这些有什么意思？儿子是跟着我过。"

"跟着谁，也是我儿子。"他声音加重了些，"判给你，那是法院的事。儿子还是我的，你要带不好，就别带了。"

是的，总有人比我懂教育孩子，她心想，冷笑冻结在喉咙里，只呼出一口深长的凉气。她说："晚上还得练琴，有事打电话吧。"

"子涵自己也有意愿。"

她本来要转身走了，被这句话又叮了一下："他刚几岁？他的意愿不算数。"

"我咨询过，抚养权是可以变更的。"他在身后说，她拉起儿子，快步向前走，子涵用力挣脱，"妈妈，我手好疼。"她不敢松开，身后一道探照灯似的亮光闪动，照得母子俩像仓皇逃狱的犯人，是李义男车上的氙气大灯。何雯以为他要追上来抢孩子，脚下更急，几乎绊上一跤，其实那辆车只是掉个头，便往反方向离开了。

进了家门，她打开客厅的大灯，让子涵脱衣服。他迟疑着脱了外套，何雯扯着毛衣领子从他头上拽出来，里面的T恤是新的，她没见过，深蓝的底子，满印着小小的黄色汽车人，再脱下来，露出上半身。她拨弄着让儿子转身，子涵大气也不敢出。灯管烧着，嗞嗞响。

背上，胳膊上，确实有两三处瘀痕，像是手指狠狠捏的。她看看自己的手掌，翻来倒去，最后轻轻按上去，看是不是相符。当然看不出来，又不是铁砂掌，淑英没打过她，她对人的手能造成什么样的伤害，心里没谱。

末了，她问："衣服是谁给你的？"

"阿姨。"子涵乖乖回答。人在光着身子的时候，气势总会低一些，小孩也不例外。

她坐在沙发上，把子涵往身前拉一拉："阿姨脾气好吗？"

子涵点点头，马上又摇摇头。"到底好不好？"

"我不知道。"

"那你喜欢她吗？"

子涵看着她，只是不开口。淑英曾经说过，你就不像个妈，简直是个诅咒。何雯想，她是错的，错的，天底下没有人比我更像李子涵的妈妈。

末了，她不再盘问了，捡起那件衣服，走进厨房，用一把处理鲜鱼用的铁剪刀——剪刀上残留着淡淡的鱼腥味——把人家给子涵买的衣服一下下剪成碎片，连一个完整的大黄蜂也没留下。子涵光着上身倚在厨房门口，望着她。我在他眼里，何雯想，是不是像个疯婆子?

　　晚上，她照例给子涵讲故事，长长的温柔的睡前故事，准备关灯的时候，忽然想起自己忽略了什么。最重要的事情，她都忘记了。

　　"谁打的你?"

　　子涵用手背抹了抹眼睛，眼睛是亮的。"妈妈，我困了。"

　　"那就睡吧。"她轻声说，在子涵脸上轻轻一吻。不知怎的，她忽然不想再追问下去，好像在害怕什么，害怕掘着掘着，盗墓的人一锹下去，看见自己的脸。

　　何雯回到自己的房间，这间屋子是用玻璃从客厅里隔断出来的，一室一厅硬改出两个卧室，厚厚的窗帘从天垂到地，作为隐私的遮挡，在满室的黑暗中一动不动，像有什么东西刻意屏住气息，隐藏在巨浪般的褶皱里头。从前她可以撒着娇说怕黑，有人借她一处宽厚的胸膛，现在，那个人居然成了黑暗的一部分，围着她虎视眈眈，要来抢夺她的孩子。何雯抓紧了被子的边沿，蒙眬间觉得耳边一片杀伐之声，刀枪相碰，火光漫天，离婚前那段时间的噩梦又回来了，像一头觅路归家的猛兽，它是饿着肚子来的，何雯模模糊糊地想，它需要吃点什么。她就这样陷入了黑沉的睡眠。早上，子涵不知何时爬上了她的床，窝在一边，眼睛睁大了看着妈妈，见她醒了，就说:"妈妈，我喜欢你，我不喜欢阿姨。"

　　何雯搂住他，在他脸上轻轻地亲吻，好像有满腔的柔情不知道往哪儿发泄。他们起床、穿衣、洗漱，吃两片面包与纸盒装的牛奶当早饭。何雯还想着昨晚的事，盘算着要留住孩子，一时觉得自己杞人忧天，一时又觉得李义男随时可能起诉。他有什么凭据呢，就凭一两个伤痕？她边想边帮着子涵收拾书包、穿鞋、穿外套。早上时间紧张，所有动作都是一气呵成，母子俩分秒不差地离开家门——六点五十，她看看手表。日子还得过下去，她想。不过是李义男的几句话，她就紧张成这样，不至于。她早不是那个处处依赖人的小女孩了，之前他那么想要儿子，不也没得手？为了子涵的抚养权，她主动放弃了房产，李义男后边有那女人在撺掇，谈判的时候也是左右为难，又舍不得孩子，又想要房子，哪儿那么容易？现在婚都离了，想转回头挑她的毛病，抢抚养权，休想。这两个字硬邦邦的，像旧马车的木车轮似的从她心里滚过去，翻到嘴唇外，带出一股冬天清晨的凛凛寒意。子涵牵着妈妈的手，抬头望了她一眼。她开着车，挤进拥堵的马路，知道自己毫无退路，只剩下向前。

晚上，何雯带着子涵上楼去，小勇妈妈这天待客特别周到，使得何雯有些开不了口，她想替子涵要回大黄蜂。子涵坐到钢琴前头去了，琴声响起，谈话也变得轻柔，幽幽地，说了几句家常话，让何雯吃快递刚送来的葡萄，小勇妈妈又走到卧室门口，对着里头说："小勇，出来听弟弟弹琴。"说了两遍，小勇才慢腾腾地走出来，面无表情，坐在一张宽大的单人沙发上，一条腿翘上扶手。

"没样子!"他妈妈轻声呵斥他,这头又对何雯说:"每天我都让他听听,激发他的兴趣,说不定哪天他又想弹了。"何雯记得子涵说过,他弹琴的时候,小勇哥哥就玩他的大黄蜂,这时候他要是拿在手里,话头就有了,可小勇双手空空的,正拨弄着自己的指甲。

她还没开口,小勇妈妈突然说:"呀,你们有个东西在我这儿。"说着,她起身走进小勇的卧室,何雯没想到事情这么顺当,正要客套两句,小勇妈妈转眼出来,手里拿着一支自动铅笔,递给何雯,说:"小勇跟子涵借的,我看他都忘了还。"一边跟小勇说:"你借东西要想着还给人家,记住没有?啊?"那个"啊"声向上挑,像提问,像责备,又像威胁。小勇低沉地"嗯"了一声,何雯接过铅笔,嘴上还说:"这有什么,喜欢就留着玩吧。"

琴声停顿片刻,随后又流畅起来。小勇妈妈说:"他们托管班的老师跟我说,小勇拿了同学的东西不还,我一问,他就交出来了,承认是子涵的。我说了他一顿,他也认错了,是不是?"小勇低头,更用力地抠指甲。

何雯明白过来,原来子涵去告状了,还弹着人家的琴,她不好意思起来,说:"不用,小勇喜欢就留着吧。"

"不行,这毛病不能惯着。"转眼又微笑起来,"你们子涵弹得这么好,我都羡慕死了。小勇学什么都没常性。"小勇在沙发上翻了个身,何雯不由得替他的指甲难受。她本来想好的,准备把变形金刚要回来,到此刻却怎么也无法开口。这一晚上，对于小勇来说已经够满当了，同情他就像同情当年的自己。最后，她握住那铅笔——身上只穿了一件套头毛衣，也没个提包口袋之类的可以装，就这么捏在手里带回了家，手心攥出微微的汗，子涵还说："妈妈，小勇哥哥没跟我借，他是抢的。"

"这件事别再提了。"何雯说，"我们天天用人家的钢琴，你就不知道客气点？没有小勇，我们上哪儿去练琴？"

子涵不说话了，一晚上闷闷不乐。睡前，李义男打电话来，要找儿子。接过手机，子涵自然地走进自己房间，随手带上门，将何雯隔在外头。她看着时间，只觉得挂钟上的分针像刀尖似的，又锐利又迟缓，是为了折磨人而转动的。什么话需要说这么久。

到头来她也没问，总不能审贼似的盯着孩子："你爸爸跟你讲什么了？"他们始终是父子。她想起小的时候，起初，爸爸还来看她，带她出去，在公园里推着她荡秋千，累了，给她买一瓶汽水。她仰起头咕嘟嘟喝着，透过厚厚的玻璃瓶底看见淡薄的太阳，和一个男人高大而有些变形的影子，橘子味的气泡从胃里滚滚地升起，带走所有积郁。那时候，每次回家，她都得跟淑英老实交代：你爸爸跟你说什么？她尽量转述，磕磕巴巴地，前言不搭后语，淑英往往用怀疑的目光看着她。那些年淑英或许是更年期到了，脾气阴晴不定，何雯不愿意再回忆，再回忆也没多少往事。总之，渐渐地，爸爸就不来了，等她结婚时，他出席婚礼，已经好几年没见过面，何雯才惊觉他既不高，也不壮，头顶半秃而花白，仿佛时光将他偷换成了另一个人。得知他要来的时候，她还担心自己会失态落泪，等人到了跟前，居然毫无感触，心如止水。当时李义男紧握着她的手——他是想安慰她的。

还是子涵主动告诉她："爸爸让我听你的话，不要惹妈妈生气。"她讲完了睡前故事，准备关灯时，子涵突然开口："妈妈，我很听话。"不知怎的，听着像一句温柔的告别。

"对，你很听话。"她给儿子拉拉被子，赶快关了灯，掩饰自己突然的悲从中来。这是更年期提前了？她得上网查查，更年期都有什么症状，胡思乱想算不算。她匆匆地上床，入睡之前，只顾着自己的心事和情绪，独独忘了一个问题。白天还惦记着，见了子涵反而想不到：到底是谁打了你？

文艺演出过后，子涵回到了托管班。这天，何雯在办公室里没什么事，走得比平常更早些，她特意给小勇妈妈发了短信，说她可以把两个孩子都接回来。小勇妈妈去美容院了，这安排正好合适。平常，她总是最晚的，子涵独自在教室里等，今天提前了几分钟，他格外高兴。何雯说："小勇哥哥跟我们一起走，上咱们家玩。"

子涵的脸上像掠过了一片阴云，慢腾腾地收拾书包。小勇瞥了他一眼，将自己的书包用力甩到肩上，跟在何雯身后，抢先上了车。子涵坐进他的座椅，小勇说："你还坐婴儿椅？你多大了？"

"这是儿童座椅。"子涵红了脸，争辩道。

　　小勇从鼻孔里喷出一口气，表示轻蔑，脖子向后靠在椅背上。他比子涵高半个头，身体壮实，看上去比子涵大不止两岁。这孩子是学校里一霸，何雯从别的家长那里零星地听过几句闲话，议论小勇的事迹，打人，下手重，不怕家长，也不忌惮老师，他妈妈替他抹过多少事，闯祸了，赔钱，赔笑脸，她听听也就算了。还是那句话，日子总得过下去，钢琴也要继续练下去，人家的事，又碍不着她。

　　她开车驶进了小区，昨夜雪一直下，早上才停，路面上撒过盐，化成黑色的泥水，和路牙子边堆着的白雪相映，像一幅凛冽的水彩画，是儿童的手法，想用的颜色都堆着涂满。车顶的积雪化软了，不时地滑落到风挡玻璃上，留下长而弯的水迹。车里暖风吹得很足，温暖如春，衬出外头世界的寸寸阴冷，小勇和子涵都把外套脱掉了。两个人谁也不理谁。

　　何雯打开了广播，音量调低，细碎的语声带着温润的湿气，使气氛不那么干巴巴的。两位主持人正咯咯笑着，为着一点微不足道的小事，就像是儿童时代的那些鸡毛蒜皮，看似过不了的坎儿、高大无比的人，成年之后回想，只剩下摇头哂笑，不过如此。

　　快到家了，子涵说："你什么时候还我大黄蜂？"

　　"我想什么时候还就什么时候还。"停顿了一下，小勇又说，"你弹我的钢琴，我玩你的玩具，咱俩交换！"

　　子涵探身向前，两手扒住司机座椅的头枕，说："妈妈，我不想交换！"

何雯关掉广播，让自己的声音显得清晰而尖刻，像老师判分用的鲜红笔触，用力地划过作业纸。在这个封闭的小空间里，她是唯一的大人，纵然童年仍在暗处涌动，时时沉渣泛起，她还得抵御着，警醒着，辨别着，扮演成年人的角色。她清清嗓子，说："小勇，你再玩两天，然后就还给子涵，好吗？那是他爸爸送给他的。"

小勇哼了一声，伸手拽住子涵的衣领，迫使他双手松开何雯的靠背，跌回自己的儿童座椅上，这个动作来得既凶又快，子涵"唉哟"了一声。紧接着，小勇拉着子涵的毛衣，另一只手伸进他的脖子，抓住皮肤狠狠地拧起来，拧紧便不肯松开。何雯从后视镜里看见这一幕，叫小勇住手，这孩子像没听见似的，手腕一翻，更用力了。

某个时刻，笔尖下得太猛，卷面就撕破了，几寸长的裂口，边沿还是红的，补不回来。后视镜里的影像是无声的，因为子涵噙着眼泪，不肯哭出声。这孩子从来就不会放声大哭，怎么打、怎么害怕都不会，全是空寂的泪。何雯踩下刹车，停在路中央。

她下了车，后边的喇叭全听不见，她几步转过去，拉开小勇那一侧的车门，力气之大甚至出乎自己的意料，一把就拉出那孩子，也不知道是胳膊还是肩膀，衣服皱缩着，像扯住了兔子的耳朵、猫后颈上的皮，将他掷在湿冷的地面上，接连几个巴掌，没头没脸地打下去。小勇起初并没出声，他完全蒙了，何雯的手掌跟意志一样坚硬如铁。后面的车不再鸣笛，司机也下了车，路人渐渐地停留、会聚，有人举起手机。终于，她打够了，向后退了几步，碰上这些密不透风的围观的目光，像一头困兽挣扎着撞上身后的牢笼，吼声如雷。她全身都在抖着，微微发痛，痛里面又有某种畅快的凉爽，热的白气不断地从嘴里呼出来。

子涵还坐在车里，车门大敞着，他只是喊："妈妈，妈妈，你别打了，别打了。"他扯着嗓子，听在何雯耳朵里，显得微茫而邈远。

小勇终于回过神来，他开始哭，身子在地上扭来扭去，不肯起来。他用手蒙着脸，转眼又放下来，指着何雯说："你打我！你是谁？你敢打我！"

不知道谁是谁了。白的雪，黑的地，她觉得自己化成了试卷上的一团笔墨，是答错的考题，弹错的音符，配不上考官给红钩的嘉赏。原来，从来都是别人在审判她，念书，考试，弹琴，离婚，总也轮不到她给自己打分。小勇的声音越来越响，寒冷的空气搅起了旋涡。路人还在拍照，当街暴打邻居孩子的疯女人，够得上转发一万遍的标题，她的人际与日常正在拉扯着变形，轰塌成无数碎片，被吸进深暗的渊底。小勇还在叫着："你打我！你完了！我要告诉我妈妈！我要告诉我妈妈！"

模
特

回想起来，我遇见她，是一场奇妙的意外，也是天命的安排。人到中年，往往变得迷信，相信冥冥之中自有天定，以此来洗脱自己的责任。此刻，夜深了，窗外下着雨，我独自坐在桌前，将手指放在桌面上，触感凉而光滑，像在摸一张平静的脸，她躺在那里，永远地离开了。

那天，我和一些人站在一起，大家排成队，绕着她走成圆圈，哀乐和着脚步的节奏，像一场静默的演出。在这些面带肃穆的人里，我知道有人恨她、嘲笑她，也有人爱她、羡慕她，毕竟她那么年轻，那么美。如果不是这场意外，她会健康快乐地活到老，活到我现在的年纪，眼角生出皱纹，笑起来依然带着梨涡。

我看见她的母亲被两个穿黑衣的亲戚搀着。紫色的外套，黄色的鞋子，她是母亲，是丧事的主角，她不需要用穿着来证明自己的哀伤。到此刻她已经停止了流泪，眼中盛着一种空洞，使空洞也有了形质，她站在那里，仿佛不是活人，而是悲哀投下的一片暗影，模糊了她的五官与四肢。我认得出，那是她，是她老去后的样子。隔着二十年的时间，她站在自己的丧礼上望着我，是我一生也摆脱不了的噩梦。

第一次见到她，是一个普通的日子。四月，天气晴朗，公司顶楼的会议室开着一扇窗，女秘书送进两杯咖啡，给我和另一位面试官。我们喝着咖啡，猝不及防地，她走进来了，牛仔裤，米白色的 T 恤，背着一只黄色的双肩包，一瓶奶茶放在包侧面的口袋里。她戴着眼镜，头发扎起来，白色的运动鞋很干净。我对穿白色的女孩有一种特别的好感，当然，也可能因为那是她而不是别的什么人。她就是她，有时候，她又变得不是她，而是一种经过提炼的形象，像哲学家经常谈论的所谓的人的存在本身，理想的形象，就像古希腊的雕塑。渐渐地，桃子在我的记忆里，变成了一个完美而标准的模样，刻在人类远古的洞穴里，隔着熊熊篝火，她对着我微笑，就像第一次见面时的样子。

她是第十一名面试者，手里拿着填好的表格，脸上带着浅淡而拘谨的微笑，那是一种无意识的胆怯与讨好，也可能是出于一种脆弱的骄傲。刚毕业的名校学生，往往有种莫名的自大，需要打击，也需要培养。她前额的头发垂落下来，让人想起初春返青的柳条。我的同事接过她递来的表格，扫了一眼，就开始例行提问。

"你在出版社实习过？"

她回答"是"，接着去翻双肩包，似乎想拿作品一类的东西出来，被紧接而来的第二个问题打断了。

"你对我们公司有什么了解？"

在她的语气里，有一种假装出来的生涩与诚恳，语速很慢，字斟句酌。然而她的眼神却不闪烁，始终直视着我们，这使得她的表演效果打了折扣，在谦虚的外表下，充溢着一种强烈的自信。美丽的姑娘，经常有这种隐隐的气势，那是常年被人追求而积攒出来的风流。她知道自己很美。

人事部的同事问完了常规的问题，向我点头示意，该轮到我了。这一次，她拿出作品，递给了我。她画得很好，是那种普通的、庸俗的、没有天分的好。我微笑着看完，断定她不是个有天分的画手，却恰好是职场中需要的那一种。她会努力、会听话，因为天资受限而机会不多，我不确定她是否明白这一点。近视镜片后面，她的眼睛闪闪发亮。摘掉眼镜她会更美。

面试结束了，她的脚步声消失在走廊中，我喝掉了最后一滴咖啡。不错，这是个漂亮有趣的姑娘，然而再漂亮也不过如此。在北京，这样的年轻女孩一抓一大把，她们来自天南海北，穿梭在校园、街道、电影院、餐厅、图书馆、地铁站，空有青春，囊中羞涩。她们是这城市中的花，是所有男人恋慕的对象，她们的形象出现在电视广告、杂志内页和街道上无处不在的 LED 屏幕里。这些可爱又可恨的年轻姑娘，当我走在泥泞的土路上，书包里揣着馒头和咸菜当作午饭，一天来回十几公里去上中学的时候，她们才刚刚出生。

说来奇怪，这一代的年轻人，他们的条件比我小时候要好得多，他们从小就可以学画画，学音乐，学跳舞，学一切人类几千年习得的才艺精华，最后，经过如此多的训练，背负着无数殷切期望，他们依然长成了平庸的样子，拼尽全力追逐着一点活命的资本。在大好的青春年华，他们谈论吃的、穿的、电影明星、房租价格、换工作、涨薪水，等不及谈恋爱就急着相亲结婚，把饭碗和房子看得比什么都重要，任由年华匆匆流过，自己还浑然不觉。这种提前老化的年轻人一点也激不起我的羡慕之心。可是她不一样，只消一眼我就知道，她正当青春。

她来得这么巧，又这么不巧，刚好站在我的面前。在办公楼的电梯里，我照见自己的形影：啤酒肚还没有长起来，四肢依然紧实有力。她的头顶只到我的肩膀，深蓝色的丝绒发箍让她看起来像个乖巧的小女孩。她双手紧握着一只长款女式钱包，这可能要花费她半个月的工资。我想象着她在柜台前左右迟疑，狠下心付款，而我老婆买起这些东西来眼都不眨。我是做广告的，对这个商品社会中的各种价格和消费人群，有充分的了解。

桃子入职的第三天，我借着欢迎新伙伴的理由，带她去吃午饭。她一个，我一个，真是个妙局。我带她去了一家我常去吃夜宵的日式餐厅。晚上加班后经常一个人来这儿喝两杯，老板几乎没在白天见过我，我也没在白天见过他。他坐在两片青布门帘后头，看见我，眼神中透出一丝讶异。我喜欢这间店里头暗沉沉的色调，正午时分，也像走进一片夜晚。

餐厅里头清凉宁静，只有寥寥几桌客人。我们的话题从公司的情况，渐渐转向各自的过往。她说起她小时候学画的往事，被父母逼着、打着，不得不去画，慢慢地，被迫变成了习惯，习惯变成了爱好，爱好最后成了特长，成了她今天吃饭的家伙。她问我是不是学美术出身的，我说是的。刚毕业那会儿，我在公园里给人画像，赚几个零花钱。

"那可真酷。"她说。她没有往下深究的意思。对我的人生，她一无所知。

我跟她讲起十几年前，我从美术系毕业，生活无着，在中关村的一间电脑店里打工。老板是我的一个远房表哥，店里生意清淡，但也能维持下去。只有周末我稍微忙一点，帮人攒个电脑，修理故障，卖个鼠标键盘。在中关村，像我这样的小伙子，有成百上千个。现在中关村的电脑店都关门了，他们去哪儿了？谁知道。

没有生意上门的时候，我就缩在店里的一把塑料椅上画画。你知道吗？我小时候家里穷，高中之前没接触过美术，没那个条件，不像你们，可是我真的爱画。有本小说叫《月亮与六便士》，你看过吗？没有？那你应该去看看，那里面提到的画家，就是我这样的人。我们都是狂热的爱好者。

"其实，我看过您的作品，"她说，试图把话题拉回工作，"博爱内衣的广告，还有那个香水，背景是橙色的星空，我都看过。您设计的真的很好，我觉得，很有灵气，很不，很不一样。"

我笑着听她笨拙地恭维我，想给老板留下好印象。吃完饭，我结了账，带她离开，回到我们的写字楼里。她的工位上放着一只小小的毛绒熊，是人事部送给新人的礼物。粉色的小熊咧开嘴笑着，仿佛世间的荒谬都含在它微张的黑色小嘴里。我走进茶水间去等一杯咖啡。

办公室楼下的那条街，这几年拆了又建。道路拓宽了，楼房长得更高，风景已经大不相同。有时候，从这里望下去，难免感叹世界变得这么快，年轻人又这么多，不得不承认自己老了。这简直不是时间将人变老，而是新的话语、新的风尚、新的建筑和层出不穷的新名词将人催得老了。我妻子今年四十岁，苗条清秀，保养得宜，与十几年前谈恋爱时比起来，几乎没有差别，而我清楚地知道她心怀不安。她越来越多地买衣服、首饰、化妆品，数不清的鞋子和包，变成了广告商最喜欢的那类人，被各种消费观念彻底洗脑的产物。这几年她不停地买买买，唯恐追不上什么，落下了什么，仿佛将自己埋没在一大堆衣服鞋帽里就能留住青春。或者仅仅是因为无聊，中年女人的烦闷和无聊，藏在她依然美丽的皮相之下，我察觉得到。

每天晚上，她要敷着面膜入睡，我厌烦那种味道，混合着某种水生植物和石油提炼品的味道。月光斜照，半透明的无纺布勾勒出她的脸型，标准的、可爱的、温顺的那一张脸，我曾经无数次地贴上去轻吻。如今，她合上眼睛，我背过身去。一道由时间掘出来的鸿沟横亘在我们中间。起初并不是这样的，我真心爱过她。

可是现在，现在还有什么可说的？她仍然是我最亲近的女人，我妈去世之后，素莹便取代了母亲的位置，将我照顾得无微不至。她温柔和顺，长得也不错，做一手好菜，看肥皂剧的时候将电视音量调到不能再低，以免打扰我在书房里加班，凡此种种，十分乖巧。除了做饭之外，她最大的爱好是购物，买衣服、鞋子和各种各样七零八碎的女人玩意儿。幸好她不爱给我买东西，怎么说呢，我和她的眼光不太一样，品味这东西真的很难讲。当然，放在十几年的婚姻里，这不过是个小小的瑕疵。

现在，我仍然爱着素莹，像爱母亲，爱姐妹，或者是爱祖国的那种爱。我们没有孩子，为这曾经折腾了好几年，各种医院、各种手段。她怕痛，取卵的疼痛她受不了，而且，"感觉丧失了尊严"，她说，她不想再去尝试。在家，她加倍地对我好。

我母亲直到去世，也没抱上她盼望的孙子。自那以后，我们不再谈论有关孩子的话题，也不再努力，生活一下子变得轻松了好多。没过多久，我又升职了，薪水是我老婆的五倍，如果有了孩子，她随时可以辞职回家当太太。不过，现在这样也挺好，我们各有各的生活、工作和爱好，彼此理解，很少干涉对方，对于四十多岁的中年夫妻来说，这状态近乎理想。

我将喝空的纸杯扔进垃圾桶。经过她的工位时，她正在描一张图，头发没有扎，散在背上，一边画一边跟旁边的一个年轻男生说话。看来她已经迅速地适应了新环境，不像面试时那么拘束了。

临近下班时，我从公司内部的即时通信系统上发信息给她，让她到我办公室来。我的办公室在顶层，风景绝佳。她来了，拎着一只白色的手提包，风衣穿得整整齐齐，带子系在腰间，头发重新束起来，前额光溜溜地毫发不挡。她走进来，门在身后敞开着，楼道与窗户之间的空气对流，形成一阵疾风。这就是春天的北京，温暖，多风，渐渐地燥热起来。

我们谈了一会儿不相干的事情，一边谈着，我关上了门和窗。她觉得在这儿上班挺好，同事挺好，老板挺好，待遇嘛，她狡猾地笑了，暂时也挺好，所有这些都不是我这个级别的人应该对她表示关心的问题，她都一一回答了。时间拖延到六点，话题仍然散漫、没有焦点，我表示要送她回家。

她住在一处很旧的居民区里，卖水果的推车堵住大门，车开不进去，我停在街上，她道了谢，应该下车。事实上她迟疑了几秒，似乎想说什么而没说，这又证实了我的猜测：她明白了我在想什么，她也在考虑，如何优雅地接受或者得体地拒绝。这就行了，我不担心失败，历次的经历证明，只要没有表错情，女人，尤其是未经世事的年轻女人，大部分都会屈服。我料事一向有准头。

汽车发动起来，缓缓地融入车流。我从后视镜里瞥见自己的面容，四十二岁，不算太老，依然是一个男人的好年华。下班时间，行进的速度很慢，有时候我反而感谢堵车，它让我独自待在车里的时间名正言顺地变长了。我每天回家吃晚饭，这是和谐夫妻之间的一种默契。平时，到了彼此的生日和结婚纪念日，我们都会出去短途旅行，到郊外的度假村里过一夜。她会认真地打扮，带上她的真丝吊带睡衣，有时候带一瓶酒，两只特意从家里带去的酒杯。素莹家境好，很懂得生活情趣，也愿意维护婚姻，对这些我非常感激。尽管她那件真丝睡衣的粉红色太明亮了，显得俗气，我也从来不说。

地下车库里有种特别的阴凉，很舒服。我不想上楼，想在清爽中带着点潮味的空气中多待一会儿，好像在海边，独自一人，谁都不必相见。这念头只是一闪而过，当然我得回家，生活就是这样支撑着过下去的。她在厨房里忙碌着，两个菜已经上桌，静静地散发热气，一盘深红的木瓜肉上插着尖利的牙签。

我们吃饭时很少聊天，食不言寝不语，我想老夫子的夫妻关系恐怕不会好。我只顾着沉浸在饭菜的美味中。素莹很会做菜，只要没有特别的应酬，我都会回家吃晚饭。饭后，她会打开电视，每天看不同的综艺节目，真心实意地笑出声来。这时候，我往往走进书房，打开电脑，浏览一些无用的新闻网页。我已经很久不用加班了。近两年公司的业务不太景气，做广告这个行业，怎么说呢，因为跟不上潮流而落伍，不过是一眨眼的事。能干的人走了很多，补上来的几乎都是便宜的应届生，就像桃子，薪水不高，勤劳听话。

自从结婚后，我就在这家公司工作，是因为素莹哥哥的关系。他比素莹大七岁，大学毕业后先当了两年公务员，后来觉得工作沉闷无聊，辞职创业去做广告，一步步地越做越大，到现在，公司已经是业内知名的本土企业。关于他的创业过程，素莹也语焉不详。我猜背后一定有些不可告人的事，第一桶金，怎么可能清白？不管怎样，他对我很不错，当时我只是个新进公司的平面设计师，阴差阳错地认识了老板的妹妹，就此平步青云。从前年开始，他带着老婆孩子移民美国，常年在那边逍遥，公司的事务，大部分由我和另外一个合伙人来负责。眼下已经到了第三季度，业务状况很不乐观，年初定下的目标不可能完成了。

说实话，我根本不是做管理的料。他喜欢我，因为我画得好，用他的话说，很有才华嘛；而他信任我，完全因为我是亲戚，无论哪一条都证明不了我能管好一家企业。对我来说，我宁愿早起坐在阳台上画几张素描，也不愿意走进办公室被人叫秦总或者David。这与当年那个缩在电脑店里偷偷画画的家伙完全不是同一个人，而那个年轻人早已消逝在时间里。有时候，我完全忘了他，有时候，却又急迫地想把他找回来。

我坐在书房里，这里曾经兼做我的画室，如今一点痕迹也没有了。书柜里满是经营管理类的书籍，大部分我都没读过，甚至连塑封的外皮都没拆开。还有一小部分，是我曾经心爱的画册，油画、素描、人物、民居，有些是从旧书摊上收来的，有些是花高价从国外的网站上订购的。不管从哪儿来的，如今它们都龟缩一隅，整齐地堆放在开放式书架的最底层，静静地蒙尘。

我离开高大的扶手椅，走过去蹲下，从里面抽出最厚的一本。这是一本抽象画集，我对抽象画本来没什么兴趣，完全是因为闲逛无聊，才从学校附近一个艺术园区的地摊上买下了它。在一个五月的傍晚，夹着它茫然地走回大学的寝室，这些年从来没有认真看过。此刻我打开书，从一页页驳杂的色彩之间跃过，像一只袋鼠轻快地跃过秋天的荒原。最终，我停下来，眼前是一张没画完的素描——各处都完成了，只有双眼空空。这张脸曾经在我的脑海中凭空浮现，是在一场梦或者哪一次偶遇之后，我心血来潮将它画了出来，到最后，我忽然卡住了，卡在她的眼睛上。

很长时间过去了，也许有七八年那么久，我画不出她的眼睛。这件事渐渐成了一个心结，一个需要解决的问题，不紧迫，不必要，但它始终横亘在那里，像急流中的一块顽石、一截枯木，是视野中的障碍，也是记忆中的空白。总之这画中的女子所缺的那双眼睛，因其不存在，而成为百般空虚的来处。

我尝试过很多次，无论如何都不对劲，只要一动笔就是错，线条总是指向错误的的终点，无法重现幻境中那种真实。我一遍又一遍地重复，从来没能越过这道关卡，似乎在猜一则谜面有误的谜语，怎么也得不到答案。最终我放弃了，将它夹进这本从来不看的书里，封存起来。两天后，我和素莹举行了婚礼。

　　我和素莹的生活，要是硬说不幸，那实在是有点矫情。我们不为钱发愁，对于过去的我来说，这是不敢想的奢望。经济宽裕是世界上最好的事，它能够带来自由，比如说，我常常和年轻女孩约会——酒店、礼物，甚至一起旅行，而这类花费只占收入的很少一部分，根本不会使妻子发觉。她有一些公司的股份，是她哥哥在我们结婚前送给她的，算是贺礼，而她从来不关心这些东西到底价值几何，也不管我的收入和开支。每次结束一场艳遇，我都会买礼物送给妻子，她从来不问为什么，只是很高兴地收下，第二天就拿出来用或者戴在身上。我和她之间，有一种暗暗的不必言说的默契，日子像清溪一般轻快无痕地流过。有首诗里说"至亲至疏夫妻"，我与素莹之间大概就是这样的状态。

　　只花了几分钟，我就完成了这幅画，那对新添上的眼睛定定地望向无可名状的深处，带着一点青春的野火，使整个画面带着某种热烈的气息。线条始终柔和，纸背却像要燃烧起来。我手指发烫，将这张纸放回原处，轻轻合上书页。

　　桃子说：我喜欢这张画。在一家郊外山区的温泉旅馆里，远离闹市，是个清静度假的去处。我约她来这儿，用的是一种相当强势无礼的语气，不容她拒绝。我以我的职位、年龄、资历和其他一切加强男性威严的东西向她施压，比如那辆宽大锃亮的奔驰轿车、昂贵的手表和日本工匠手工打磨的玳瑁眼镜框。这些奢侈物件所形成的周身气场，有时候连我自己都被唬了一大跳，认不出秦总究竟是谁。

她来了，刻意打扮过。自她伸手拉开车门，躬身钻进来的那一刻起，我确定她已经上了钩。香水是从未用过的新型号，一种带着水果味道的甜蜜幽香，是我前几天买给她的礼物。"每个新员工都有"，我对她说，她笑着收下。

桃子坐在副驾驶位上，头发柔顺地披散，垂着眼睛，没戴眼镜，鼻子如同缓缓起伏的春山。我往 CD 机里塞进一张碟片，前奏刚刚响起，马上又将它弹了出来。这首歌其实应情应景，只是我觉得气氛来得过早而且过于直白。不，这不符合节奏，这种游戏有着固定的节拍和规律，像音乐一样，速度要合宜，不能操之过急。

交通广播的两位主持人有着毫不做作的愉快气息，不停地插科打诨，动不动就笑成一团，衬得我跟她格外寂静。汽车驶离城市，青山渐渐包围过来，她没话找话，说起一件不相干的工作中的事，被我打断了。我问她："你今年多大？"

"二十三。"她说，眼睛望向窗外，带着一点刻意的羞赧。我试着回想自己的二十三岁，得到的只是某种粗浅朦胧的印象，一束日光，一片夜色，一串脚步，逆着人流穿行，心中惶然无措。

"我跟你说过没有？我刚毕业的时候，在一家电脑店里打工。"我说，"没事的时候，去公园给人画肖像，挣不到几个钱，不过日子过得挺快活。"

"没说过。"她说，"后来呢？"

后来，后来就没什么可说的了。事实是，我的前半生都没什么可说的，谈恋爱，结婚，大舅子平步青云，顺带拉了我一把。前几年赶上行业的好时候，公司的进展很顺利，现在嘛，你也知道，大家勉强度日而已。

她认真听着这些废话，时间在客客气气的暧昧中流过。两个小时后，我们到了酒店，这是一间新开的温泉酒店，前台姑娘的办公桌上插着一瓶鲜翠的绿萝，她面带职业性的微笑，双手递过房卡。

进入房间之后，我们先喝酒。她才二十三岁，没什么过去可聊，所以话都是我在说。说来奇怪，明明是新相识，却忍不住地想要叙旧。我说起了我的家乡，一个偏远无名的小乡村，我家东面的山，南面的河，连绵不尽的稻田与安静的牛。我从那里走出来，高中才开始接触绘画，老师说我很有天资。这些夸奖让我的单亲母亲受宠若惊，一定要让我去专攻绘画，她以为儿子的金光大道就在眼前。而我上了大学才知道，所谓"有天赋"的人多如牛毛，根本不值一提。

我依然画得不错，不比谁差，然而也不比谁更好。没过多久，我就明白将来要在这座城市里谋生只靠画笔究竟有多难。这些茫然和纠结不能说给母亲听，她既听不进，也听不懂，她沉浸在儿子必将有出息的泡沫幻景里，过着眼前紧巴巴的生活，我不忍心戳破。

她的杯子空了，我帮她倒满。这红酒是素莹的哥哥从美国带回来的，来自一位著名电影导演的私人酒庄，素莹告诉哥哥我喜欢这位导演的作品。这兄妹俩，对我真的很好。我怀着感激的心情与她碰杯，对婚前的恋爱避而不谈。她站起来，走到窗前，感叹风景真美。我绕到她身后，将酒杯放在松木制的飘窗上，然后抱住她的身体。

她的吻像一口深井，幽暗深沉，仿佛藏着水晶宫殿。厚厚的棉质床单柔软如云，衣服像蜕皮似的滑下，我和她似乎已经熟识了千百次，如果幻想也能作数的话。她咕哝着说了句什么，我没听清，也根本无法听清，耳边有风雷在轰鸣。桃子是不同的，与每一次、每个人都不同，我几乎动了真心，至少在这一刻，我是有点爱她的。她像一只刚出洞穴的小动物，在温暖的阳光下，到处闻闻嗅嗅，小心探寻，转眼间已经被我攫住。通常，我的网是用钱织成的，有时候牢固，有时候脆弱不堪。可是今天，偏偏有那么一刻，她的眼神，她的反应，她双臂的拥抱和轻快的呼吸，让我觉得一切并不那么简单。碰巧了，她也许真的爱上了我。

洗过澡后，我们又一起喝酒，两个人用一只玻璃杯。我带来了那张画，她说她很喜欢，以为那画面里是她。我告诉她，那不是，不是任何一个切实存在的人，而是一个理想的幻象，而她只是刚好符合理想的特征而已。听起来像是个哲学问题，她似懂非懂，也不去深究。

此后，我们开始频繁地约会。逢场作戏可以轻易地隐瞒，因为人不动心，就不会露出马脚。可是恋爱不能，尽管我还没老到像一所老房子那样，谈恋爱就像着火似的一触即溃，但是爱情这种事，就像身体里有什么东西在沸腾，滚汤炖在柴火上，而理智只是一层薄薄的盖子。

我不确定素莹知道些什么，或者她在公司里有没有耳目。那段时间我很少去公司，借口在外面见客户。本来，以我的职位，不必向任何人交代行踪，但是我仍然让秘书知道我去了哪里，和谁在一起，编得有鼻子有眼，以防万一。

表面上看，素莹并没有起疑心，但是她的神情态度好像与从前不同了。也许是我想多了，恋爱的人往往过于敏感，偷情的尤其心虚。素莹不是那种大吵大闹的人，她跟她哥哥一样，擅长不动声色地解决问题，而表面上永远水波不兴。她照常做菜，味道更胜从前，而我跟桃子总是中午约会，在酒店或者她租来的小房子里，所以晚饭时候我照常回家，老婆没有理由怀疑我。但是，也许是家里的某件陈设挪了位置，或者她衣服穿得更鲜艳了？总之有什么东西在变，她的话更少了，有时候整晚都在回微信，我忍不住问她：你最近很忙吗？

"嗯。"她抬头看我一眼，"可能比你还忙。"我从沙发上站起来，关掉没人看的电视，拿起睡衣走进浴室，结束了这场还没开始的交谈。无论如何，素莹爱我，从恋爱时开始，就是她在主宰我们的关系。这些年，我们夫妻从未红过脸，谁也不能说这不算恩爱。

至于桃子，我对她的迷恋与日俱增。她不问将来，这是她懂事的地方。对于这段关系，她比我更热烈，更坦然自在。我们开始约会的第二个月，她就辞了职，在家专心等我。当然，我替她支付一切费用，对于我搬家的提议，她很开心地接受了。我不在的时候，她跟着中介去看房子，买家具，重新布置。很快，桃子就从那处老旧的小区搬了出来，搬到公司附近一处新公寓，差不多的面积。公司财务是我提拔上来的人，买房的钱由她帮我从银行倒腾出来。搬家那天，我们在满屋的纸箱和零七碎八的杂物中间做爱，有一种历经劫难，终获新生般的欣喜。

在那儿，我给桃子画了许多肖像。许久不画了，起初，大脑和画布一样空白，毫无头绪，渐渐地，点和线纷至沓来，颜色渐渐淌满。她像一位从浓雾中淡淡浮现的妖女，或坐或躺，有时候清澈活泼，有时候冷漠迷离，这些画中的人物都是她，又都不是她，她是一切灵感的起点，而终点总在意料之外。有一次，桃子抱着我，对我说："我觉得，虽然我是模特，但是你并没有画我。"

"你觉得我在画谁？"

她笑笑，扬起头继续吻我。在这间小屋里，我们逃避世事，即使白天，窗帘也密密地拉好，像个深邃阴凉的洞穴。我问她，我不在的时候她都做些什么，她说，什么也不做，等你。我抱着她，觉得自己原来这么好，素莹的爱是日常的妻子之爱，而桃子的爱，是情人的天火，将日常生活一把烧成了灰。我知道我的身体、动作、表情，甚至说话的语气都掩藏不住这场恋爱，可素莹偏偏什么都不问。

和谐的状态持续到七月。有一天，桃子告诉我，她怀孕了。

我愣住了，半晌才磕磕巴巴地说："怎么会呢？"

"第一次，在酒店那次。"她说，"我当时提醒过你，你没听见。"

我在床上坐直了身体，心直往下跌落。本来，一切都可以了无痕迹，可是孩子，有孩子就不同了，孩子会使美妙的恋爱变成实打实的计算、规划、改变，甚至得推翻现有的一切。孩子需要家庭，可我无意与桃子结婚。她是个完美的情人，不是结婚的对象。

我建议她去流产，她没什么表示，只是默默地坐在沙发上，打开一盒苹果汁慢慢地啜饮。我拿着外套和手提包准备离开，头一次感到空气中的尴尬不适，她没有跟我吻别。电梯徐徐地向下沉没。我钻进车里，心里乱糟糟的，仪表盘上的指示灯忽然变得陌生，仿佛它们的含义都消失了。现代的、豪华的、毫无意义的亮光。这辆车是素莹的哥哥送给她的。

不只这辆车，我的整个生活都是别人赠送的礼物。这个念头像一只误闯进房间的蝙蝠，胡乱冲撞，找不到出口，到处都是它凌乱挣扎的黑影。我曾经自信满满，以为凭一支画笔就可以闯荡天下，后来呢，结了婚，顺其自然地有了工作，没怎么吃过苦就步步高升，这些年来，我一直都在得到，失去的只有画画一件事而已。现在，桃子怀孕了，仅凭这一件事就足以摧毁一切，我漫无目的地向前行驶，交通广播聒噪得令人心烦。

在过去的那些艳遇中，我想的是如何摆脱那些女孩，而这一次，我得考虑，如何面对素莹。结婚这么多年，我依然想象不出她听到这个消息时的反应，她不会大哭大闹，也不会发脾气，她会怎样回答？我踏进回家的电梯，脑子依然混沌一团。门开了，她还在厨房里忙着，桌上的红烧排骨飘出香味。我深深地陷进沙发里，闭上眼睛，等素莹来叫我吃晚饭。

今天的晚饭格外丰盛，我想不起是什么特别的日子，也许她只是技痒而已。素莹坐在我对面，一盏挂得低低的亚麻灯吊在我俩中间，吃了几口之后，她说："我哥哥下周回来，听说是为了公司的事。"用的是轻松闲聊的语气。

"他上个月跟我说过。"

"他说，公司的财务有问题，要查一查。你最近很忙吗？"

"还好。"排骨很嫩，汁水浓郁，我喉头却像哽了块什么东西，咽不下去。

晚上，她先睡熟了，我帮她把脸上的面膜揭下来——好像拎着一张面无表情的画皮——扔进卫生间的纸篓。她模样清秀，脾气温柔，不爱她本是我的错。我翻过身，卧室里的家具都笼罩着一层朦胧的暗影，我问自己是否真的要打碎眼前的一切。事到临头，才意识到自己一无所有，甚至家里的房子和车子，都不在我名下。素莹带给我的，她随时可以拿走。我竟有些恨起她来。

我跟桃子商量，把房子卖了。我尽力跟她解释，她用一种不可置信的眼神看着我。

"那我们怎么办？孩子怎么办？将来结婚，怎么办呢？"

我承认，跟她在一起时，我从来没想过这些现实的问题，她只是一个令人迷恋的画中人。当她跳出画布，实实在在地站在我面前，提到孩子、房子、结婚等种种问题，我都无法回答。

"买房子的钱，"我艰难地开口，"是从公司账户里倒出来的，这中间的过程很复杂，如果认真调查，财务和我都有责任，很严重的责任，你明白吗？"

最后，我还是卖了房子，给桃子另租了一套两室一厅的房子，租金付到年底。她认为这是恶意资遣，告诉我她绝不会去做流产，我不知道该怎么回答。每天，素莹依旧愉快地准备晚餐，而我已经食不下咽。愤怒的桃子是一颗定时炸弹。

"你脸色不好。"素莹说，她正在切一块刚刚煎好的牛排。

"一整天都在开会，太累了。大哥哪天的飞机？我们去送送他。"

"后天。"

好在他这一趟回来，没有发现什么流程上的纰漏，业务不景气，这也是没办法的事。后天他就要走了，我也可以松一口气。素莹轻快地用着刀叉，我只看见肉块中心的血红。

这天并不是谁的生日，也不是结婚纪念日或者什么广告商最爱的洋节，我依然拿出一份包装好的礼物，她一脸惊喜。

"这是什么?"她拆开包装袋,是一瓶国外牌子的香水。这家化妆品公司是我的客户,我为它做过很棒的设计。

晚上,她喷着新香水同我上床,说这味道好甜蜜,闻起来像个十六岁少女,她很喜欢。我们很久没做爱了,在床上的感觉就像重温一部老电影。她絮絮地说起很多以前的事:恋爱的时候,刚结婚的时候,出门旅行的时候……她记得许多细节,我们吃的东西,走过的路,看过的电影……遥远得不像是真的,然而确实发生过,确实甜蜜过,我在黑暗中抱紧她。

她说,我曾经给她画过一幅素描像,可惜没有画完,那幅画还在吗?还能画完吗?我抱着她,没有回应,她的嘴唇从我肩膀上滑过。是的,我想起来了,那张画,曾经是素莹的脸,而我这些年,始终避而不看她的眼睛。我们没有孩子,而我又那么想要,她就是不肯努力,不肯去做试管,为此我们吵过,冷战过,直到我母亲带着没有孙辈的遗憾去世。这件事梗在心头,成了一根拔不出来也消化不动的硬刺。

桃子继续施压,她频繁地给我打电话,或者在公司门口等我。公司上下,流言像病毒似的扩散,而素莹依旧无知无闻。那一晚,她的热情和温柔仿佛回到了十几年前,我们的青春年代,我几乎要落泪。无论是素莹,还是她给我带来的一切,我都割舍不了。

桃子铁了心不肯放过我,我给出的分手价码已经翻了三倍，她仍然不满意。最后，她放软了姿态，请我到第一次约会的酒店，她说这是最后一次见面，彼此做个了断，好好地说再见。我独自驾车前往，一路都在听《星球大战》的背景音乐，试着让自己放松下来。电影可以稳稳当当地自圆其说，可生活不会，它是任性的、偶然的，会旁逸斜出，朝着不可知的方向飞驰而去。

为了避嫌，我开了两间房，前台的服务员有些惊异地望着我，显然她还记得我们俩。桃子穿着跟去年同样的衣服，依然美丽如画。我与她枯坐房中，看见两只乌鸦从窗前掠过，转眼消失在浓绿山林中。她提议出去走走，反正分手已是必然，一道去散个步也无所谓了。我们沿着酒店的车道向下走去，天色近黄昏，四周静悄悄的，那天不是周末，附近空旷无人，空气清新凉爽。桃子问："以后还能见面吗？"

"不知道。"我实话实说。

"男人冷漠起来真可怕。"桃子说，把手放在肚子上，"孩子也不想要？"

我不答，有些话已经说过无数次了。

"你老婆，她真的一点也不知道吗？"

我烦躁起来："别再说了，好不好？"

她沉默了一会儿："那张画，画的到底是谁呢？"

"谁也不是。"我粗暴地回答。

"的确。"桃子说，"因为你谁也不爱，只爱自己。"

我说，我们该回去了，今晚我不想住在这里，我应该回家。她在我背后说，大声地："这时候你想起道德了？你打算做个好男人、好丈夫了，是吗？你害怕进监狱了？多大数额挪用公款就要判刑了？"

我不言语，继续向前走。画中的女子灰飞烟灭。我们离酒店已经很远了，山路弯曲，不断地有急转弯，桃子落在后面，没有追上来。这段路并不崎岖，几乎没有车辆来往，我没有理由去担心她的安全。直到身后传来刺耳的刹车声，重物被抛起、落地，一声沉闷的钝响，我才意识到有事故发生。一辆小型卡车从身边飞速驶过，司机的脸模糊不清，我下意识地记下了车牌号。不远处，桃子倒在路边，这里很久都没有一辆车经过，我只能回酒店求救。

我转身向酒店的方向跑去，跑了几十米后减慢了速度，思维渐渐变得清晰。只花了几秒钟，我就理顺了其中的逻辑，那就是"桃子死了，对我只有好处"。

我被这念头吓了一跳，以为自己疯了。然而恶念如同房子闹鬼，并不会轻易散去。我边走边想，随身的东西还在房间里，或许有钱包、手机什么的，此时手机刚好在口袋里振动起来。从这里已经看不见车祸现场，前方拐弯的地方，酒店的木栅门在黄昏的日色里一动不动，除了我，没人知道发生了车祸。我停下来，掏出手机，看见来电人的姓名，是桃子。

她在求救。铃声又响了两次，我没有接听。

回到酒店时，我的神态已经恢复如常，从房间里找到外套和车钥匙，走到院中，从容地发动了汽车。天黑了，路上有什么都可以看不见，况且她倒在道路的另一侧，上山的那边。引擎轰鸣着，我飞快地盘下山，两盏华丽的车灯照着前路。我没有看见桃子，受伤挣扎的人会挪动位置吗？用走的，还是用爬的？我不想知道，此刻我只想回家，快点回到温暖的素莹身边，那才是属于我的——真实的生活。

素莹果然在等我。不过，今天她没有做好晚饭，在餐桌中央，吊灯底下，一只印着橙色星星的礼品盒在闪闪发光。素莹显得有些不安，她不问我为什么回来晚了，只是招呼我坐下，稍微犹豫了片刻，就直话直说："德辰，我有外遇了。"

像没听懂似的，我请她再重复一遍，听见她说："德辰，我有外遇了，咱们恐怕要分手。"

我没有追问为什么，追问毫无意义。这些天来，她身上的细微变化，她的冷漠和温柔，以及突如其来的热情，此刻都有了答案。我脱口而出，问她是不是在报复我。她露出茫然的神色，告诉我："德辰，你很好，是我的错。"

"那，是在哪里认识的？"

"是同事的朋友，一次聚会上偶然认识的。他，他就像当年的你，他只有二十三岁。我也不知道自己怎么了，这个年纪还会这么傻，可就是没办法。无论怎样，你是个很好的老公，错不在你。"

我闭上眼睛，忍受了这次侮辱。

"你哥哥知道吗？"

她点点头："他上次回来，就是为了劝我。我知道，我从小到大都听哥哥的话，唯独这一次，德辰，我真是没有办法，不能再欺骗下去了。离婚的事，越快越好吧。"

我听见桃子的笑声，她咯咯地笑着，好像就在这间客厅里，就站在我旁边。我盯着桌上的盒子，鬼使神差地将它拿过来，大力地扯开，素莹惊异地望着我。盒子里面装着一支香水，我曾经送给桃子，后来又送给素莹。一叠纸掉在地上，被素莹捡了起来，翻过几页，她就明白那是什么。

一串串的幽会时间和地址，微信记录，房产交易的记录，会计和相关银行职员的名字，这是一场公司高管偷情的全记录，以及如何利用财务的漏洞，挪用公款为情人买房子，随后将情人逼走，卖掉房产，钱款去向不明。我当然爱过桃子，也是一位相当不错的画手，然而艺术家也需要很多钱呢。

过了半晌，素莹将信纸重新折叠起来，握在手心里。她说："德辰，其实你什么都有。"

我摇摇头："我什么都没有，都是你的，你哥哥的。"

她不再说话。

三天后，我和素莹参加了桃子的葬礼，上下流言纷纷，我们也是最后一次扮演夫妻。恋爱的人都是盲目的，女人更是如此，素莹居然对那些再明显不过的出轨迹象视而不见，甚至对旁人明里暗里的提醒她也不曾放在心上。这几个月，她既快乐，又内疚，夹在情欲与道德的两道高墙之间，没有片刻的轻松，经常感到无颜面对我，为了逃避，她只好藏在厨房里。离婚后，她向我坦承了一切，那是我们多年来最为交心的一次谈话。自那以后，素莹就从我的视野里消失了，她哥哥始终站在妹妹那边，她带来的财产，原样又带走了。别的责任，他们没有追究。

　　我不得不辞职，不久就找到了新工作。职位自然不比从前，但是，怎么说呢，日子还能过下去。人只要想活，就总有办法。我给桃子的妈妈寄过一次钱，匿名，数目不小，只寄了一次，害怕她会追根究底，害怕她知道我见死不救。有时候，我从埋头画图的格子间里抬起头，伸展着酸痛的肩背，望向楼下的繁忙街道，偶尔还会想起桃子、素莹和那一幅无名的肖像。自桃子咽气的那一刻起，我这人就算完了，不再有勇气去面对画布，剩下的只有余生。

　　有一天，桃子的妈妈打来电话，她说她去了女儿遇难的现场，酒店的前台帮她查了开房记录，得知那天我也在那里。她想知道，我有没有看见什么，或者记下那辆车的车牌号，她想替女儿讨个公道。我当然记得车牌，第一时间就记住了，可是隔着千里，我张口结舌，无法扮演这伸张正义的角色。我告诉她，我没看见什么，也不记得车牌，那晚同住一间酒店，房间相邻，只是巧合，我和其他人一样，第二天才得知噩耗。我一口气说完，好像编排许久的台词，那头的人沉默片刻，叹了口气，无底的深渊里幽幽地吹来一股冷风，电话便永久地挂断了。

看不见的高墙

一

十五年前，六月，一个闷热的午后，我躺在宿舍的上铺一动不动。吊扇坏了，潮湿的空气从四面八方围堵过来，毛孔在卖力工作，排出一层层汗水，每一寸皮肤都忙着参与新陈代谢。只有我闲在这里，无事可做。

考试结束，论文完成，下个月就要离校了，工作还是没个着落。我打定主意要去大城市见见世面，我妈却强烈地希望我留在家乡，找个吃皇粮的单位，找个温柔的姑娘结婚，最好女方也是公务员，然后赶快生孩子，给她的晚年找点事情做。每次打电话，她都会说一遍同样的话。我上学的地方离家不到一百公里，已经几个月没有回去过了。怕听她念念叨叨，还非得听完不可。

我翻个身，将枕头边那本折了角的推理小说拿起来，离校之前，这本书得还回图书馆。看到一半，凶手呼之欲出，故事毫无新意，里面的插图倒是画得很好，我试着在笔记本上临摹。舍友二毛走进来，看见我坐在床上拿着纸笔，问："画什么呢？"

我给他看小说里的插图，是一个举着刀意欲分尸的凶手，低着头没有脸，只有后脑勺的一簇竖起来的头发。二毛的大名我几乎想不起来，他姓毛，在家里排行老二，在校报上写豆腐块文章，自称毛二，而我们宿舍里的几个人，都管他叫二毛。

"你画得挺不错呢。"二毛夸奖我。我给校报画过插画，配在二毛的文章旁边，这让他的虚荣心大大膨胀起来。并不是每篇投稿都给配插画。自那以后，他总是夸我画得好。

二毛已经找到了工作，去一家银行做 IT 系统支持，稳定的职位，稳定而丰厚的工资，有时候我想，如果二毛是我妈的儿子，她会开心得多。二毛脱掉球鞋，滚在床上，抱怨屋里太热了，他刚在操场上投了三百个篮，浓重的汗味弥漫整个房间。我仍然在纸上画着，铅笔尖发出轻微的唰唰声，这声音让人身心宁静，仿佛有另一个自我投射到纸面的二维空间，获得现实中没有的自由。二毛伸展开四肢，不久就发出了呼噜声。

二毛睡觉很轻，用他自己的话说，总有一半是醒着的，因此，当电话铃响起的时候，他马上翻身下床，多半是他女朋友打来的。

他接起电话，然后回头叫我。我花了几秒钟从上铺跳下来，在床边找到那双后跟被踩塌的运动鞋，走过去，接过听筒，里面说："意城，听出我是谁吗？"二毛带着失望躺了回去，将手背覆在自己的眼皮上。

那声音似曾相识，随后我才反应过来，是表哥。我有好几个表兄弟，而"表哥"在我们家通常是指其中的一个，就是在北京卖计算机的那位，在我妈看来，北京如隔天垓，而表哥则是一段传奇：他十七岁中专毕业，便一个人上北京闯荡，他们爱用"闯荡"这个词，好像北京不是首善之都，而是草莽江湖，凶险万丈。每年春节，表哥回到老家，少则十来天，多则住上一个月。其间，他的穿衣打扮、言谈举止、见识风度，是亲友之间最热门的谈资。表哥享受着这些艳羡之情，他满面红光，递烟劝酒，动作敏捷，态度从容，像一只越冬归来的燕子，在自家的屋檐下轻巧地翻飞。我妈说，要有出息，就得像你表哥那样，我并不完全相信，对于她笃信的事，我总是存着一丝怀疑。即便如此，我还是听她的话，念了一个与电脑有关的专业。与电脑有关，就是与远在北京的表哥有关，我妈妈因此感到十分荣耀，好像我已经有了大出息的苗头。

三年过得很快，虽然只是个大专，我成绩还挺不错。同时，我开始画画，随手画点什么，看起来像是一项娱乐，其实完全相反，画画是一种折磨。每次我拿起笔，铅笔或者别的什么笔，试图呈现一个画面的时候，我的手就开始不听话，每段线条都像是胡涂乱抹，像一群别扭不听话的狗，虽然我是主人，但它们却不听指令，朝各个方向疯跑。二毛说我画得不错，因为他不知道我真正的念头是什么。每完成一幅画，我都陷入一种近乎空虚的寂寞之中，只有等到再次拿起画笔，这种感觉才会消失。

"你以前学过吗？"画完那篇文章的插图时，二毛问我。

学过，如果中学时候上的美术班也算的话，我告诉他。我不太懂技法，基本功一塌糊涂，或许有些热情，但是技巧不够用，导致热情常常失控。有时候我想，等我赚到钱，要去好好地学一学，词不达意的痛苦或许会少一点。

对我来说，画画不仅痛苦，还很孤独，然而拿起画笔又可以排解孤独，这种矛盾令人着迷。毕业季的夏天，我画了不少乱七八糟的画，大部分没有完成。一些静物，几个偶然遇见的女孩子，一些花，或者一阵风。不同季节的风都有各自的线条可循，差别很微妙，也很奇妙，很难解释，似乎我可以构建出一种属于自己的观察方法和思考逻辑，然后用不成熟的技法表达。"手跟不上脑子。"我给自己下了这样的评语。

表哥打来电话时，我正在画那个凶手，给他一个冷硬的侧脸。线条是一种非常奇妙的语言，怎么说呢，跟编程有些相似，节奏、逻辑、呼应、起点和终点，有时候整齐，有时候参差不齐。在我送给他一张他女朋友的肖像之后，二毛有时候会开玩笑似的管我叫"艺术家"。那女孩是我跟二毛的初中同学，和二毛上同一所高中，高考落榜后就去找了一份工作，在外面租房子，二毛夜不归宿时，就是跟她一起。看得出来二毛很爱她，如果在我们这种年纪，能说得清什么叫爱的话。

　　二毛对那张肖像画非常满意，甚至有些嫉妒，所以他提到"艺术家"时总带着一丝调侃。当然，我自己很清楚，我画的这些东西远远称不上艺术，连最初级的模仿都算不上。

　　表哥的声音透过话筒，他一向大嗓门，我不由得偏了偏脑袋，好像下一秒就有口水溅出来。他邀请我上北京。"跟着我干，"他说，"也跟我做个伴儿，怎么样？"

　　不久，我就买好了火车票，把一些用不着的东西打包带回家，顺便告诉我妈，我要上北京了。一阵沉默过后，她说了句："唉哟，到那边吃什么呢？"好像北京会闹饥荒一样。然而除了吃，别的困难，她也想象不出了。实际上，我吃得很好，住得也不坏，问题就出在这里，有吃、有住、有活干，可是仍然不满足。

　　"你每天都在想些什么呀？"表哥说，我没回答，他也不深究。忙完一个周末，周日的晚上，他带我去买烧鸡和啤酒，我们坐公交车到白石桥的家乐福超市。我喜欢巨大的超市，即使不买，那种物质丰足的感觉也让人心里踏实，踏实中生出欢喜，像土壤里长出瓜果一样。我喜欢看那些包装完整的蔬菜水果，各种奶制品的清爽包装，敞开的冰柜里照着柔和的光，所有的商品都在仔细打扮自己，努力地取悦大家，看上去很可爱。

　　我们买了打折的烧鸡、啤酒和一些别的饮料，表哥喜欢一种苏打饼干，每天用它当作早餐。我们顶着傍晚的炎热等公交车，挤上去，再挤下来，啤酒罐的温度升高了，口感变得软绵绵的，表哥喝一口，骂一声，说明天咱们去买个冰箱。家里那台老旧的松下冰箱坏了，这冰箱的年纪搞不好比我还大，房东不肯换新的，我们只好自己去买。

第二天，表哥带我去了三环路上一家大中电器，商场里冷气开得很足，工作日的上午，顾客不多，只有一些上了年纪的人在里面闲逛。一个穿紧身旗袍、斜挂绶带的姑娘站在那儿，像是从五花八门的电视广告里走出的女郎，把一张传单塞进我手里，是一个国产品牌冰箱的广告单。

"有特价。"她说，怯怯地，一看就不是销售的老手。

表哥喜欢特价，我不喜欢，我只喜欢我喜欢的东西。表哥家里有好几个孩子，而我是独生子，从小他就不像我这么任性。最后，表哥拍板，买下了她发广告的那个冰箱型号，约定地址、时间，厂家会送货上门。她领着我们去结账台，旗袍裹着的身体左右摆动。那天，直到上床睡觉，我还惦记着她，穿旗袍的背影化成利箭，贯穿了一整夜的梦。

第二天，冰箱来了，表哥买了一整箱啤酒，整整齐齐地码进去，满足地叹了口气。晚上，我们回到家——一间不到二十平方米的出租屋，喝冰镇啤酒，看碟，吃各种包装袋里的超市食物，窗外是一条热闹的马路。晚上，无数的灯火亮起，这间小屋好像是漂在黑夜里的一条船，划向看不见的地方。

"我在想，以后能干点啥。"有一次表哥问我，"你整天都在想什么呀？"我告诉他我的困惑。

"想这有什么用？做一天算一天嘛。"他说，打开下一罐啤酒。十四寸的电脑屏幕上，一男一女正在接吻，相互抚摸。我走到窗前，看见无数的色彩和光线在流动。我忽然有种冲动，想到自己也许可以做点什么，把这些都记录下来。

我拿起手机，对着窗外拍照，老款的诺基亚手机像素很低，拍出来模糊一片。模糊的光点密布在暗沉沉的背景里，包含着一种说不清的东西。我推开窗，音箱里传出的声音使我迫切地需要一双手臂、一个拥抱和一片柔软的皮肤。夏夜的风带着温热的质感，让人联想到丰满的肉体、潮湿的气息、铅笔画出的断续的线条。表哥抱怨我开窗放走了空调的冷气，挂在窗外的压缩机轰响着，像一个忙碌的蜂巢。

日子如水流过，一切如常。我从未想过我真有什么艺术上的天赋。爱好不等于天赋，到北京之后，所有的艺术形式，除了色情电影，都与我的日常生活没什么关系。休息日，我去看过几场不收费的画展，没品出什么特别的滋味，被人肯定的艺术品没能打动我，那问题一定出在我这边。

在表哥的店里，我整天跟电脑配件为伍，对各种设置和参数了如指掌，也能一眼看出顾客是不是行家。干我们这行，能赚到的多半是外行菜鸟的钱。表哥的面相老实，而我呢，长得还算帅气，这样的组合能击中广泛的客户，不论是带着上学的孩子来买电脑的父母，还是完全没有电脑常识的年轻女生，都觉得我们看起来诚实可靠，说话也风趣动听。表哥从不轻易夸人，有一天，喝了一点酒之后，他说，意城，你是个好帮手，明年，我再盘一间店。我忽然意识到，表哥一定赚了不少钱，远比他告诉我的要多，而他给我的工资却少得可怜。当时我也喝了点酒，就借着酒意，开玩笑似的说："表哥，给我涨点工资吧。"

他没说话，第二天早起，上班之前，他一边刷牙一边跟我说："三姑托我照顾你，你在我这里，白吃白住，我都没算你的，你要涨工资，我可养不起你了，你得自己出去住。"我装作没听见他的话，照常去上班。在路上，我想明白了：表哥的生意永远不是我的，虽然他常说我们将来有钱了要怎样怎样，即使是真的，有钱人也只可能是他，不是我。

我继续每天去店里干活，和顾客说说笑笑，和表哥一起吃盒饭，忙的时候只泡一碗方便面。要干点别的什么事的想法，越发地强烈了。家里的电冰箱很好用，售后客服打电话来问体验，我给了五颗星。那个女孩带给我的最初印象，随着时间流逝，渐渐地模糊了。我又去过一次大中电器，她不在那里，售货员解释说这些大学生只是来打暑期工，现在都开学了。她不知道我形容的那个女孩到底是谁，叫什么名字，在哪所学校。我找不到她。在我的生活里，她只是偶然一瞥的影子，擦肩而过的路人，时间久了，连她的样子也渐渐模糊了。

春节，我和表哥一道回了老家，妈妈看见我，好像我从战场上活着回来那么开心。她拉着我到处去拜年，仿佛我是个新出世的婴儿，需要跟人家炫耀一番。我跟着她在各种亲友家穿梭，因为没有结婚，依然收得到压岁红包，开玩笑似的要给一位比我大三岁的远房爷爷磕头，被对方的父母哈哈大笑着拉起来。那一刻我觉得，老家也没什么不好，北京的世面呢，也不过如此。

这念头只是一闪而过，北京仍然吸引着我。过完正月，我和表哥还是上了回京的火车。房东又要涨价，表哥打算找新的住处，看了很多房子过后，最后他选中了一个朝西的半地下室，傍晚光线从窗户的上半截透进来，斜照在身上，热烘烘的，好像一间牢房。

"这比地下室强多了。"他说。在我们脚下，还有一层真正的地下室，住户频繁更换，似乎每个人都是暂居，没几天就换一批新面孔，刚认识的邻居转眼就消失了，大大小小的孩子们在阴暗的楼道里乱跑，有人打麻将到半夜。比起原来的住处，这里又脏又乱，街道上的灰尘不断地飘进来，家具上总是一层土。好在表哥向来随遇而安，只要能攒下钱，他不在乎所谓的生活环境。

我又开始画画了，算是对困惑的一种回应。我买了一些美术教材，打算再多存点钱，就去学画。天气暖和起来，到处飞舞着柳絮，表哥出现了过敏的症状，他不停地打喷嚏、咳嗽、气喘，最严重的几天，不得不留在家里。我替他去店里照顾生意，这两天整座大楼里的客流都比平时少些。寒假刚结束一个月，是卖电脑的淡季。我坐在表哥的转椅上，拿一个硬皮的笔记本垫在腿上，开始画一个女孩。

　　一双脚出现在我的视野里，白球鞋，牛仔裤，我仍旧看着自己的纸笔，等着顾客开口。有时候，做生意的过分殷勤，反而会赶走客人。我继续画，白球鞋在店里转了一圈。我们家和别人家并没什么不同，这样的小店在中关村有无数个，一般来说，有明确目的的顾客会很快发问，她——从鞋子的大小我断定是"她"，似乎是来闲逛的。

　　她没出声，我也没有抬头，直到女声响起，说："你在这儿呀，咱们吃饭去吧。"我才惊觉已经到了中午。不知不觉间，我画了快三个小时，她的眉目依然不清晰，还没有从一片混沌中显现出轮廓，灵感来了又去，像在捉迷藏。我收起画纸，打算去楼下买个盒饭。今天表哥不在，我不打算吃方便面。

　　我抬起头，看见她站在一排显示器前面，脸上映出蓝荧荧的光，头发松松垂落下来，不像上次那样紧紧盘在脑后。旗袍虽然很美，但是并不适合她，她平平常常的样子就很好看。跟她说话的那个女孩比她矮一点，短发，跟她的漂亮朋友比起来，五官显得很模糊，像不存在似的，其实也长得挺好看。

　　我问她们想要什么，一般我不这么问，也不会这样快步地走上前。我不喜欢那种拉拉拽拽的销售风格，也不会过分热情。有些人喜欢跟店家贫一会儿嘴，套近乎，好拿到更低的折扣，我和表哥都留意着不让自己陷进这样的圈套。可是她看起来很需要专业的帮助，大部分女孩都是这样，对电脑一窍不通。

我给她讲解各个品牌，国内的，国外的，各种配置的高低差异，言谈之间我得知她是学设计专业的，想买一台电脑放在寝室。我自告奋勇要帮她攒一台，比买品牌机便宜，性能更好，店里一样给保修。最后她选了一套白色的机箱、显示器、键盘和鼠标，比起内在性能，她更关注外表。我们约定两天后取货。

表哥还在跟无孔不入的柳絮做斗争，店里客人不多，对我来说，这两天难得地清静。我仔细地帮她组装电脑，这其实花不了多少时间，不用动脑筋，闭着眼睛也能完成。我在晚上闭店之后做这件事，慢腾腾地，好像舍不得结束。楼里的人都走了，只有我这里还亮着一盏灯。

工作做完之后，我给自己泡了碗方便面，匆匆吃完，然后取出没完成的素描，花了几分钟将她画完。我从来不相信什么星座、血型、算命之类虚头巴脑的东西，但是今天似乎是冥冥中注定的一天：表哥得了过敏症，我独自看店，正在百无聊赖地画着记忆中的影子，然后她就出现了。她一定不记得我了，可我一眼就认出她来。

她一个人来取电脑，那个朋友没跟她一起来。我锁上店里的玻璃门，挂上休息的招牌，帮她把电脑送去学校。在一楼宿管阿姨严厉的目光下，她解释了半天，宿管才允许我上楼。我扛着那只沉重的纸箱跟在她身后，想问她记不记得卖过一台冰箱给我。

她的宿舍不大，摆满了床。说实话，这所知名大学的宿舍楼条件还不如我在老家念的专科的，房间里连吊扇也没有，夏天不好过。窗户大开着，外面支着晾衣架，几排颜色各异的衣服挂在外面。铁质的双层床，用围布挡着，隔出每个人的独立空间，中间摆着一张长方形的桌子，上面堆满了课本、小说和其他杂七杂八的女生小玩意儿，她手忙脚乱地清理出一点空间，我把装电脑的纸箱放在桌上。

经过这一番忙碌，她的头发有一点起毛。我有些无措地站在房间中央，这是一个四月的晴日，柳絮飘得满天，恰巧这里没有别人，一个房间住八个人，另外七个都不在。她从床下的纸箱里拿出一瓶可乐递给我，大概意思是我可以走了。

我接过可乐，瓶子是温的，想起表哥是如何讨厌常温的啤酒。我慢慢拧开盖子，喝了一口，气体从舌头开始一路爆开，像节日里欢庆的礼花。片刻的沉默过后，为了打破尴尬，我说："电脑如果有问题，可以来找我。我们保修，保修很久。"

"多久？"她问，眉梢眼角带着笑意。

我没来得及回答，身后的门开了，几个女生说笑着走进来。我只能离开，然后发短信告诉她，没有期限，她随时可以来找我，署名"意城"。我怕她没存我的电话。

二

柳絮的时节过去了，表哥的过敏症迅速好转。过敏这毛病就是这样，来得快，去得也快。他回到店里的那天，我把画画用的东西都收进了背包。对这些天的销售额，表哥不太满意，觉得我一定在这儿偷懒。他这个人，有事并不会直接说出口，但他会想办法让我不舒服，拐着弯来表达不满，擅长的是找借口发脾气，而不是讲道理。

他让我把店里的货理一遍，对照进货和销货的单据，这些工作通常到月末给供货商结款的时候才做，不过他是老板，他说什么我就干什么。过了两天，我把整理好的单据给他，他接过去并不看，放在一边，说："意城，你缺钱用，可以告诉我。三姑说让我多担待你，那你也不能偷呀。"

这个"偷"字，像是他信手拈来的字眼，轻飘飘地说出来，对我来说，却像一根冰做的锥子，直刺进我的耳朵。血涌上头顶，我强压着，冷静问他："我偷什么了？"

他拿起账本，指出几件东西的价格不对。他的意思是我谎报价格，多卖少报，差价进了自己腰包，他看账的眼睛尖得很。我告诉他，这几件东西是同行串货拿走的，就是比表哥定的零售价低，我是忘了在上面标注，但你不能随便说我偷。我要拉着他去找人家做证，他不肯去，也没有道歉，以为事情就这样过去了。我一整天都不跟他说话。到了晚上下班的时候，表哥正在收拾东西准备走，我对他说："你是不是应该道个歉？"

他笑了，皮笑肉不笑地，说："你不是要涨工资吗？下个月开始涨两百块钱。"

"你得道歉。"我说。虽然两百块钱也是个诱惑，但它冲淡不了眼下的羞辱。

表哥咕哝了一句什么，他以为这样就能过关了，他这个人大概从来没有真诚地说过"对不起"。我不依不饶："我没听见。"

他火了，将手里即将熄灭的烟头摔在地上，大楼内禁止吸烟的规定对他来说就是一句废话。他说："你不要得寸进尺！"紧接着，他就挨了一拳，后退两步，差点被一只纸箱绊倒。此时店门还没有关，打架的动静已经引起了一些注意。

表哥涨红了脸，嘴里骂着向我扑过来。他并不比我高大，因为缺少运动而生出了啤酒肚，力量和敏捷都远不如我。当我最后把他压在地上的时候，已经有几个人过来把我们分开，表哥吐着气，我盯着他，双手依然紧握。他挣脱开扶着他的手，拿起自己随身的那只黑色腰包，头也不回地离开了。

当天晚上，我没有回去。在北京，我没什么朋友，手机里存的号码，不是同行就是客户，还有几个从广告上抄来的画室的电话，我打算攒够了钱，就去报个名，好好学学。我找到一家餐厅，走进去点了两份炒菜，大瓶冰镇可乐，埋头大吃一顿。胃饱了，似乎头脑中的空虚也跟着消失，取而代之的是饱胀的迷糊，各种想法和各种食物混合在一起，血流减慢了，我从打架的激愤中清醒过来，面临着一个实际的问题：今晚该怎么办？像什么事都没发生那样，厚着脸皮回表哥的房子里睡觉？我做不到。除非他真诚道歉。

好在天气不冷，就算游荡在外，也不受罪。平常两点一线，我很少有空出来闲逛，北京的夜色只从窗户里望过，真正走进去时，繁华盛景让人眼花缭乱，即便是黑夜也充满着色彩。我沿着人行道漫无目的地闲逛，看车灯汇流成河，像费力蠕动的爬虫，不知不觉从四环走到了三环，一只纤细的手搭在车窗外，不耐烦地轻轻敲打，手上的宝石戒指闪着锐利的光。这条路天天拥堵。

越过这些堵在路上的车和人，我自由无碍地向前行走，心中升起一种轻松的欢喜。虽然一无所有，甚至今晚的住处都成问题，我依然感觉自己像是这城市的主人，新的主人。人在年轻的时候，常有这种幻觉，以为一切尽在掌握，心想事成不过是个时间问题，没想过生活既然可以盘旋而上，也有可能急转直下。当时的我，只看到乐观的那一面。

我信步走着，享受着四月温暖的风。如果能有一间画室，此刻可以坐下来画画，那一定很舒服。从高楼大厦的窗口里透出来的光亮显得很温柔，每个窗口背后都是一个家，而我自己的家还在千里之外。我拿出手机，想给家里打个电话，犹豫了一会儿，最后没拨出去。

通讯录里跳出她的名字，排在第一个，艾琳。屏幕亮着，我对着那串号码发了一会儿愣。此时我无处可去，无事可做，索性试一试。电话打通了，没人接，我站在一间吵闹的麦当劳前面等着，一个十来岁的孩子骑着一辆轮子发光的自行车，停下来，把车扔在餐厅门口就跑了进去。

我跟在那个男孩后面，给自己买了一份冰激凌。我不抽烟，不爱喝酒，吃甜食是最大的爱好，似乎不怎么爷们儿，不过谁在乎呢？这里没人认识我。我搅着冰激凌上面的巧克力酱，一边享受店里的凉风。麦当劳日夜开放，大不了就在这儿凑合一夜，明天再说。

冰激凌快吃完的时候，电话响起来，艾琳打回来，我没让它响第二声就按下接听键，凑在耳边。艾琳说："喂，你有事找我？"听她口气，好像我们是多么熟悉的朋友。

我磕磕巴巴地说："你在哪儿？"好像我有资格这么问。

"你有什么事吗？"她退回到应有的距离之外。我清醒过来，开始有逻辑地组织语言，简单地说了今天发生的事情。实际上与她无关，但是我努力描述得似乎与她有点关系。"你得替我做证。"我说，"开给你的收据，你还留着吗？"

"留着。"她说，"你现在就要吗？"

"你要是方便的话，"我说，"我现在就去拿。"

她身边有人，我听见她跟一个男生小声说话的声音，心开始向下沉。很正常，像她那样的大学女生，有男朋友太正常了。随后，听筒里面她的声音又清晰起来，告诉我，她没在学校，她会将地址发短信给我，我可以在那里等她出来，然后一起回学校拿电脑收据。

我等了一分钟，有生以来最漫长的一分钟。短信来了，是一个小区的名字，没有具体的楼号和房间。我破天荒地打了一辆出租车，不到半个小时就到达了目的地。我走进小区的大门，给艾琳打电话。小区中央有一片郁郁葱葱的花园，满树的桃花伴着新生出来的绿叶，花快要凋谢了，北京的春天特别短。

她来了，从花园边的路灯下面走来，比别人更早地穿上短裤和短袖衬衫。衬衫是纯白色的，在模糊的光线下呈现一种淡淡的黄，像奶油一样。头发高高地扎在脑后，发梢有些潮湿。

"意城。"她这么叫，不是因为亲热，是因为不知道我的姓。

"我姓杨。"我告诉她，怕她因为叫得太亲密而感到不自在。她的脸稍稍红了一下，也许是我看错了，路灯下并不怎么光明。

"我有点事，"她说，"你能再等等吗？"一边说，我和她一边向前走。她带我来到一栋楼前，厚实的铁门紧闭，密码键盘闪着绿色的光。

我点点头，停下了脚步，反正无处可去，在哪儿待着都一样。她回头说："要不你跟我上来吧。可能还挺久的，你在这儿站着，我就更不踏实了。"

我举步跟着她，一边想努力理清思绪。也许眼前有一场美妙的奇遇，也许有别的什么难以预测的事情发生，还是那句话，我一无所有，连今夜睡在哪儿都不知道，有什么可失去的呢？我跟着艾琳上了楼，在电梯里，她一言不发，我假装专注地在看一张打印出来的寻狗启事，失主悬赏五千块钱，找一条十一岁的白色京巴狗。我不怎么喜欢这种狗，长毛邋里邋遢，常常目露凶光，无缘无故地狂吠一番。

电梯门打开，她引领着我走向楼道尽头的一扇暗红色的铁门，上面开着一扇透气的小窗。她掏出钥匙熟练地开门，把脚上的帆布鞋脱在门口的玄关。我学着她的样子，只穿袜子走进房间。

这不是一间普通的客厅，虽然我没去过北京的人家做客，但是一般人家肯定不会放这样的长桌子在中央，上面铺着一张紫红色的绒毯，落地窗前的地板上堆满了画具，石膏像散在各个角落。这是一间画室，我曾经梦想的那种画室，如果可能，如果我能拥有一间这样的画室，我愿意整天待在里面。

一个男人四仰八叉地躺在沙发上。艾琳说："这是我朋友，这是冬哥。"对方冷淡地看了我一眼，没出声，我也没出声。

室内的空气有些混浊，窗户紧闭，深灰色的落地窗帘拉得严严实实。艾琳随手拿了一把折叠椅给我，冬哥对她说："明天我有安排，最好今天能完事。"

"是菲儿吗？她割完双眼皮了？"说着，她脱掉了上衣。我来不及躲，也没想到要躲，因为一切发生得太快了，甚至来不及从椅子上站起来。她已经全身赤裸地站在那儿，背对着我，轻快地跳上长桌，侧身躺下，用绒毯将自己包裹起来，腹部以上的部位袒露着，双脚和小腿的一部分斜着伸展在空中。

艾琳叫"冬哥"的这个人走到支好的画架前，漫不经心地涂抹起来。这是一个人体写生的现场，而我手足无措，努力不要显得少见多怪。显然他们是在工作，日常的工作，空气里有种紧张严肃的气氛，又带着一丝戏谑。如果说这个场面有任何荒诞可笑之处，那被取笑的对象也只能是我。

时间一分一秒地过去，艾琳一动不动，从侧面看不见她脸上的表情，只能看见那位画手。他时常凝视着她，时间长得超过绘画的需要。这人长得挺帅，光脚站着，比我高出一个头。我很想看看他画成什么样子，即使不是专业的画家，他至少是美术专业出身，要吃这碗饭的。

他画的时间比我预计的要短，大约一个小时过后，艾琳重新穿上衣服。她揭开毯子的那一刹那，我扭过头去，听见她一件件捡起地板上的衣服，一边说："别忘了给我转账，还是那张卡。"得到肯定的答复之后，她从冬哥身边的沙发上拿起一个浅粉色的双肩包，就是那天去电脑城背的那只，带着我一起离开了。

电梯里，她一言不发，微微低着头，我努力不去想她裸体的样子，可那样子总像一张沾过药水的密码纸，影影绰绰地透出形状和含义。我不能说那裸体对我有什么意义，毕竟是在那样一个特殊的环境里，她完全心无旁骛，满不在乎，她在意的只是对面那个人的反应，绝不是我。当然，还有钱，这类模特应该很赚钱，我猜。

　　我一言不发地跟着她上了公交车，快十一点了，公交车上人很少，也许是最末一班了。她的学校离这儿并不太远，她随便捡了个座位坐着，我就站在她身边。

　　"你怎么不坐？"她问。

　　"刚才坐太久了。"我说，然后又觉得不妥，好像自己在抱怨似的。

　　她笑了，说："你吓坏了吧。"

　　"不是，"我说，鬼使神差地说了一句，"我也画画。"然后看到她露出吃惊的样子。

　　"不是你们这样，"我为自己的鲁莽感到有点后悔，好像冒失地闯入了一片属于别人的领地，"我就随便画画，漫画什么的。"

　　"那就好。"她说，"我遇见的浑蛋也不少呢。"

　　我想，她指的是刚才那个男孩那样的人吧，看上去就像玩艺术的，从发型、衣着到神态，是影视剧里标准的文艺青年模样。我和那样的人，相差十万八千里呢。

　　"今晚你住在哪儿？"她突然问。车子堵在路中央，华灯满眼，我实话实说："不知道呢，麦当劳之类的地方可以过夜吧。"

　　"我们学校有个招待所，"她说，"很便宜，有时候父母过来看孩子，就住在那里，五十块左右，很干净。"

　　我痛快地答应了，不愿意让她知道五十块对我来说，也算一笔钱。到站了，我们一前一后地下了车，她的白衬衫在灯光下呈现半透明的色泽，像阳光下的浮冰，看上去很清凉。

她带我去学校的招待所——偏僻角落的一座小楼，如果不是内部人还真的找不到——拿出学生证来帮我讨到优惠的价格，五十块一晚。前台的大姐用狐疑的眼光看着我们，她说："是我表哥，来看我的。"拿到钥匙后，她对我说，你等着，我回去帮你找那张收据。

我进房间先洗了个澡，水流忽冷忽热，正像我的心情。这一天过得有些魔幻，早上我在表哥的出租屋里醒来，晚上却到了这里。旅馆墙外是一条嘈杂的马路，不断有车来车往。我穿好衣服，走到楼下去等她。有意思，今天总是在等她。

她来了，换过衣服，也洗了个澡，头发披散下来，还湿着，脚上穿着一双人字拖鞋。她把收据递给我，问我打算如何洗清自己。

"没什么办法，"我说，"把这个丢在他脸上就完了。"

她笑起来，好像我说了个好玩的笑话，接着她邀请我在校园里走走，这个时候，学校里各处的人还很多。我们来到操场边上，篮球场上灯光通明，她停下来站着看了一会儿，对我说："你看见那个高个子男生了吗？刚刚扣篮的那个？"

我点点头。

"那个是我男朋友，前男友，上个月分手了。"话题一下子深入到私人生活里，我有些不知所措。

"走吧。"她说，我们走在一条树荫浓重的路上，"他不喜欢我去打工，打那样的工。其实没什么，但他就是接受不了。"

我设身处地地替她男朋友想了想，似乎确实有些难以接受。

"那个，赚钱很多吗？"

"不算多，不过挺有意思。干这一行的，女生比男生更放得开。有一种心理学理论，说女人更愿意展示肉体，因为肉体美值得自豪。男人就不这么想啦，都很勉强的。"

她看看我："唔，你看着还挺不错，想赚外快吗？"

我摇摇头，那情景光想想就受不了。

"也是，你是画画的，是属于另一边的。"她说，"画家和模特，有时候就像猎手与猎物的关系。有时候，打猎是为了吃饱肚子，有时候，完全是为了找刺激。我喜欢老老实实画画的人，可是有些家伙，画画不过是个幌子。"

她所说的"另一边"，我没有完全弄懂。我究竟算是"哪一边"呢？如果我拿起画笔，是不是就算进入了她的世界？

前所未有地，我想要坐下来画画。艾琳带着我走遍了校园，名校也不过如此，设计平庸的方块大楼，喷头都坏掉的喷泉，粗糙的雕像，结结巴巴的线条给人一种胡乱拼凑的感觉。学生好找工作就算是好大学了？当然，大学的好坏轮不到我这个专科生来评判。

一家小卖部的门口摆着几套塑料桌椅，她走过去买了两杯冰奶茶，让我一起坐下，使得聊天的气氛更浓了，但话题仍然由她掌握，我只是听众。

"他不喜欢我去当美术模特，"艾琳说，"不过更大的原因是他遇到了别的人。不喜欢我光着身子给别人看，不过是个借口罢了。"

我忽然明白过来，她失恋了，需要找人倾诉，至于那个人是谁根本不重要，而我想把话题拉回我这一边。奶茶很甜，我一口气喝完一半。

"这么说，你认识很多画家了？"

"第一，他们不是画家，大部分只是学生。至少得开过个展，才能算是摸着画家的门槛。"她说，"第二，我们和他们，只不过知道个名字，算不上真正的认识。我不过是画室里的工具罢了，一对一还好，如果是上大课，十几个人对着你画。你想认识他们吗？"

"我想找间画室，"我突兀地说，"不知道能不能托你帮忙？"

"这个啊，"她笑了，喝完塑料杯里的奶茶，吸管发出呼噜噜的响声，"这个忙还能帮得上。"

晚上，我躺在床上，一台老旧的空调挂在身后的墙上，冷风相当强力，只是噪声很大，一时睡不着。我后悔没把常用的素描本带出来，不然此时还能随便画画消遣。百无聊赖的时候，就想起艾琳。几个小时以前，她带着我在校园里闲逛，我们一起喝了奶茶，然后，我送她回到宿舍楼底下，她答应帮我联系画室，学画的话，也许有折扣。最后分别的时候，她飞快地在我脸上吻了一下。

这个举动的意义是什么呢？为了报复前男友吗？遇见一

个让人心动的女孩，这种事我曾经遇过好几次，但是每次都无疾而终，不算真正谈过恋爱。恋爱的节奏是什么样，女孩的心理又是如何，我是一无所知。这个吻又轻又快，于我却像是一道劈空而来的雷电。她态度自然，似乎只是一个寻常的道别，接着就转身消失在楼梯上。隔着玻璃门，大厅里坐着的宿管阿姨用严厉的目光望着我。我半天才回过神来，慢慢走回旅馆。

这一夜，我一直辗转反侧，天蒙蒙亮时才睡着。醒来时，看看枕头边上的手机，已经九点半。花几分钟洗漱，收拾东西，然后退了房，打算去找表哥把事情说清楚。外面天气暖和，柳絮不再到处飘飞，雾蒙蒙的空气使阳光有些发白，是北京特有的混浊空气，带着尘土味儿。过几天就要立夏了。

表哥昨夜发了几条短信过来，问我在哪儿，我没回复。我不喜欢辩解，他也不喜欢听解释，实际上他也未必真以为我在偷，只不过是嫌生意不好，拿我撒气而已。不过是三五天的清淡，就受不了了，这种生意做下去到底有什么意思？现在回想起来，那时候的我，觉得什么都没意思，没出息，似乎只有走艺术一条路才算成功，看不起表哥做的小生意，其实他也一样看不起我这样整天幻想的人。

"要去学画？"表哥说，"你这是把钱扔到水里。"他把我整理好的收据，包括艾琳给的那张，还有账本都放在一边，看也不看，"劝你不要发傻，你踏实跟着我干，天天有的赚，比什么不强？"

"我不会借钱给你。"最后他说，而我没等到他说完这句话，就走出店门，直接回到家，收拾了自己的东西，不多，只有一个大背包，将门钥匙留在沙发前的玻璃茶几上，头也不回地走出房门。

这次离家出走，我的准备更充分，有替换的衣服和洗漱用品、画画的工具，银行卡里有一点存款。我打电话给艾琳，简单说明情况，她很痛快地答应带我去学校的旅馆，长住的话，价格更优惠。当然，如果只图便宜，还有更多选择，可是如果想一个人住，有点个人空间的话，这里是最好的选择。

因为打算长租，我挑了一间走廊尽头的房子，安静，空调的噪声也没那么明显，从窗户上望出去，可以看见学校的足球场。等安顿好后，艾琳带我去食堂，她帮我办了一张饭卡，这样就可以吃到便宜又好的饭菜，很方便。我对她说了很多次谢谢，她说："没关系，万一哪天你也成了画家，我又多了个客户嘛。"

就这样，我在艾琳的学校里安顿下来，头几天一直埋头画画。不过，这种画法完全是在发泄，既没有规划，也没有主题，甚至工具也不算齐全。艾琳带我去过一次美术用品店，她的那些朋友经常光顾的地方，告诉我哪些东西是必需的，哪些可以先不买。那天，我请她在一家火锅店吃了午饭，花掉了二十分之一的存款。

银行卡里的数字每天都在减少，照这样下去，过不了多久，我连这儿都住不起了。用那个专科学历去找工作呢，也找不到什么像样的工作，况且我只有一点做小生意的经验，在大公司眼里，这经验等于零，很难跟应届生竞争。艾琳说可以帮我介绍画室，学费也是一笔钱。不管怎么样，先混进这个圈子再说。

有一天，我闲着无聊，去颐和园闲逛，年轻时候的闲逛是真的闲，不像现在，在健身房里跑步都在想事情。除了门口有一些旅行团吵吵嚷嚷之外，往里走，昆明湖边还是很清静。柳树的叶子青而小，夏天刚刚开始。

在一种沮丧的心情中，我走到拱桥边。皇家公园看起来既秀美又不可一世，我走到桥顶上，湖上游船点点，心里像湖水一样茫然。

桥的另一头，有人在写生。反正闲着没事，我就走过去看，才发现不是画风景的，而是一个给人画素描肖像的小摊子，收费不高，生意倒是不错。我看了一会儿，发觉这种水平的肖像也有人愿意买单，一天能画十个的话，挣来的钱够吃饭和住宿，对当时的我来说，是相当不错的收入了。

主意已定，我告诉艾琳，她觉得这个想法不错，同时，她也是我的第一个客户。这份工作的好处在于，因为不产生垃圾，公园的管理方便睁只眼闭只眼，没人来找我的麻烦。那天，艾琳坐在湖边草地上的一张米色帆布椅子上，和我自己坐的那张一模一样，都是从批发市场淘来的。她很专业地似笑非笑着，一动不动，我飞快地描下她的轮廓——速度，干这个活儿，最重要的是速度，因为彼此的耐心都有限。

画完了，她说她很喜欢，我想这不一定是真话，毕竟她被那么多专业的画手画过。不过，即使是假话，我也喜欢听，很高兴。那天是周末，她没课，陪我在公园待了一上午之后，我们去吃饭，一人点了一碗炸酱面，她坚持要买单。

"我挣得比你多。"她说，半天下来，我挣了不到一百块钱，第一天有这样的收入，我已经很知足了。下午她还有事，先走了，我回到公园继续画。游客渐渐多起来，一直到公园关门，我都忙个不停。等收拾好背包，准备离开时，已经是傍晚了。

就这样，我一天天地干下去，虽然无聊，也谈不上有什么长进，但至少是跟画画有关的事情，是靠自己的一点手艺维生，不用看谁的脸色。其间，表哥来找过我，他说他得对三姑有个交代，我告诉他我自己会跟家里解释，不劳他费心，态度很冷淡。现在想来，表哥并不是什么坏人，只是当时的我，只要受到一丁点委屈，就坚持不肯原谅。

表哥走后，我摘下了招牌，把所有东西收拾起来，只留下一把椅子坐着，一边喝着矿泉水，一边看着湖边镶嵌的石头。刻意地模仿自然，其实毫无野趣，就像我，看上去悠闲自在，其实心里很烦。钱总是攒不起来，过去我总觉得表哥小气，现在渐渐地能够理解他，也是因为这样，当他来找我，试图把我拉回去时，我才格外抗拒，不想回到原来的轨道上。在表哥的逻辑里，那才是最正确的生活方式。

在他眼里，我是自讨苦吃，画画是没有出路的，至少，没有看得见的、明确的出路。从某个角度来说，他是对的，其实我现在做的事情，跟卖电脑没什么区别，跟所谓的艺术根本不沾边。但是，仿佛内心深处有个雅鲁藏布江大拐弯似的，我在中学地理课本上见过图片，总之就是不肯一条直路走下去，近的，快捷的，无趣的，都不要。弯道才有风景可看。

三

六月一号，艾琳和我一起庆祝了儿童节。她发了短信给我，祝节日快乐，我就提议一起出去吃个饭，然后看电影。这几乎是个约会了，她并没有特别打扮，和平常一样，衬衫、短裤和马尾，看到我在楼下等着她，她说："我洗了个澡。"沐浴更衣，简直太隆重了。

晚上她还有工作，还是在上次的地方。我们挑了一家附近的电影院，看完之后，我陪她一道走过去。走到楼下，她问我要不要等她，很快，不会太久。我答应着，在附近走走，在小区门口的便利店买了几个苹果。便利店门口的墙上，还贴着那张寻狗启事，酬金涨到一万元。照片里是一只白色的京巴狗，头上扎着红绳束起来的辫子，勉强能看到黑溜溜的圆眼睛，一副娇生惯养的模样。

我拎着苹果，走向上次去过的中心花园，那里有长椅可以坐坐。这会儿热气还没消散，北京的春天实在太短了，好像一夜之间夏天就来了，热得令人措手不及。昨天下了场雨，今天一切都蒸腾起来。铁质的长椅沁出一阵清凉，我把装苹果的塑料袋放在身边，拿出随身听，准备听一会儿音乐，忽然听见轻微的响动，塑料袋在动。

有什么东西在椅子底下，很快，就露出一个头，土黄色野草一般的长毛，纠缠翻卷成一个脏毛球，看上去除了剃掉没别的整理办法。一绺长毛垂下来蒙着眼睛，红头绳还紧紧系着。

我俯下身，伸出一只手，它就舔起来，我手边只有苹果，它也嗅了嗅，发出低沉的哼哼声。这种狗的性子我知道，一点小事就狂吠不止，这一只看起来是受了不少罪，学乖了。流浪了这么久，居然没被人捉去吃掉，或许北京人不爱吃狗肉。我摁住了它的脖子，把它拉出来，它没怎么挣扎。脖子上还扣着项圈，上面的刻字有些模糊不清。我拖着它一边走，一边找到处张贴的寻狗启事。这张纸被前几天的雨淋过，字迹破破烂烂，似乎主人也已经绝望了。我掏出手机，照着上面的电话打了过去，接电话的是狗的女主人。

艾琳结束工作，走出来的时候，看见我站在楼道口等她，说："你怎么这么高兴？"

我三言两语把事情经过告诉了她。活了二十多年，从来没有这么好的运气。她听得一脸不相信，说："她就当场给你钱了？"

"没有。"我说，"她说过后会转账给我，一万块。"艾琳笑了："如果她不守信呢？你就把狗给她了？"

"那是她的狗啊。"

"是这样,"艾琳说,"如果她只是寻狗,不提酬金,也无所谓,捡到就物归原主;可是既然有酬金,你就应该拿,给了钱再把狗还给她。"

"她答应会给的。"

"答应算什么?答应的事情多了,都能办到吗?"艾琳将双手插进短裤的口袋里,她脖子上忽然多了一条项链,闪闪发亮,吊坠是一条蜷曲的小蛇,绿色的蛇眼精光灿烂,下午去看电影的时候,还没有这项链呢。

我默默不语,过了半晌,说:"等拿到钱,我就可以去学画了。"

"要是没拿到,怎么办?"

"那也没什么损失,无非是像现在这样。"

"像现在这样,就是最大的损失。"她接得很快,"你现在就是在浪费你自己。你知道他们都在干什么吗?"她指指楼上,后面的话不说了,可能她也说不清,没有人能说得清别人的生活。她看到的,无非是画室,模特,雕像,父母供给的丰裕生活,艺术家该有的风流模样,这些我都没有,所以她才说,我在浪费我自己。

我也不相信偶然碰上一只狗,就能改变什么命运,但是就算没有钱,物归原主也是应该的。艾琳说我太单纯了,不知道人心多变,似乎很在意那笔悬而未决的酬金。回想起来,虽然有点小气,也是一种关心的表示。

好在人心并不像她想的那么糟，两天后，我就收到了狗主人转过来的一万块钱。这是我有生以来存款最多的一天，那一天我没去公园干活，而是拿着艾琳给的画室的联系方式，一个个打电话过去，最后确定了距离比较近的一家。专业的画室，价格还算合理，中间有艾琳在，还有个小小的折扣。她说起"折扣"两个字的时候，眼睛亮晶晶的。

每周二和周五，我去画室，从住的地方步行过去只要三十分钟。艾琳没事的时候，她会陪着我一起去。"走走路减肥嘛。"她说。白天长了，傍晚无穷无尽，从画室出来时，天还没黑透，汽车尾气和街边的烧烤味儿混在一起，加上漫漫的灰霾，世界像个没洗干净的乌蒙蒙的玻璃杯，倒扣着，水流下来，闷热让人汗流浃背。

有时候，艾琳会到旅馆的房间里来找我，纯粹是为了享受空调，学生宿舍里只允许用小电扇，吹出温热的风。房间里电视是坏的，说了几次，还是没人来修，我们就开收音机听，或者听她的索尼CD机，她有一对小音箱，放在我这里。通常她会带点水果零食，堆放在床头柜上，我们俩在一起总是吃个不停，好像这样能占住嘴，少说几句话，气氛会显得轻松些。和她在一起，我总有些莫名的紧张。

她会评论我的画，有时候，也会给我当一会儿模特，不脱衣服，当然我也没提过。出人意料的是，艾琳的眼光很毒，批评起来也很尖刻，有时候听烦了，我也会回嘴怼她，事后又觉得是自己小肚鸡肠。在这种时候，艾琳总是主动宽容的那边。"算啦，别吵了，"她说，"你要是不爱听，我就不说了。"有时候，她也会很尖锐，比如，艾琳觉得她在我的笔下，总是像个木偶，没有灵魂，眼神空洞，像个挂历女郎，她认为是给游客画肖像的小生意把我的习惯带坏了。

"这样画下去根本不行。"她说，"你要把你自己毁了。"

"当初说好的也是你。"

"如果不能专心画画，你什么时候能有点名堂呢？"

我想告诉她，像现在这样，也没什么不好，而她似乎替我做着雄图远志的梦，导致这话也没法说出口了。在艾琳看来，我是不得志的天才，只要学习，一点点学习，就能够舒展开来，像方便面里的脱水蔬菜似的，从一包不起眼的调料，变得像包装袋上那么丰盛而鲜艳。

"因为你没有全心努力过，"她说，"总想着挣点小钱，养活自己，眼光就那么短。"她伸出两根手指在眼前比画着。

"照你说的，眼光长远，那我恐怕活不到那一天就得饿死。"我说，"我又没有人家那样的家境。"

艾琳不说话了，吃完手上的苹果，将果核隔着半个房间准确地扔进垃圾桶，然后走过去换上凉鞋。"你说得对。"她一边拿起背包，一边说，"是我想多了。"

她很少把不高兴写在脸上，这是头一次，我不知道我该不该，或者有没有资格去哄她。她认识那么多画手，曾经在那么多人面前宽衣解带，她习惯了什么样的表达或者交流方式，我还是拿不准。从小到大，除了我妈，没人对我抱过什么期望，我甚至希望我妈也能放弃我。我妈知道我和表哥闹崩了之后，打电话过来哭诉，把她这些年的难过和委屈一股脑儿倾倒出来，像雨季的水库在轰隆隆地泄洪，而我只想跳下去把自己冲走。艾琳离开后，我躺在床上，重新思考眼前的生活，不过好像也没什么可想的，因为路只有一条，就是继续画下去，除此之外，别无他法。

第二天，艾琳没有来，平常她也不是天天都找我，可是因为昨晚的拌嘴，我总觉得她在闹脾气。我打电话给她，她没有接，过一会儿才回过来，说刚才在工作。她的语气有点冷淡，像含着一颗淡而无味的冰块，也许是我误会了，或者她从来就没有多么热情过。她有她的生活圈子，我处在最边缘的地带。

一连两周，我没有再见到艾琳。她在刻意疏远我，在我的生活里留下一个洞，一个边缘整齐而锋利的缺口。我照常画画，在公园里结识了一些新的人，用以打破孤单的边界，其中一个是和我一样，给游客画素描像的同行，叫田原，他把这名字签在每一张画上，不知道是真名还是艺名，如果我们也配有艺名的话。他只有周末才来，正经工作是一家银行的柜员，和我不同的是，他总是衣装整齐，头发上抹着保湿的发胶，这年头还有人涂发胶？他身上有清淡的香水味，大部分顾客都是年轻的女孩子。

"市场营销嘛。"他说，"我和你不一样的地方就是，我干这个，哪怕只有周末挣外快，我也是全心全意地，你呢，你整天在想些什么？"

　　我在想些什么？这个问题我自己也想寻找答案。艾琳开始不理我的那个星期六，我跟他收了工，一起去吃烤串，出名的店，人很多，吵闹中更容易隐藏自己，因为不必说太多话。他点了啤酒，桌子挨着玻璃窗，能看见湖面那边金黄的飞檐斗拱，隐没在又深又厚的绿树丛里，像巨鸟的窝。

　　喝个半醉，我们一起出去放水。小店没有卫生间，走出去很远也没有，就沿着红砖砌的宫墙解决。背后的街道上，汽车不断地驶过。

　　"你说，她到底是怎么回事？"我们一起摇摇晃晃地往回走。

　　"女人都是这样，"田原说，似乎很了解女人似的，"喜怒无常。尤其是关系还没确定下来的时候，她们就想办法折腾、试探你。你怎么不表白呢？"

　　我坦承自己从来没有表白过，也没恋爱过，相关的一切经验为零。

　　喝多了酒，田原的话变得特别多。他跟我讲起他跟女朋友分手前后的事情，零零碎碎的，像撒了一盘子的调料粉末，最终他宣布，恋爱不过是生活的一种调味料，可有可无，不值得太过伤情，况且，"你们俩还算不上男女朋友啊"。有种人醉了反而更清醒、更有逻辑，田原就是这种人，简直后悔请他吃饭。

　　后来，我用了最蠢的办法，这种事搁现在无论如何也做不出来。我跑去买了一束花，花店里最贵的玫瑰花，香水卡片是空的，因为我的字不够好看。捧着花走到她宿舍楼底下的时候，宿管阿姨像看恐怖分子那样看着我。晚上八点多了，艾琳过了很久才下楼。

看见花，她犹豫了一下，大概是几秒钟，然后就露出笑容，那条小蛇项链在她脖子上闪闪发光，像在配合她的笑容。田原说得对，不管她喜不喜欢你，送花总不会得罪女人。她收下花，把卡片翻过来看。其实我有很多话想说，卡片上写不下，好像无从说起似的。她很可爱，是一个值得幻想的对象，再多的优点，我也说不出来，况且我自己什么也不是，什么也没有，空荡荡的孑然一身。那天晚上，她同我上了床。

四

艾琳努力地想把我带进她的朋友圈，确切地说，是客户的圈子，她觉得这些社交对我有好处。"时间得花在有用的事情上。"她这么说。虽然艾琳比我小两岁，还在学校里念书，但是她对这些事情想得比我明白多了。

"人脉。"她说出这两个字时，语气既生涩，又坚定，"你得多认识点人。"这与我对艺术工作的认知有些差异，我以为画家都是一个人在工作。

"我告诉你，没有人是一个人工作的。"艾琳裹着一条宾馆的白色浴巾，下面双腿交叠，搭在宾馆的床边上，头发湿着，她用棉签轻轻擦着耳朵。

"没有。"她又强调了一遍，"我有种感觉，你好像是为了不用跟人打交道，才跑去学画画的。"

世界令我无所适从，我想，她说的是对的。我像一个翻玩具箱的孩子，在自己有可能达到的地方四处寻找，寻求自给自足、不依赖外界的方法，最后决定，画画是最有可能的一条出路。

"那有什么不好呢？"我说，"我本来就不会跟人打交道。"

"那我呢？"艾琳说，毛巾压在胳膊下面，把自己裹得像个大蚕蛹，空调吹得很冷。"有我在，你就不算一个人。"她说，"有一天你会连我也甩掉，会吗？"

她说"会吗"的语气，带着一种调皮，好像并不真的这么想，我却认真地思索了一下。艾琳总是比我看得更长远、更有规划，而我从来都是过一天算一天。

"我不知道，多半是你甩我。"我最后说。艾琳扔下浴巾，开始一件件地穿衣服。

"好吧，那你就等着吧。"她动作利落地系上后背上的内衣搭扣，开始哼一支邓丽君的歌，然后是穿背心和牛仔短裤，帆布鞋，最后拿起那只粉色的双肩背包。窗外亮堂堂的阳光照进来，她上午有课，下午有工作，我们约好晚上再见。我今天还是去公园出工。

"明天晚上冬哥过生日，他要请客，"临走时她忽然说，"你来吧？"

"好。"我说，"你叫我去我就去。"

"你可以不加后面这句。"艾琳说，似乎叹了口气，"好像我让你做什么都很勉强。"

我觉得她有点无理取闹，明明我是为了让她高兴才这么说的。

这一天风和日丽，公园里的游客不多，我和田原都闲着，隔着十几米，有一搭没一搭地聊着天。

"她说得没错。"田原说，"明天在哪里聚会？你带上我吧？"

我发短信问过艾琳，她说："行，冬哥喜欢热闹。"

"行，"我对田原说，"你是拖油瓶的拖油瓶。"

田原发出一声类似"嘘"的声音："你这个人就是不开窍，多跟人混混没坏处。"

当时的我，其实分不清哪些是好处，哪些是坏处，这可能是很多二十来岁的人的通病，以为只有自己是对的。面对只揭开了一角的世界，以为已经见识到全部，世事不过如此。

"你要带女生去？"我问他。

"当然不带。"他像看怪物似的看着我，"我要是有人可带，还跟你去浪费时间？"

第二天晚上，我们一起去冬哥的家。上次我来的时候，只进到客厅，这房子面积不小，里面还有三个房间，眼下这里挤满了人。餐桌上摆着啤酒，还有别的什么洋酒，其中有一瓶是田原带来当作生日礼物的，我不太懂。艾琳带着一个名叫佳佳的女生一起来，我记起来，她就是陪着艾琳去买电脑的那个女生。还有两三个我不认识的陌生人，艾琳和他们一一打了招呼，也介绍了我。

他们打算在这里聚齐，然后出发去酒吧喝酒。我和田原到的时候，就已经八点多了，艾琳和佳佳坐在沙发上，电视开着，啤酒在杯中冒着气泡。冬哥坐在她们身边的扶手上，手臂搭在沙发的靠背顶上，一手圈进了两个女孩。

"菲儿没来？"艾琳说，"她最近在忙什么？"

"她忙着谈恋爱。"冬哥说，"跟你们一样。"

"佳佳没有男朋友。"艾琳说，似乎朝佳佳挤了挤眼睛。佳佳笑了，笑得有点傻气。艾琳穿了一条黑色无袖的连衣裙，佳佳依然是一副学生装扮，衬衫，牛仔裤，戴着近视眼镜。

我和田原看着丢在阳台上的那些石膏像，东倒西歪的，显示出主人的毫不珍惜。阳台很大，没有花草，全是各种胡乱堆放的杂物。再往外，是从不黑沉的城市夜晚，漫漫的灯火无边无际。

"那个姑娘不错。"田原说。他的啤酒已经见底了，喝得太快，泡沫还沾在杯底。他随手将杯子放在窗台上，我知道他下一步要干些什么。

他走过去找冬哥搭讪，很快他们就熟络起来。等我们要出发去酒吧的时候，冬哥已经跟田原说好，让他下周过来拿几张自己珍藏的重金属唱片。佳佳始终和艾琳走在一起，艾琳一边勾着我，一边和佳佳拉着手，像牵着两个孩子的小母亲。

　　人多，分成两辆车过去。佳佳上了另外一辆，田原特意邀请她去的，她似乎也想逃开艾琳，不想当我俩的电灯泡。冬哥、艾琳和我坐在一起，艾琳还是不肯放过菲儿。

　　"我听说她割双眼皮没弄好，又回医院返工了。"艾琳说，"应该去看看她。"

　　"别逗了，"冬哥说，"你去了就是讨打。"

　　艾琳半晌没说话，我把手从她胳膊上拿了下来，心里一阵翻腾。

　　"得了吧，"她说，"你们的事别扯上我。"

　　"错，"冬哥说，"是你跟她的事别扯上我。"

　　我听着他们哑谜似的对话，知道这里头有故事，但是并没有心情去深究。在这个城市里，男女之事就像吃饭睡觉一样简单而随处可见。艾琳长得很漂亮，我想她不会把我当成唯一的人，这样的话，对双方都没负担。有了这样的心理准备，如果她在什么地方亏负了我，我立刻就能原谅。

　　地方到了，冬哥先下了车，我和艾琳跟在后面。"菲儿也是模特，"艾琳对我说，低声地，"她压价压得很厉害。"仿佛在解释为什么她不喜欢菲儿，跟男女间的事情没关系。酒吧的招牌在小巷子里特别显眼，一行人鱼贯走了进去。

　　田原和佳佳看来进展迅速，已经毫不拘束地坐在一起，偶尔咬咬耳朵。这个卡座里全是我们的人。冬哥点了一轮酒。这次换成田原将手臂绕在佳佳的头上，女孩看起来有点拘谨，仔细看，她的眉眼很清秀，只是被眼镜和厚刘海遮住了，人的脸总瞒不过画家的观察。

佳佳不怎么说话，一直是田原在说，他能够把一件小事说得天花乱坠。"然后，我就跟她说，您去找大堂经理，就那边，穿西装的那个，投诉可以找他。"

"她真的投诉你了吗？"

"真的。"田原说。我知道，他又在说那次因为制服上衣的扣子没系好而被一个心情不好的客户投诉的经历，这件事经过不断地重复，已经像个雪球似的越滚越大，大概这世上的故事都是这样讲出来的。起初，他只是说，那天吃午饭的时候，不小心弄脏了制服衬衣的前襟，通常他会放一件备用衬衫在办公室的抽屉里，那天正巧忘了带钥匙。

"你看，这就是缘分要开始了。"他说。自从他第一次跟我说这件糟心事以来，版本又有数次变化。佳佳含着笑听他胡扯，仿佛他说的每个字都是金口玉言，重要得不得了。我忽然升起一个念头，或许田原说的那些关于女人如何如何的胡话，并不是胡话，是真的，他其实是个中好手，而幼稚的是我。我压根没把他那些所谓的艳遇当过真。

"她投诉我衣衫不整，员工手册里还真的有这一条。我头一次仔细看那本员工手册，那么厚的一大本，"他用手指比画，"里面什么都有，你知道吗？一本银行的员工手册，里面包罗万象，开头像新闻联播，结尾像天气预报，与各位共度美好明天什么的——明天得上班啊，美好在哪儿呢？"

他喝多了，我想。佳佳喝得不多，但是她一直笑得傻乎乎的。我对眼前这一幕发生了兴趣，一个半醉的男人还没忘记来这儿的初衷，没醉的姑娘呢，假装着不太清醒。无论醉与不醉，两个人都心知肚明。有些人就是这个样，稀松平常，不足为奇。艾琳将头靠在我肩膀上。

"然后，我们那位前台经理就来找我了。那姑娘平常根本不拿正眼瞧我，这会儿她来了，让我离开窗口，把等号的客户分到别人那里去，然后她就叫我到二楼行政部的办公室去，我们行里年纪最大、学历最低的人都在那儿养老。然后她问我，你的衣服呢？

"我说，这不是穿在身上嘛。她说，你看过员工手册了吗？我告诉她我从大专毕业就没看过超过三个指头厚的书。她就拿来一本，一页一页地给我翻，模样可认真了，认真地翻书，真的找到了，有一条说员工应该服装整洁，但是上头没写怎么个罚法。然后她就让我回家去换衣服，等于给我放了半天假。"

"这也太好了，犯错还能放假。"佳佳说。

"没完呢，别着急。听故事，千万不能着急。"田原继续说，面前的酒杯空空的，"我回了家，换了衣服，换了一件干净的衬衫，那衣服一个人发好几件，然后打个车回到银行，她还站在那儿。快下班了，她在前台那儿一杵就是一整天。"

"然后，她跟你说，"我接口道，"田原，你给我带衣服了吗？"

　　田原冷冰冰地望着我，眼神证明他还没有全醉。他还没讲完，最后的包袱就被我毫不知趣地抖开了。关于行政办公室的描述是假的，没什么无聊的只等退休的老同事在那里打杂。他想说的是那姑娘暗恋他，借着这个机会和他搭讪，他们在无人的办公室里偷偷搞了一回。这种胡编乱造的故事在新认识的女孩面前讲，他也许是真的喝多了，脑子不清楚；也许是出于善良的念头——在深夜的酒吧里，和新认识的姑娘大讲黄段子，这行为含着某种保护的意味，提醒她这酒局到了什么地步，让她看明白对方究竟是个什么人，要不要玩，玩不玩得起，自己得想清楚了。

　　喝醉了酒，搂着姑娘讲荤段子，看似调戏的行为居然有某种纯洁之感，我对田原的认识在这个晚上发生了变化。有些人就是这样，看起来歪歪扭扭的，骨子里其实很正直，是一种由他自己定义的、难以向外人解释的正义感。表面上虽然不着调，心里仍然有对有错，在这方面，田原清醒得出乎我的意料。

　　艾琳笑了，好像在说：看看，你带的人都什么档次嘛。她没有看懂其中的善意。

　　不知不觉，我们又喝了一轮酒，又一轮，直到大家都舌根发硬，调笑的语句在空中互相抛掷，像孩子们在毫无目的地乱扔雪球，不在乎有没有砸中，反正总有人在原因不明地尖叫或者哄笑。艾琳的头在我肩窝里，但实际上我感觉她离我很远，随便换一个人坐在这里，她大概也是这样放松地躺下去，半眯着眼睛，躺到地老天荒，也说不定。

渐渐地，大说大笑变得悄然，酒意漫上来，有人开始变得反应迟钝，说话颠三倒四。"来吧，最后一轮。"冬哥说，"然后咱们就从哪儿来，回哪儿去。"这个提议得到了呼应，大家一起碰了酒杯，冰块碰撞作响，然后一饮而尽，然后尽力站起身来。世界还没颠倒过来，至少我还存着三分清醒。艾琳似乎完全醉了，冬哥看着她，半开玩笑地说："你跟我走？还是跟他走？"

艾琳看了他一眼，说："我不跟你走。"我一时间觉得她是在装醉，因为冬哥看她的眼神不像是开玩笑。我注意到，除了我、艾琳、佳佳和田原，包括冬哥在内的另外几个人，应该都超过了三十岁，在当时的我看来，已经不算年轻了。

艾琳是以一种什么样的身份和角色混在了这些人中间呢？或许，我不应该生气：如果她不是这种随便而无心的人，又怎么会忽然跌进我的怀里？虽然我没有大学学历，没有好工作或者固定的丰厚薪水，但我仍然是个男人，不会因为穷而缺少情绪，我只是忍着没说。

在我面前，她始终像个普通的大学女生，但是在冬哥面前，她连说话的腔调都变了，变成我不熟悉的另一个人，好像年纪都跟着长了好几岁。有时候，聚会总有一种幻灭感，彼此都不喜欢的人凑在一起，用插科打诨来掩饰厌倦，最后空落落地互相道别，或者醉得连"再见"都不记得。大家因为孤独而聚在一起解闷，结果散场的时候更是凄凉。佳佳和田原在酒吧外面就分了手，田原甚至没勇气问她要个电话号码。这小子今夜简直丢人丢到家了。

我和艾琳、佳佳三个人打车回学校。佳佳坐在副驾上，她酒量意外地好，毫无醉态，艾琳快要睡着了。我忍不住问佳佳："你以前也认识冬哥？"

"以前听说过，这是第一次见。"佳佳说，"艾琳说有朋友过生日，请她，让我陪她去，早知道你来我就不去了。"

艾琳挣扎着清醒了一下，推推我，说："你走吧，佳佳陪我回去。"

出租车把我送到旅馆楼下，送她们回宿舍。这个房间已经越来越像一个长住的家，各种杂物，书，磁带，随身听，乱扔的衣服，服务员几乎不进来打扫。又一次，我感到了跟表哥住在一起时的那种厌倦，并不是因为生活没了希望，恰恰相反，希望就摆在那儿：好好画画，画出点名堂，或者画不出什么名堂，去正经的公司找个工作，变成办公楼里的白领阶层，对我这样出身的人来说，已经算是很好的结果。到底纠结个什么劲儿呢？

接下来三天，艾琳没来找我，醒酒用不了这么长时间。她对我若即若离，有时候真让人恼火，我又说不出什么。她得上课，得打工赚钱，都是冷落我的借口。艾琳很少提起她的家庭，偶尔的只字片语，也只是说起妈妈。有一次我问起她爸爸是做什么的，她眼都不眨地说他死了。

我告诉她，我爸妈离婚了，对我来说，他跟死了也差不多，这是我当时能想出来的最接近安慰的话。然后她就那么看着我，好像我说了什么大逆不道的话，冷冰冰地说："意城，你不懂就别瞎说，没什么能跟死了差不多。"后来我们再也没谈过这话题。

她妈妈身体不太好，艾琳时常去药店买保健品往家里寄，往往是在周末，她不用工作的时候。我陪着她一起去药店，有时候想替她结账，她都拦住我。"别闹了，"艾琳掏出她的粉色小熊维尼钱包，"我自己有钱。"

在任何方面，她都不表现出对我的依赖，有时候我分不清这是因为性格倔强，还是她对我有什么不确定的感觉。一想到她收别人送的昂贵项链，在脖子上戴那么久，却不让我帮她付几盒药钱，就觉得跟艾琳有关的所有标准都是错乱的，模糊的，忽近忽远的。她总是一副理所当然漫不经心的模样，我没法把这些焦虑说出口，担心自己显得太小气了。也许是因为实在没什么大事值得操心，我就在跟艾琳有关的小圈子里不停打转，像只察言观色又默默忍受的小狗。

冬哥生日聚会后的第二天，星期日，我照常去公园。田原下午才来，导致我上午的生意格外好，然后我才意识到我的到来多少影响了田原的收入，他从来没有抱怨过。

"又不是真为了赚钱。"他说。因为昨晚喝得多了，至少对他来说，那些酒都很烈性，他抱怨头疼。

"那你来干什么？"

"找点事干。"他说，好像周一到周五的上班不算事情似的，然后隔着被游人踩得半秃的草地看向我，"你有佳佳的电话没有？"

我从艾琳那里要来了佳佳的电话，她问明缘由之后，咯咯笑了起来，说："去吧，去追她吧，你那朋友挺有意思的。"

佳佳是艾琳最好的朋友，她不如艾琳漂亮，也没有她那种外露的聪明机灵，甚至不是常见的那种女主角身边的影子，她的出镜率还没有那么高。大多数时候，艾琳独来独往，只有当她需要一个朋友陪伴的时候，这个人才是陆佳佳。

田原拿到了佳佳的电话，他们俩的关系进展成为我和艾琳的新话题。她不再努力地把我往她的客户圈子里面拉，已经明白了这对我没什么用，我看不上他们，他们也看不上我。专业人士，对于拼命想往自己圈子里钻的外行人，总有三分不屑，而我不过是喜欢画画而已，犯不着跑去看谁的脸色。喂饱自己有那么难吗？犯不着去巴结谁。

艾琳却不这样看。她说："得有人带着你，你才有门路。"她觉得我在这方面迟钝得无可救药。才华有什么用？才华满大街都是，人人都有各种各样的天赋，大多数都被浪费掉了，因为他们不懂得经营自己、开发自己、利用自己。她说这些话的样子，像个精明的小女人，有一点点可爱的俗气。

"那你是怎么利用自己的？"我吻着她耳边的头发，她的头发总是有点毛毛的，带着微微的潮气。

"唓。"她笑了，翻过身来面对我，白被单遮住了下巴，"我每天都很努力啊，你看我什么时候像你这么闲？"

这是真的，她总是忙碌，忙着做一切事情，有时候约会到一半，突然想起点什么，就急匆匆地走了。艾琳不是那种随便混混的大学生，就像我上学的时候那样，每天过着不知所云的日子，她清楚明白地知道自己想要赚钱，赚更多的钱，毕业之后更得这样，钱是最重要的，所有努力都朝着这个方向。而我依然陷在迷茫之中，艾琳觉得我是个叫也叫不醒的懒虫，虽然她没这么说过，我已经默默地承认了。

五

八月，我得到了一个新的工作机会，给一家卖画的小店画手工油画，在绷紧的画布上作画，复制那些时下流行的画家作品。奈良美智那些阴森森的人物画，大尺寸的标价九十块，小的四五十块一张。这工作完全不用动脑子，标榜手画作品，其实拿人当机器用。我和另外两个人在一起干活，其中一个是老板，叫陈童，是艾琳的朋友，去年刚从美术专科毕业，比我小一岁，另一个是他的女朋友，也是同学。工作的地点就在他家里，他是本地人，名下有房子。租的卖画小店就开在学院路附近。

这活儿挣钱挺容易的，反正都是画给外行人，价格便宜，差不多就行。很快我们三个人就形成了一条流水线，陈童负责线条部分，我来涂颜色，其余的杂事归他女朋友豆豆来做，豆豆的大名我始终不知道。

　　陈童人如其名，看上去像个玩世不恭的孩子，爱穿一种卡通式的背带裤。他说自己是"陈年的儿童"，就像过期的橘子汽水，应该被丢到垃圾桶里去。他这样形容自己，让我觉得有亲切感，好像我们都是角落里畸零的人。看到科班出身的人也就是这样混混日子，心理平衡了不少。陈童的父母很早就离了婚，他自我分析说现在没出息全怪他们，虽然他们还是出钱给他买了房子——用他的话说，"不情不愿地"，是离婚双方一番争吵过后的结果。他爸给出了大部分房款，算是这些年对儿子的补偿，他妈妈也拿出了全部积蓄。

　　"她总拿这个事念叨我，在我身上花了多少钱啦，付出多少感情啦。"陈童说，"你说这有多烦？"

　　现在想来，可能妈妈们也很孤单，需要找到一些情感上的支点。当时我对他说："至少你还有套房子嘛。"当时房价还没有涨起来，几千块钱一平方米，在我看来已经是高不可攀的天价。没想到再过几年，房价已经高得使人看破红尘了。

　　"那有什么用？"陈童说，"我想卖了它，可是我妈不让。卖了，可以干些大事儿。"

　　陈童有个庞大的计划，庞大到他只有灌下几瓶啤酒之后才会滔滔不绝地说出口，平时，他闭口不提。计划大致是这样开始的：你们知道未来的趋势是什么？我跟豆豆于是洗耳恭听，豆豆捡起一粒炸花生米丢进嘴里。

　　"网络，绝对是网络，将来这里头准有大事。"陈童说，背带裤左边的扣子松开了，带子就这么搭在肩膀上。

"咱们开店，有房租、水电，各种费用，对不对？在网上开店，什么费用都没有，还不用上税。"陈童说，"你们说，这是不是前景？"

"我觉得，光是不用上税，应该不算什么前景。"豆豆说，她是个脾气温和的女孩，"在网上开店，谁知道呀，看不见东西，敢买吗？再说天天上网的人也不多啊。"

"所以说这是趋势嘛。"陈童说，啤酒杯空了也不倒满，豆豆把剥好的花生放进他面前的盘子里，"趋势就是必将到来，可是现在还没多少人发现的潮流，赶在前面才有用，一落后，就只能去成全别人了。我告诉你们，英雄还是蚂蚁，就是一闪念的事儿。"

"那，怎么开始呢？"豆豆问，她总能提出最关键的问题。她不喝酒，可乐的气泡渐渐消失了。

"明天我就去研究一下。"他说。一开始的想法是做个网站来做宣传，打听了一下价格，并不太贵，他打算先做一版试试看。陈童一向想法很多，不过他不是个擅长执行的人，光做网站这件事，从找人，做设计，谈价格，然后换人，再谈设计，再谈价格，乐此不疲，过了一个月，终于做出来了。在那台我帮他攒出来的赛扬处理器的电脑上，拨号上网成功，第一次登录了陈童心心念念的网站。

他把自己和豆豆的一张合影做成了背景：他穿着牛仔蓝的背带裤，豆豆的迷你裙刚过大腿，文字由上而下流过，音乐响起，店铺的名字飘在屏幕的正上方，像被烟花炸了似的闪着彩色的光。我目瞪口呆，问陈童，这就是你设计的？

"差不多吧，"他说，"大部分创意都是我的。你觉得怎么样？"

"看不出这跟卖画有什么关系。"我说，"至少写个电话地址之类的信息吧。"

"在这儿。"陈童指着页面右下角的两排小字，不仔细看，根本找不着。

那天晚上，为了庆祝，我们去吃烤鸭，陈童特意让我带上艾琳，他跟艾琳还有一些共同认识的朋友。艾琳来了，打扮得很漂亮，豆豆问她项链在哪里买的，她说是别人送的礼物。豆豆笑了，说意城很有眼光嘛，这牌子挺贵。我只是听着，没有说破，她们很快就聊到别的话题去了。

吃完饭，陈童带着豆豆去酒吧，我和艾琳同他们俩分开，坐地铁回学校。她神色如常，并没有心虚的意思，领口处的小蛇昂着头，微微吐出红信。

车上有空座，我们并肩坐下来，看见玻璃窗里我和她的倒影。她很美，即使只是模糊不清的一片影子，依然看得出流畅而细致的脸部轮廓。我对她说，今晚我想画你。

通常，这句话有两层意思，而今天我只取了表面的那层。在旅馆的房间里，她宽衣解带，头一次为了我这样做。

"你真想画吗？"艾琳问。

"想，就现在，特别想。"我说。

"你生气了吗？"她裹着一条薄薄的白床单，大概知道我一路回来的沉默与冷淡是为什么。

"没有。"我说，"项链挺好看，为什么摘掉？"

"你可能不想画这个吧。"

"那也可以不摘。"

"都说我这里的线条特别好看。"她抚摸着自己的脖颈下面的凹陷，有些自得地说。

我只拿了素描本，铅笔与纸面之间的摩擦，不知为什么显得特别大声，盖过了空调挂机的嗡嗡声，盖过了身边的一切。

最后，我放下笔。她还保持着一动不动的姿势，眼睛追随着我的动作。我迅速地把笔和纸都收拾起来，去公园画肖像的那些家伙什儿此刻都堆在窗边的角落。

说说那条项链呗，我说，用一种刻意轻松的语气。谁都不喜欢解释，艾琳也一样，她笑着解释几句，大意是朋友送的，当作酬金之外的谢礼。她不太会说谎，学不会，或者是没必要去学，左右不过是个我嘛，一个随用随弃的寻常人而已。

然后，她就准备走了，穿好衣服，一件件地，很从容，像平常一样。临走时她说，意城，你总是这个样子，我都摸不透你在想什么。

"你戴了一条别人送你的项链，还说我无理取闹？"我反驳她。在她永远的镇定面前，满腔愤怒和失意的感觉像河灯漂在水里，远远地流走，湮灭了，只剩下空静的夜和水。

"你生气可以直说。"艾琳说，"没人规定我不能收礼物吧。"

"你随便收。"我说，"随你的便。"

艾琳穿好了衣服，为了今晚的聚会，她穿了一条我没见过的裙子，新的，也许又是别人送的礼物，也许是她自己挑，别人付钱的呢。我的生活全摆在这里了，可是她，她的生活中有许多我不知道的瞬间。

"你有话能不能直说？"艾琳用一种质问的语气说。

"还不够直说？"我答道，"那就当我什么都没说吧。"

艾琳一边扣上凉鞋的搭扣，一边说："我明天晚上有事，后天，大后天也都有事。"

说完她就走了，像画下一个句号似的，轻轻关上门。

第二天，陈童和豆豆做出一个新的决定，这是他们俩昨晚在酒吧喝了几杯之后做出的决定，他们打算卖点自己的画。陈童问我，你有没有自己的画？

"没有。画室的作业算不算？"

"不算。"他干脆地说，"不过，你可以找点别的活儿干干，网站的维护归你？"

这又干回了老本行，为了不让他找我做网页，我没告诉陈童我是学计算机的。

"艾琳说你会。"豆豆说，"你是学计算机的？我们都不知道啊。"

"早说的话，那一万块钱不用花了。"陈童说。这个人一向直话直说。

我只好接下这个工作，报酬还是按卖出的画拿提成，所以基本等于白干。陈童说，搞不好，你是我们三个中间最有前途的，比画几笔画强多了。

这话并不是胡说八道。虽然是专科毕业，我很多同学都混得不错，有的当了公务员，或者进了银行、本地的电视台一类的地方工作。幸好大专的同学我妈都不认识，不然我一定会被她念叨死。

只剩下我在外头漂着，甚至也没有个明确的方向要漂到哪里去，光是靠卖画为生的话，现在就算达到了。我们小店的生意还不错，价格便宜，适合周边的学生，也有刚结婚的人跑来这儿买几张装饰画回家，随便地放在书柜或者鞋柜上，正儿八经地挂起来就显得有点小题大做了，毕竟只是几十块一张而已。

艾琳对我的现状不满，但是她也拿不出什么确切的规划来，有关前程的对话像一条死胡同，很快就撞上墙。这种矛盾，在陈童和豆豆之间也会发生。有一天，我正在一边描着草稿，一边听五月天的新专辑，陈童气呼呼地从外面回来，近来他想物色个新的店面，现在租的地方要涨价了。

他从冰箱里拿出可乐，咕咚咚地喝着，喝完将易拉罐使劲捏扁，发出咯吱咯吱的脆响，然后把它丢进垃圾桶。我们干活的地方是客厅，卧室是陈童和豆豆住的地方，我从来没有进去过。他们养了一只通身黄白条纹的公猫，在房子里四处游荡，卧室里总是飘出猫屎的味道。

上午两个人一起出去，现在陈童一个人回来。我关掉了音乐，他就开始说话了。

"我看中了一块地方，她嫌贵，还扯上一堆别的乱七八糟的，妈的，我听烦了，就自己走了。"他说"妈的"这两个字的语气，我还以为他动手打人了。

"她怎么把你惹急了？"手上虽然有动作，其实我闲得无聊，不如听听八卦。

"她不想开店了，想让我去找个工作，说我整天晃着不知道干些什么，也不知道将来什么样。"

这些话听起来非常耳熟。我每天早上醒来，也会这样质问自己。

"她说得没错。"我把铅笔叼在嘴里，从凳子上跳下来，"女人都想安定下来。"

"好像你多知道女人似的。"陈童嘲讽我，一边打开了电脑，快速地翻看新闻，最后打开自己的网站：豆豆穿着迷你裙，咧开嘴笑着。

他嘴里又咕哝了句什么，离开电脑前的转椅，让它凭空转了几个圈，人在各种杂物里焦躁地走着。我看着他，好像看着我自己。

"算了。"最后他说，"跟她们谋不成大事。"

最后，他还是放弃那间店面，继续跟豆豆在一起，似乎什么都没变，但是确实有什么东西不一样了，他不再提起那些将来如何如何的大话。现在看来，那些计划并不算离谱，当时我们都以为他在胡思乱想。

与艾琳那次小小的争吵，并没有带来什么直接的结果，没过多久我们便重归于好，但是愈合的伤口总会留下痕迹，她不再戴那条项链了，始终不告诉我是谁送给她的。无所谓，说了名字我也不认识。那个圈子是她的，不是我的。

每周去画室的时间，是这片虚浮生活中少有的真实片段。我喜欢那里的气氛，狭小，逼仄，东倒西歪的石膏像，聚着一群果蝇的甜得发黏的葡萄，如果那里是那种干净敞亮的地方，或许我就不想进来了，但它偏偏是这样一个凌乱无序的空间，被年轻活跃的生命肆意蹂躏过，显出一种特别的生机，仿佛这样才是艺术家该待的地方。老师也姓杨，和我一样地不得志，四十多岁。他挺喜欢我，我们一起喝过酒。

跟艾琳争吵之后的第二天，他问我为什么看起来怪怪的，我把事情跟他说了。为了这个，我们一起去画室楼下的超市买了点啤酒和花生，他说起他的一次恋爱，这让我大吃一惊，原来他也会恋爱。二十多岁的时候，以为四十多岁的人早就跟浪漫无缘了。

他爱上的那个女人，是他的大学老师，现在已经退休了，在家带她的小外孙。有一次他回到美院，遇见她，她手里牵着一个小女孩，恍然间他以为那是她的女儿，然后时光穿越如火箭，他意识到那不可能是女儿，应该是第三代了。

"她教艺术史，我连着两年选她的课。"杨老师说，"我上大三那年，她得了乳腺癌，休了很久的假。毕业作品完成之后，我去看她，和另外几个同学一起。她给我们切西瓜吃，用大盘子摆着，切出一朵花的形状。在那以后，我很久都没见过她了。直到那一天，看见她拉着外孙女，才发现自己也老了。"

这段暗恋还没结束。在那次谈话之后的一两个月，画室的杨老师终于要开一次个展，地址选在一家商业画廊里。他用他教学生赚来的钱，租人家的场地，自费办展览。头一天，我和另外几个学生去帮他的忙。场地在学院路附近的一条小街上，临街的二楼，下面是一家咖啡厅，老板是一对小夫妻，经常放些老电影来招揽学生的生意，办画展还是头一回。

咖啡馆门前的海报已经立起来了，上面有杨老师的大幅照片，头一次见他穿整套的西装，站得直直的，神情严肃，像一根套着包装纸的雪糕，在太阳底下绷着劲儿，马上就要化掉了似的。我走上木质的楼梯，脚步声咚咚的，两边墙上贴满了老板夫妻的旅游照片，大部分是黑白照，仿佛刻意在营造一种旧日的气氛。那几年的潮流就是这样，越是复古，越显得入时。

我走上二楼，几张熟悉的面孔闪来闪去，杨老师像局外人似的靠在一个废弃的吧台上，狭窄的桌面上堆了好些杂物：卷起来没用的海报，几只杯子，里面有喝剩的咖啡，一件外套。杨老师全名杨宗信，这名字一点都不文艺，不卖座，跟他本人倒是很搭调。他是那种不知道怎么将自己打扮成艺术家的人，即使他比大部分人都更敏感、更有天分，却依然看起来像二十年后的我，既不优雅，也不落拓，跟各种文艺范儿的流派都不沾边，只有始终如一的平凡，或者说平庸。他就站在那儿，看着这场注定冷清收场的展览，我不知道他为什么要大费周章地做这件事，非要办一场没人看的画展，而他给我的感觉，好像在等什么人。

"谢谢，谢谢，"杨老师说，"你们都来帮忙。"

其实也没什么忙可帮，他尽力地把自己的作品都拿出来，高高低低地嵌在墙上的泡沫板里，灯光是现成的，从顶上七扭八绕的裸露管道中间垂下来。工业风格，这是陈童教给我的词汇，现在很流行，他说，不过他觉得这些流行都很傻。

至于杨老师，他是个熟悉各种技巧的好人，跟着他学不会出什么错，但是也很难出什么彩。他拘谨地看着这里，学生和朋友们帮他张罗着，自己倒像是个局外人，像个不操心的新郎，看着别人操办一切。

"她要来。"杨老师低声对我说，"她明天来。"

我一时没反应过来，然后想起了某天晚上，他跟我说起的那个大学老师，他曾经暗恋过的人。酒后的话他还记得，我都快忘记了。

这故事居然是真的，我经常不把人家闲聊的话当真，这是之前跟艾琳的那些朋友混出来的经验。他们喜欢无意义地闲扯，斗嘴，卖弄小机灵，开着熟人间的玩笑，讲着半真半假的八卦绯闻，像一堆浮在水面上的洗涤灵泡泡似的，转眼就消失了。而杨老师对我讲的全是真话，没有夸张和戏谑，平静真实的叙述如此难得。我想了一会儿，才想起他描述过的那个女人，比他大二十岁，已经到了儿孙绕膝的年纪。

然后我明白过来，这是为了她，为了见她一面，给她发出邀请。退了休的教授每天在家陪着外孙女，或许她很乐意抽空来看看学生的画展，在一个不知名的、清静的、没有旁人的环境下，或许能说几句真心话。他画画难道全是为了她？这问题没法问出口，不过他的神情已经表达了一切。

第二天，我一早就到了这边，如果有杨老师的熟人或者朋友过来，我就下去给他们买咖啡，像个乖巧听话的学生。快到中午的时候，她来了，穿着一件墨绿色的丝质连衣裙，裙腰上打满细褶。在这个年纪，她只是略微地有些发胖，头发花白着没有染黑，拢在脑后，盘成一个小发髻。她爬台阶时有些吃力，杨老师下去扶了她一把，她脸上带着微笑。

"都是你画的。"她说，眼睛在老花镜片后面闪着微光，"我没想到你能画到现在。"

她一张张地仔细看过去，杨老师跟在她身边，小小的展览不到十分钟就能看完。最后，她停在一张不起眼的小画前面，杨老师说："对，就是那张。"

画上的人显然是她，这张画应该是今早才挂上去的，昨天我没看到。尺寸很小，是习作，她坐在一片暗色的虚空之中，双手交叠在胸前，看脸也不算很年轻了，却很难判断年龄，仿佛是独立于时间的另一种存在，永恒的人类的模样。

她看着年轻时的自己，扶了扶眼镜，感叹道："画得真好啊。"

我转身，走下楼去买咖啡，却不打算立刻上楼去打扰他们相处。对于女教授来说，这不过是退休生活中一点小小的调剂，仿佛自己还没有被社会遗忘，还有学生惦记着她。而这之于杨老师，差不多是相隔数十年后的一次表白，是他一生中的大日子，尽管对方一无所知，只把他看成晚辈、学生，如果知道杨宗信二十多年来的真实想法，她就根本不会出现在这里。他们能在这里相会，完全因为彼此是陌生的、不知情的，甚至是相互误解的，如此，才能使这场暗恋得到最终圆满的结局。

六

二十三岁的我，有个毛病：总是否定着什么，这也不对，那也不对，结果到最后也没找到什么真相。每天在公园画画，有很多闲暇时间可以胡思乱想：将来怎么办呢？要不要继续留在北京？还有，艾琳到底怎么看我？

除去这些，我俩还算过得很开心。虽然她很忙，我却差不多可以随叫随到。夏天日长，艾琳结束了工作，回到学校的时候，天还没黑透，有时候她会来找我，煮个方便面或者别的什么吃的。我们偷偷地弄了一个电炉子在房间里，这是违反规定的，因而特别有意思，煮出的东西也格外香。

艾琳有时候还会张罗着买点菜来做饭，她不是来自大城市的姑娘，家里只有妈妈，在生活方面很早熟。有时候，她还招呼佳佳一起来，佳佳是北京本地人，跟艾琳一比，她就什么都不会，做饭的基本常识都没有。我是跟着表哥学会了做一些简单的东西，渐渐地，调料越买越多，直到有一天旅馆的前台叫住我，说这里不允许用电炉子做饭，再被发现的话，就要按规定罚款了，态度有点严厉。这是学校里的旅馆，连服务员都带着一点宿管老师的腔调。

"那就算了。"艾琳说，"这点东西还得整天藏来藏去的，处理掉吧。"

我还是舍不得，并不是舍不得这些炊具，而是舍不得和艾琳在一起做饭吃饭的那种亲切感。只要不进行那些形而上的对话，什么前途啦，以后啦，画得怎么样啦，只是简单地、像两只动物那样相处，还是很快乐的。到现在，我依然怀念那些时刻，它们仿佛带着胶片的颗粒感，因为模糊而隐藏了瑕疵。其实艾琳的脾气不怎么好，常常因为一点小事而发作，比如我笨手笨脚地打翻了盐罐。

"你怎么这么笨。"她说，语气有点尖刻。

争吵就停在这儿，因为我不会回嘴，脾气好、能忍大概也是她愿意跟我在一起的原因，我猜。不然呢？我又没什么别的优点。

虽然从前没谈过恋爱，但是我知道情侣间吵架的后果。争吵不能解决任何问题，甚至有时候会没问题吵出有问题，从小我看着我父母吵架，这几乎是胎里带来的经验之谈。这些经验在现实的婚姻中非常有用，在年轻人的恋爱中，就有点过于成熟了。

我跟艾琳从来没有轰轰烈烈的感觉，任何有可能演变成深情的、戏剧性的时刻都被我有意无意地略过了，在床上之外的地方，我几乎没吻过她。在学校的林荫道，飘荡着烧烤味道的小街，或者深夜的电影院，有很多机会可以演变得相当浪漫，可我不确定她是不是真的期待。影影绰绰地，我总觉得艾琳身边还有别的人。她聪明，漂亮，整个人有多少百分比是属于我的，我算不出来。

最后，我们决定把朋友们都叫来热闹下，然后就把这些厨具统统处理掉。那个周五的傍晚，我们俩去买了肉和菜。现成的火锅底料和蘸料，小圆桌不够用，就摆在地砖上。没过多久，陈童和豆豆就来了，拎着两兜啤酒和有点多余的羊肉片，他说这肉是从一家清真铺子里买的，绝无假货。豆豆化了妆，穿了一条很漂亮的蓝色连衣裙，艾琳问她这裙子是哪儿买的，然后她们就热络地谈起附近哪些小店比较好逛，或者哪天去动物园批发市场也行，去逛上一整天。

我跟陈童说下周要请一个星期的假，他咕哝着说那工资也要扣。这当然不是玩笑，他一向把钱算得很清楚，豆豆岔开话题，问我要去干什么。

"回趟家。"我说，"我妈身体不太好。"

她在电话里说个没完，说着说着就哭了，让我回家，不想跟表哥好好干的话，那就回家，我就说要回家去看看她，她才高兴起来。我妈这人虽然情绪反复无常，总的来说，她还是挺好哄的，一般我说什么她都相信，有时候是听不懂，有时候是因为不知道怎么反驳，好像我跟她讲的不是一种语言似的。

佳佳和田原是一起到的，今晚大家终于成双成对。这挺好。在颐和园，我们要被驱逐了，不准未经许可就在公园里招揽生意，至于如何取得公园的正式许可，那又是一个很复杂的话题，田原想都没想就放弃了。"没空跟他们较劲。"他说。以后他要把周末的两天时间都拿来谈恋爱。

对他这种无所谓的态度，我觉得有点失望，好像战友忽然变了节。不过，反过来想，他是北京人，有稳定工作，工资不低，无论干什么都可以当是玩玩，这才是正常对待一切事的态度。而我呢，总是想认真做点什么，却不知道从哪头抓起，好像小时候，面对一条从湿土里钻出来的滑溜溜的蚯蚓，拎哪头都不对劲。

豆豆会做饭，她一来，艾琳就空出手来，拆开一包薯片吃着。佳佳给自己找到一瓶可乐，拧开瓶盖之后，田原先拿过去喝了两口。几个人在各种蔬菜、冰冻鱼丸、牛肉丸、蟹肉棒、蘑菇和豆腐中间穿来穿去，吃零食。陈童把电视打开了，拿着啤酒，看体育频道的篮球比赛。

豆豆坐在一张椅子上，弯身去搅弄火锅里的汤，然后把要吃的食物一样样拆开塑料包装。她的裙子开胸很低，有点走光了。她一只手随意地挡在胸前，好像在整理垂下来的又长又卷的头发。

汤开了，艾琳走过去，跟她一起把两盒肉都倒进锅里。陈童把空的啤酒罐扔进垃圾桶，一道弧线，精准入篮。田原和佳佳一直在说话，他又在讲那些一点也不好笑的办公室笑话，佳佳时不时地爆发出一阵笑声。天底下竟有跟田原这么般配的女人，对幽默的定义和领悟力都跟他相当。我一直以为田原在这方面蠢得独一无二呢。

不一会儿，屋子里就溢满香气，热气腾腾的，空调感觉不够用了，温度越调越低，大家还是觉得越来越热。豆豆的胸前凝结了汗珠，密密麻麻的，闪着微小的光。我给她递过去一杯可乐，她捞了满满一碗肉给我。

"谁还要啤酒？"艾琳说，"你要吗？"她问我，我拿了一罐不怎么凉的啤酒。陈童关了电视，走过来坐在豆豆旁边，说："这空调能不能调低点儿？"

"算了。"豆豆说，"吃完了咱们出去逛逛。"

田原对佳佳说："公园不让摆摊了，你上我家去，我给你画个正经的，我学过油画，真的。你不信，啊？你不信啊。"佳佳说："我信，那应该穿什么衣服呢？"

"你穿什么都一样，他都会叫你脱的。"没头没脑地，我插了一句。几个女生都静下来，陈童哈哈大笑了几声，笑声在寂静的空气里显得特别干巴。

"得啦。"艾琳说，不以为然地看了我一眼，"别学人家讲荤段子，你学都学不会。"

感觉像撞上了一堵墙。豆豆说："意城像个小孩似的，你比他成熟多了。"

"上回冬哥过生日，"艾琳说，"你记得吧？冬哥后来跟我说，你那个男朋友，是从哪儿来的？我告诉他，他是南方人，他就说，上海男人都是这么内向的吗？"

我懒得去争论什么我不是上海人，反正对冬哥来说没区别。这些废话没营养得令人厌恶。那些年，我还是自视甚高的，虽然表现出来的像是沉默的谦虚，但骨子里，我很容易就看不起其他人。这可能是另一种自卑的表现，不管怎么样，就是不大开得起玩笑。

"我没觉得我内向。"我说，"我跟那些人没什么话说。"

"当初你还求着我想认识他们呢。"

"我没求着你。"我尽量保持语气平静，火锅的蒸汽使屋里变得有点湿热了。

田原说："你们晚上想看电影吗？看《变形金刚》。"

"你带佳佳去吧。"豆豆说，"我俩都看过了。"

佳佳的脸有点红了，或许是还没消化完我刚才的那句玩笑话。她能跟田原谈笑风生，我不信她没听惯荤段子，那比我随口说的玩笑话露骨多了。无论如何，跟冬哥那些人在一起，我觉得我像个局外人，跟自己认识的朋友在一起，似乎也像个局外人。自绝于人民，说的就是我这种人吧，像块水流里翻来滚去、怎么也磨不圆的石头。

陈童带来的肉确实不错，不是那种一下锅就碎的玩意儿，转眼就被干掉了一多半。艾琳不想看电影，说有点累了。一般来说，聚会上有人说"我累了"，意思就是觉得烦了，想快点结束。吃完饭，陈童又打开电视，把最后两分钟的球赛看完。两名解说员坐在直播间里絮絮叨叨，豆豆让他把电视关上，太吵了。

佳佳问："你们暑假去干什么？"

"他们早毕业了，没暑假。"艾琳说。

"我是说，夏天能干点什么，去什么地方玩玩。"佳佳似乎有点窘，把手里的饮料又喝了一口。

"反正我不回家，"艾琳说，"回家也没什么事可做。"

"你是哪里人？"田原问道。经过刚才的那句笑话，他似乎想要故意冷落我一下。

"江西。"

"江西哪个地方？我去过江西。"田原追问，他就没意识到自己有点儿招人烦吗？

"小地方，没名气。"艾琳简短地答道，伸手在电炉子开关上按了一下，红灯熄灭。

"说不定我知道呢。"田原开了第二罐啤酒，幸好只有啤酒，他没别的可喝。

艾琳把锅里的剩汤端到卫生间里面倒了，然后轰隆隆地冲了马桶。在这儿做饭的主意是她出的，当时我俩都挺高兴，觉得像过家家似的，很好玩，现在觉得这主意真够傻的。

陈童说起《变形金刚》，艾琳说她没看过动画片，没什么情结。"简直是没有童年。"陈童评论道。艾琳的语气一下子变得冷冰冰的："我小时候家里没电视，邻居家也没有，全村就一家有电视，我奶奶跟人家打过架，对方不让我去他们家看。"带着一种满不在乎的委屈。

屋里陷入一片沉默，好像一枚气球被扎爆了，片刻间就剩下几片残损的碎片。豆豆说："我也不爱看那种打来打去的电影，都是一个套路。"她这话没人响应，佳佳提议大家出去逛逛，去学校旁边那间咖啡店，每天晚上他们都在二楼放电影，免费的，一般都是老电影，她问大家感不感兴趣。

于是，没过多会儿工夫，我们就在那间咖啡厅的二楼里坐下了。在一张长桌子的同侧，面对一片投影机投下的非常亮的屏幕，大家坐成一排，完全没有打算聊天的样子。没看到片头，讲的是一个人在火车上遇见美女，被迷得神魂颠倒，跟着她一起在海边度周末，却被随后而来的黑帮追杀，光着上半身在车流中逃命。女主角挺漂亮，但是剧情很无聊，后面可能有反转，不过我没看到，没过多久我就迷迷糊糊地趴在桌子上睡着了，实木桌面的粗糙纹理凉津津的，很舒服，胳膊肘似乎顶着艾琳的手臂。直到电影结束，她才叫醒我。老板忠实地等着字幕完全结束，才关掉文件，主桌面的背景图片是一对戴着情侣款毛线帽子的男女，身后是遥遥的白色雪峰。

"这家的老板是我一个朋友的朋友，"陈童说，"从电影学院毕业后，去了趟西藏，回来跟女朋友结了婚，就开了这家店。"一行人从木质的楼梯上走下来的时候，佳佳说："听起来好简单，想干什么就干什么，一点障碍也没有。"

"有些人天生就活得很简单。"艾琳说，"你也可以啊。逃个课，谈个恋爱什么的，整天泡在图书馆有什么意思？"

我要是佳佳，我就会说："那你考试抄谁？"当然，她不会像我这么刻薄，佳佳是个很老实宽厚的人，用艾琳的话说："她有点笨。"

脸漂亮，脑子一般，田原大概就适合跟这样的女孩谈恋爱，既安全又有面子。不过，佳佳的成绩很好，无论如何她不是真的笨，只是在人群中显得不那么灵活，不像艾琳那么显眼。她和艾琳之间的友情，多半是艾琳主动选择，而她被动接受的结果。艾琳需要一个陪衬，总是需要有人陪着，有人听她说话或者让她发发小脾气。我或者佳佳，在她眼里，不过是性别不同的跟班罢了。

有时候，她也会突然地流露温柔。当大家都走出咖啡馆，到街上的时候，她突然拉了我的手，不是那种成熟稳重的挽胳膊，像豆豆挽着陈童那样，而是像两个小孩子，懵懵懂懂地手牵着手，指尖热乎乎地勾过来，我拉一拉她，两条胳膊就快要连成一道直线。

她一手拉着我，同时转过头，向后面挥挥另一只手，原本和田原并排走着的佳佳，就把手伸给她。佳佳拉住她，三个人维持着这种怪异的姿态，几秒钟后，艾琳笑嘻嘻地放开了她。

那天晚上，人散之后，艾琳换了睡衣，躺在空调风口下面，享受呜咽似的冷风。她一向不是话多的人，此时格外沉默，揪起自己的一绺卷发在眼前，一下一下地揪着微微发黄的发梢，最近她的发型老是在变。

我冲完澡，找了一件当睡衣穿的旧 T 恤套在头上。衣服从脸上滑过时，带着一股樟脑丸的味道。艾琳往我房间的衣柜里放进好几粒用纸包着的樟脑丸，她说放一次能管一年，好像替我打着什么天长日久的主意，其实我在北京，连个像样的安稳工作都没有，每一天都不知道明天是什么样子。她这个人，有时候成熟得可怕，有时候又天真得可怜。

我躺在床上，她还是一动不动，像是在酝酿着什么。过一会儿，她把唯一亮着的床头灯拧暗了些，好像是预备要说些什么，却还是什么也没说。我伸手把灯彻底关掉，用胳膊搂住她，像搂着一块石头似的。

"我明天打算去北海。"我听见自己说，这纯粹是没话找话，"颐和园不让私自摆摊了。"

"这儿不让去，你就去那儿，被人赶来赶去的，这有什么意义呢？"

"意义就是我得挣钱供自己吃住。"我说，心里隐隐觉得这又是一场争论的开端，"陈童说等生意好了，我的工资还能涨。"

"好啊。"艾琳说，她好像快要睡着了。我把手伸进她的领口里，睡裙的领口又松又大，可以摸到柔软的半圆。她翻了个身，说："你打算在陈童那儿继续干下去？"

我收回自己的手，说："没别的更好选择嘛。"

"你跟我在一起，也是因为没更好选择？"

这个急转弯让我顿时摸不着头脑："什么意思？"

"无论做什么，你都是这样，"艾琳翻过身来，与我脸对脸，"你打工，你找住的地方，找女朋友，这些事看起来都不相干，但其实是一样的，你对所有人事，包括我，都是一种'你看，我没有更好选择呀'的态度，永远是凑合，别人给你，你就拿着，永远不去想着争取点儿什么。"

半明半暗中，我睁大了眼睛，她居然跟我讲起人生道理来了。

"争取什么呢？"我说，我觉得她根本就不知道自己在说什么。

"就是，"她停下来，在虚空中寻找某个词语，最后放弃了，"就是不要这么死气沉沉，过一天和过一年没什么区别。"

"当然有区别。"我生硬地说，"过一年你就毕业了，我们得另找地方住。"

她沉默了一会儿，说："意城，你跟陈童、田原他们不一样。他们都是北京人，父母能给他们很多东西，就算稀里糊涂混下去也没什么，可是咱俩什么都没有，都得靠自己。"

"你是说我没出息。"我终于替艾琳说出了她没说出口的那个词，"是吧，没出息？"

"我没说。你到底听没听懂我的意思？"

忽然有个念头一闪而过：我是不是应该从这儿搬走？

"那你说说，怎么办才叫不凑合？"

她没回答，我想她自己也说不清楚。二十多岁的时候，往往有这样的毛病：隐约觉得事情不对劲，却弄不明白到底是哪里出了毛病。

"可能你的性格就是这样。"她盖棺论定，语气里充满了失望，这句话让我心头一沉。问题是，我连她的希望是什么都不清楚。成为那种能随手送出上万块项链的人，像冬哥那样？那她为什么不去找冬哥？人家挺喜欢她嘛。

我碰到她的脚，又冷又硬，像块石头。这是第一次，我觉得我跟艾琳无话可说——不是在那种温柔的气氛里，仿佛多说一句话都会破坏甜蜜的感觉，而是真正的无话可说。我没觉得我现在有什么不好，再说，也没有更好的路可以走了，人在无奈的时候，也只能过一天算一天。

"陈童对我挺好的。"过了一会儿，我说，"他这个人很聪明，想法很多，你看他好像满不在乎的样子，其实他心里很明白。他会做生意，过几年，肯定不是现在的样子。"

"那跟你有什么关系呢？"她又抓着了话头，"不能总是寄希望在别人身上吧。再说，你别以为我看不出来，"她停了停，仿佛在掂量将要说出口的那些话的效果，"你一直在盯着豆豆看。"

"没有。"我简短地回答，希望自己听起来又诚实，又委屈。

"有，就是有。"她忽然变得孩子气，"你跟着陈童，画那些几十块钱一张的画，跟个流水线工人似的，是为了能看见她，是吧？"

当女人开始发挥想象力的时候，整个世界都会围着她们旋转起来，男人完全晕头转向。

"你别闹了。人家有男朋友。"我说，这理由听起来并不是很有力。

"得了吧。"艾琳说，"你看她的眼神，估计所有人都看出来了。你不觉得丢人现眼吗？当着我，当着人家男朋友。"

"我没收人家的项链，还挂在脖子上显摆。"

"我早就不戴了，"艾琳愤怒起来，"可是你还是整天跑去看她。"

"我得挣钱！"话一出口，我才意识到这句话说得近乎咆哮，"现在，一个钱也是钱。我也想好好画画；我也想在北京有个房子，不用老琢磨搬家；我也想雇个漂亮模特在我面前脱光了躺着，这都是钱！"

艾琳目光灼灼地望着我，如果不是穿着睡衣躺在床上，她可能会给我一记耳光。她翻身起来，穿上自己的衣服，我不明白为什么吵架老是这么戏剧化，搞得像要离家出走似的，很快她就穿好了 T 恤和短裤，拿起背包，在屋子中央停了几秒。如果当时的我没那么糊涂，就应该起来拉住她，让她别走。可惜没有，我没看过那么多电影和小说，没谈过那么多恋爱，我不知道女生在期待什么。

我呆呆地坐在床上，听见她关上门的声音，动作轻得有点刻意，表示她完全不在乎。我不知道这是不是结局，就像艾琳说的，我总是被动地接受，接受别人带给我的一切，工作也好，感情也好，任何东西我都没有争取过，没有挽留过。我任她走了，然后整夜醒着，直到天空发亮。

七

　　整整一个星期，我跟艾琳都没见面。星期日下午，我给艾琳打电话，响了很久，她才接起来："有事吗？"

　　"我今晚就走了。"我说，"下礼拜二回来。"我觉得这算是主动求和了。她态度依然冷冰冰的，说："我在忙呢。你还有事吗？"

　　"你在哪儿？我去找你。"

　　"在图书馆，"她说，"不方便。"停了一下，又说："你几点的火车？"

　　"八点。"我说，"在北京站。"

　　她没说什么，就挂了电话。我慢腾腾地收拾行李，就一只双肩包。到了火车站，天气闷热，人挤着人，到处都是黑黑的人头，站前的广场上有一股尘灰和汗水蒸发的混合味道，空气里憋着一场大雨。

　　我在广场上转悠了一会儿，在乌泱泱前进的人流里磕磕绊绊，想着该买点什么吃的带上火车，或者去找个快餐店解决晚饭，或者就这么无头无绪地等着，也不知道她会不会来。

　　还剩不到二十分钟，火车就要开了。我走到附近一家小超市，买了几个面包和几瓶水，包里塞不下，就在手里拎着，拧开一瓶喝了一多半，又放回去，走到检票口，低头一看，原来瓶盖没拧紧，塑料袋里全是水，纸袋装的面包全泡在里头，都浸透了。检完票，我顺着电梯下到站台上，把面包都扔进垃圾桶。火车停在暮色里。

艾琳没来，也没打电话来。硬座的车厢里冷飕飕的，我坐在窗边，天还没黑透，远远地传来几声闷雷，雨要下起来了。我把手机掏出来，放在桌上，一条一条地翻看跟艾琳的短信记录。我们几乎没在短信里甜言蜜语过，面对面的时候，好像也很难说出口，不知道恋爱都谈到哪里去了。平常，我们像普通朋友那样相处；晚上，她经常来找我，跟我一起过夜。

有时候，她也会念叨，要毕业了，以后怎么办呢？找什么工作？住什么地方？我就替她想着，还有一件事，就是"换哪个男朋友"呢？当生活走到新阶段，也许我会像一件过时又过季的旧衣服那样，被卷成一团丢掉。当火车缓缓开动的时候，雨滴噼里啪啦地打在玻璃上。

我到家时，我妈的病并没有在电话里说的那样重，她有点不好意思地说："吃了药，就好多了。"她没说具体到底是什么病，也许就是想让我回趟家。我才意识到我跟我妈的隔阂已经到了这个地步，她得装病才能见到儿子，就觉得很对不起她。

很快，这点愧疚又烟消云散了。她不停地想说服我回家，拿出那一套陈年的说辞，有时候说着说着就又哭了，说自己一个人孤苦伶仃，生了病身边连个人也叫不来，儿子养了等于没有，真是没有意思。我听得烦了，借口去找同学玩，在镇上闲逛上半天。湿热的天气，从南到北都是一个样，像烦闷的心情一样无处开解。我走进一家台球厅，看两个赤膊的人打完一局，刚想在这块空出来的台子上玩玩，有人伸手拍拍我的肩膀，回头一看，是二毛。

二毛和我是同一个镇上的，小学、初中都是同学，后来我考上了重点高中，高考意外失利，落进大专，而他就在镇上念一个普通高中，考得不错，和我又成了大专的同班同学。

我们俩走出来，找到一家小吃店坐下，叫了两瓶啤酒。他说他在休假，带女朋友回家住两天。"女朋友，"他调皮地眨眨眼，"还是原来那个。"

"打算结婚吗？"

"明年五一。"他说，"她家催得紧。"不过，从他有点兴奋的表情来看，恐怕不是人家催得紧，是他自己想赶快结婚。

"你怎么样？有没有女朋友？"

"没有。"我觉得这样回答比较简单，省得解释我跟艾琳之间的关系。

"你这么有才，在北京没找到女朋友？"

"我没钱啊，没钱谈恋爱。"我说，一瓶啤酒见了底。

"你画得那么好，怎么不画画去？卖电脑有什么意思。"

为了终止这个话题，我告诉他我现在很少画画了。因为一切不顺利，就想越来越深地缩进壳里。艾琳觉得我没出息，大概就是这个意思。

"多可惜。"二毛说。他比上学的时候胖了好多，脸上闪着亮光，看来银行的工作很舒服。要是从前，我可以没什么顾忌地跟他扯上一通，什么都说；现在，我担心他会看不起我的烦恼。这一次回家，最大的感受就是，家还在那儿，但是我已经回不来了。

"你那时候画得多好。"二毛说，这种没什么现实烦恼的人，怀旧大概是他仅剩的忧伤了，"你给玲玲画的那张像，她一直留着，打算以后挂在玄关，一进门的地方。"

"哈？镇宅驱鬼啊。"

二毛笑起来，好像我说了个好大的笑话。"你还是那么扫兴，"他想了想，又说，"一边扫兴，一边还觉得你挺逗的。"

我们俩喝完啤酒，又叫了一瓶，二毛打开了话匣子，开始喋喋不休地谈论他自己在办公室的清闲工作，他的新房、装修、买车、蜜月旅游要去什么地方，然后我忽然意识到，其实不论在哪儿，北京或者别的地方，干什么工作，以什么维生，其实大家都过着差不多的生活，有着差不多的快活和烦恼。艾琳是对的，有什么必要特立独行、谁也看不惯呢？

"玲玲想去新马泰，"他还在说，"我觉得三亚也差不多，都是看海嘛，出不出国都一样。你说是不是？没必要花那么多钱，以后用钱的地方太多了。我们打算明年要孩子。"

我说我没有去过海边，连离北京最近的北戴河也没去过，没法给他建议。

"艺术家不一样，"他说，"我一直觉得你跟一般人不一样，你得接着画，真的，万一哪天成名了呢。"

尽管是来自外行的评价，这话还是挺让人高兴的，我们举杯相碰，把酒喝干了。我告诉他，我在北京认识一些画画的人。"没什么靠谱的，都在泡姑娘。"我说。二毛点点头："怪不得你没女朋友，原来是因为姑娘太多了哈哈，绑在一个人身上多亏啊。"

我想解释解释，不是那样的，可越解释，他就越觉得我是那种电视剧里的文艺青年，连落魄也显得很浪漫。最后，二毛一定要带玲玲来见个面。"她有点崇拜你呢。"他说。然后约定明天中午在初中母校的门口见面。

第二天，我睡到很晚才起来，然后磨磨蹭蹭地吃完早饭。我妈已经去看店了，她的小杂货店一天也不能关。用她的话讲，人家缺个油盐，我不开门，怎么办呢？这是一种近乎可爱的责任心。而我呢，从没有过这种被人需要的感觉，比起我妈过的那种小而完整的生活，这三十多年，我好像缺了点什么。

母校还是老样子，铅灰色的围墙和砖楼，操场上新铺了红色的塑胶，不像过去那样一跑步就扬起灰尘。门卫还是原来的那个，显得老了很多，还认得我们，没说什么就让我们进去了。

玲玲拉着二毛的手。在高大的二毛身边，她只稍矮了半头，身材纤细，一张没什么特点的扁平瘦脸，我都不记得我给她画过什么样的肖像，她长得平平无奇。

我们在学校里逛了一圈，玲玲问起我在做什么。和二毛一样，她也觉得我应该继续画画。"不然你何必待在北京呢？"她说话更直接，"还不如回来随便找个工作，跟二毛似的，整天混日子。"

二毛抢着说："我可没混日子，我忙着呢。"

"他忙着在办公室看电视剧，"玲玲说，"上班两年胖了二十斤。你看，意城就一点都没变。"我害怕她说出例如"有梦想的人永远年轻"一类很尴尬的话，就赶紧把话头抢了过去。

我们从操场上横穿过去，顶着炎炎烈日，影子在脚下缩成粗短的一团。上初中的时候，我又瘦又矮，还被班里的女生群嘲。二毛是我最好的伙伴，他当时已经长到快一米八，是班里最高最壮的男生，我们俩凑在一起，像漫画里刻意组合起来的搞笑人物，对比强烈，然后嘲笑我的人就笑得更厉害了。

等到上了大专，再遇上二毛，我已经跟他差不多高，但是那段时期的自卑好像一直在影响我。直到有一次，二毛在校报上发表豆腐块短文，我帮忙画了插图，他像发现新大陆似的惊喜，"原来你还会画画，画得不错呀"。二毛虽然成绩不好，但是同学中的人缘比我好得多，像我这种近乎边缘的人，得到他的夸赞还是很高兴的。

那时候，玲玲已经有工作了，算是个社会人，显得比我们成熟多了。她经常过来找二毛，带着一大袋零食和水果，留给宿舍里的人，然后就带着二毛一起出去，很晚才回来。有时候，二毛整夜不归，第二天出现的时候，就成了大家调侃的对象，当然，这种嘲弄也是夹杂着羡慕的。

我们在学校附近找到一家小餐馆，玻璃窗上写着空调开放，就决定在这儿吃中饭。玲玲跟我们一起喝着啤酒。她是个挺可爱的女孩，活泼开朗，舍得自嘲，看得出来，她和二毛两个人相互都很满意。

二毛又说起那张画。"我们打算裱起来，万一你出名了，那就值钱了。"玲玲说。我告诉她，我在公园给游客画过几个月的肖像，收三十块一张。

"那也太便宜了。"她说，"你画得那么好只能卖三十块钱？我可是连个鸡蛋都画不圆。可能北京不太好混吧，不过你肯定没问题。"

鬼使神差地，我跟他们提起了艾琳，从头到尾没说她是我女朋友，就是"有这么一个女孩"。很快，二毛和玲玲就相视而笑，像一对宽容的父母，听着我磕磕巴巴地描述她。

"她当然喜欢你呀。"玲玲说，"不明白你为什么要胡思乱想。"

二毛清清嗓子，好像在努力忍着笑，然后说："人家为了你吃醋呢，你也不去哄哄，活该不理你。"

然而艾琳需要的并不是我去哄她，我想，然后就有点后悔，不该跟他们提起这些事。二毛和玲玲是标准的恩爱情侣，在他们看来，我和艾琳一定很可笑，纠结一些芝麻绿豆的小事。

"这也是一种恋爱的风格。"玲玲最后下了定义，"有些人就是喜欢折腾来折腾去的，像演电视剧一样，好像是有什么戏瘾似的。"就此结束了关于艾琳的话题。我松了口气，同时觉得，玲玲说得不无道理。

最后，我们笑嘻嘻地碰杯，喝光了六瓶啤酒。我有点晕晕乎乎的，突然想起了最初画玲玲的冲动是什么。玲玲长相一般，但是一笑起来，就像被施了魔法，一下子变得非常漂亮，在我的画里，她也是微笑着的。二毛说那张画把她画得格外好看。

艾琳做模特的时候，几乎从来不笑。实际上她平常也不怎么爱笑。她一次次地脱光了躺在冬哥的画室中央，她给家里寄去那些瓶瓶罐罐的保健药。她把我隔绝在她的烦恼之外，就像我隔绝她那样，谁也没办法隔着两道高墙去相爱。想到这一点，我忽然急迫地想回北京，想见到她，跟她随便说点什么都好，跟她道歉，然后把她拉进怀里。隔着桌子，玲玲把头搁在二毛的肩膀上，咕哝着什么，然后两个人一起笑出了声。

第二天下午，我就到了北京。离开拥挤的硬座车厢，走出车站，地面湿漉漉的，这些天北京天天有雨，空气里弥漫着一股短暂雷雨后的清新气味。还是伏天，凉意很快就会消散，又闷热起来。

在地铁上，我给艾琳打电话，告诉她我回来了。本来昨天上车之前就想告诉她，又担心告诉了她，就会暗暗期待她在学校等着我，如果没有，就更失望了。她接起电话的时候，把呜呜响着的吹风机关了，声音清晰起来："你在哪儿?"

我回到房间时，她已经在房间里等着了，是服务员帮忙开的门。她坐在床上，头发蓬松地披散着。房间是刚打扫过的，两扇玻璃窗都开着，凉风吹进来，窗帘微微飘动，我头一次发现这间小屋如此明亮爽利。艾琳穿的白裙子和床单、墙壁几乎融成一色，衬托出一双好看的黑眼睛，像画布上的神来之笔。

我抱着她，像在温暖一块春天的浮冰，等着她渐渐融化，自己也随着水波漂荡。她伸手搂住我的脖子，我看不见她的脸，眼前一片雪白，然后忽地翻转过来，艾琳厚厚的头发遮住了我的眼睛，她的舌尖上有股又甜又苦的味道。

她脖子上有一处伤痕，锁骨上也有，肯定不是我造成的。当我们面对面躺下来的时候，我才看见，那时她用手指在我脸上画圈："晒黑了。在家干什么了?"

我告诉她，我遇见了初中同学，两个人要结婚了，还让我回去参加婚礼，明年五一。我问她，想不想跟我一起去，那时候毕业论文应该已经写完了。她没有直接回答我，翻了个身，脸朝着天花板，说："我小时候，特别喜欢参加别人的婚礼，因为有好多好吃的，好多肉，我妈做饭的手艺好，经常被叫去帮忙，我拿的喜糖红包也比别的小孩多。后来我爸死了，村里的人办喜事，不愿意请寡妇，嫌不吉利，我就再没参加过婚礼了。

"我小时候嘴特别甜，是我妈教的，她说你一定要讨别人喜欢，不能让人说你不好，这样才能过太平日子。这些话她一直说啊说啊，说到后来，我就很反感，为什么要讨好别人呢？我为什么要去哄别人高兴？觉得我妈特别软弱，因为软弱，人家就看不起我们，欺负我们。在农村，砌一堵墙，种一棵树，人家都有办法多占便宜，反正我们是孤儿寡母。"

我没想到会招出她这样一番回忆。艾琳很少提到家里的事，她妈妈身体不好，给人打零工挣点生活费。艾琳在北京念大学，学费、生活费都是自己赚来的，跟她比，我简直要羞死。这次回来，我妈塞给我两千块钱。

"有一次，大概小学五六年级的时候，记不清了，我放学回家，看见我们同村的两个男孩，穿着中学校服，围着一个三年级的小孩要钱。我那时候总是一个人走路回家，所以也没人拦着我，我就走过去，问那小孩，你怎么了？你怎么不回家？他们叫我别管闲事，那两个男生个头很大，看着很凶，我有点害怕了，想走，又有点不放心那个小孩，他被截在那儿，一直在哭。"

"当时你也是小孩啊。"我说，伸手搂住她的脖子，她的头发毛茸茸的，耳朵下边那块红色的瘀伤很明显。她没注意到我的目光，依然沉浸在自己的回忆里。

"我本来是打算走了，一个人打不过他们，我妈又让我不要得罪人。我就一边走，一边念叨着：等我回去告诉你们家大人。好像这么说自己就能有点面子似的。其中一个男孩听见，就骂：你妈的，老寡妇妨死人！

"那时候农村的路修得乱七八糟的，不像现在城里这么干净，路边有很多石头杂草，我就捡起一块朝他扔了过去，一下砸到他的眼睛，砸得不轻，然后掉头就跑。我跑得快，他们没追上我，那个小孩趁机也跑了。"

"你小时候这么厉害。"我说，关于那块伤痕的问题仍然摆在眼前，像只秃鹫似的盘桓不去，"后来呢？"

"后来？后来我妈知道了，把我骂了一顿，让我别惹事。'别惹事'是她的口头禅，她的生活目标，一切一切的重点。就是别惹事，无论碰见什么事，忍着就是太平。"

我伸手摸着她的脖子，问："这是怎么弄的？"

她回过神来："什么？"

"这个。"我在她脖子上轻轻按了一下，红色的圆形痕迹。

她伸手摸了摸："不记得了。我说了半天，你到底听没听？"

"听着呢。"我凑过去吻她。她不想说，我也不想追问，眼下她正在怀中，我不想破坏气氛。在她表面的温柔之下，有一种很深的倔强，她不想说的事，再怎么追问也没用。

不管怎么说，我们又和好了。晚上，我们俩一起出去吃晚饭，她说她下个学期不想打工了，要准备写论文和找工作的事，手头的钱暂时还够花一阵子。"冬哥那儿也不去了？"我忍不住猜想那块伤痕是不是跟冬哥有关系。

"不去了。"她说，"以后只给你画。"

我知道，以她的性格，这算是一句很漂亮的情话了。像解开了一道心结似的，我觉我们应该喝点酒。从餐馆走出来，我们在街边的超市买了一瓶长城干红和两只高脚玻璃杯，那瓶酒一晚上就喝光了，我们相互拥抱着一觉睡到天亮。

八

艾琳的新学期开始了。天气一天天凉爽起来，到了北京最舒服的季节。我不再去公园摆摊画像，周末就空下来，和艾琳在一起的时间比从前更多。表哥给我打过两次电话，好像把过去的嫌隙都忘记了，跟我聊他最近的情况，问我愿不愿意回去帮忙。我猜可能是我妈跟他打过电话，说过一些好话。表哥这个人虽然抠门又嘴碎，老家亲戚的面子还是肯给。

说到底，他没把我当作一个成年人，始终把我看作一个小孩子，骂两句也没什么，闹脾气也不过是一会儿就过去了，所以态度非常自然，丝毫不觉得尴尬，搞得我也没办法跟他发作。

有一天下午，我从陈童那儿回来，接到表哥的电话，让我过去找他吃饭，我想反正没什么事做，去找表哥也行。原来他有了个女朋友，大概二十五六岁，表哥管她叫勺儿，让我叫"勺儿姐"，听起来像道菜名。她在附近一家湘菜馆上班，是餐厅的领班，这天正好赶上她轮休。

上个星期，勺儿攒了两天假，跟表哥坐火车去了北戴河。"暑期人太多了，价格也贵。"她说，"大海太大了，都望不到边。我以前从来没看见过海。"表哥往她的杯子里添了热水。

"我们打算以后每年都去。"她说。表哥笑笑，说："好的好的，你想去哪儿都行。"谈了个恋爱，表哥居然变了这么多，自带一束柔光，生意人的那种精明和棱角都不见了，只剩下轻声细语的温柔。过去他也交过女朋友，没有一个能让他变成这样子。

饭后，勺儿硬要拉我去家里坐坐，我才知道他们已经住在一起了。房子还是表哥那间地下室，里面完全改了样，房东的旧家具都换掉了，墙壁漆成淡淡的苹果绿，钢丝床变成了罩着乳白色刺绣床罩的双人大床，床单垂到地面，窗帘上头吊着长长的流苏，完全像一个女孩的房间。看来，表哥拱手让出了他对生活的全部控制权，把自己整个儿交到了对方手里。

他们从北戴河回来，带了不少小玩意儿，摆在房间各处。勺儿送给我一只镶着贝壳的杯子和配套的碟子，说是专门带给我的。这一看就是勺儿的主意，表哥不会想着给我带礼物，这种脉脉温情不是他的风格。他每次回老家会带各种北京的土特产，烟、酒，一些不太便宜的大路货，但是从来不会是这种华而不实的小玩意儿，好像在刻意修补关系，掩盖上次见面的尴尬。即便如此，我还是忘不了他说我"偷"的时候，脸上的那副表情。

我只坐了一会儿就离开了，那间冒着粉红气息的屋子让人觉得无法久留。回到住处，准备睡觉的时候，有人敲门。

打开门，不是艾琳，是佳佳。不等我开口，她就开门见山地说："我有事找你，能出来吗？"

我跟着她走到楼下。跟佳佳并不算太熟，除了有几次跟艾琳约会，她也被拖着来，此外毫无交集。她一句话也不说，匆匆地往楼下走，经过大厅的时候，前台用奇怪的眼神看向我们。

一直走到操场旁边，铁丝网外的草地上，摆着两三套石桌石凳，我俩拣了一处坐下，佳佳开口就直奔主题："冬哥打了艾琳，你知道吗？"

我过了几秒才反应过来，"她在哪儿？"我掏出手机，准备给她拨电话，被佳佳拦住了："先别打，你听我说完。"

"她跟我说她再也不去了，实际上他们还有联系。起初他们是画手跟模特的关系，后来渐渐变了，我不确定他们到底算什么关系，但是感觉艾琳很不正常，那不是一种谈恋爱的状态。"她的语速又快又急，像是早就想好了，终于找到机会完整地说出来。

"我知道有人打过她，在她认识你之前，经常身上有伤痕。我问她，她含含糊糊地不肯说实话。后来遇见了你，她想摆脱冬哥，但不知道为什么还有接触。今晚她又去了。"

"我觉得，我们得帮帮她。"她说，"她可能被威胁，或者被困住了。"

我想起了艾琳说过的她小时候的经历，想不出什么样的人和事能困住她。她不是那种娇滴滴的、任人揉搓的女生。

"我不知道怎么帮她。"我说，想起她戴过的那串项链，那么贵，到底是礼物，还是补偿呢？

"咱们俩是她在北京最亲近的人。"佳佳说，"没别人能帮她了，她跟冬哥一定有问题。"

"我见过她身上的伤痕。"我说，不确定佳佳是不是跟我在同一个频道上，也许她完全误会了，"我不确定她是不是真的需要帮助，也许她不想别人干涉呢？"

"你又不是别人，你是她男朋友！你当然得管她。"

不对，我在心里说，她从来没给我这种权利。出去吃饭，这顿我请，下一顿她就坚持买单，她不想欠我什么，更不会让我管她什么，质问她或者对她指手画脚。艾琳不会接受的，她只会嘲弄似的看着我，那目光明明白白地说：这样好傻啊，意城。

我想，可能每个人对恋爱关系的理解都不一样。佳佳明显带了点怒气，可是我没法跟她解释我的感受：艾琳到底拿我当什么？她想摆脱一个男朋友，就来找下一个男人做挡箭牌？

"我会给她打个电话。"沉默了一会儿之后，我说，"谢谢你。"佳佳也撞上了那堵看不见的高墙，大概在心里深深地鄙视着我，然后就什么也没说，站起来走掉了。

草丛里的蚊子围着我的脚踝转悠，我站起来一边走动，一边给艾琳打电话。接通了，她的声音里有种打扮出来的欢快："喂，你想我啦？"

"想你了。"我说，"你在哪儿？"

"在图书馆。"她压低了声音，"你还没睡呢。"

"在想你呢，睡不着。"

"明天去找你。"她的声音更低沉了。图书馆里特别安静，连翻书、写字，或者日光灯管的嗡嗡声也听不见。

"好，"我说，"我等着你。"她在那头笑了，好像听见了什么了不得的甜言蜜语。

"那明天见。"

电话挂断了。我回到房间，往自己腿上倒了小半瓶花露水，屋子里顿时充满了凉飕飕的草药味道。勺儿送给我的那两件小东西还摆在床头柜上，这屋里没别的地方可以摆了，我把它们收进抽屉里。佳佳的话像一锅炒不熟的豆子，在我心里不断翻滚。

从开始到现在，总是我在等她，等她有空，等她想起我。"想起我"和"想我"，是两件完全不同的事。刚开始的时候，我没觉得这有什么不对，反正，身边多个伴总比一个人待着好受点儿，但是现在，我想把整个生活都过得认真起来，不想再玩这种糊里糊涂的恋爱游戏了。

不知道她从中得到了什么乐趣，也许就是为了让我吃醋，或者想让冬哥吃醋。我躺在床上，在似睡非睡的时候下定决心：尽快从这里搬走。我先撤一步，也许会逼得艾琳做出选择。

搬家进行得非常顺利，甚至艾琳也没发现真正的原因。第二天，表哥给我打电话，问我能不能回去给他帮忙，我答应了。然后跟陈童商量，把白天的工作挪到晚上行不行，他虽然嘟嘟囔囔地不太满意，最后也答应了。

起初，艾琳有点意外，随后便说，那也好，下个学期我就没什么课了，要准备租房子，你先找个地方落脚也好。而我只想着，走得越快越好。表哥帮我在他住的小区里找到一间跟人合租的地下室，室友在一家商场做夜班保安，我跟他几乎碰不上面。

表哥同意，每周我可以拿出两天去给陈童帮忙，这样的话，休息日就一天都没有了。这个安排正合我意，我需要的不是休闲，是忙碌，无意义的、陀螺一样的忙碌。我像组装电脑一样画画，机械地重复着相似的线条和动作，就像我说过的：我不再画画了，这是真的。

陈童对此很是满意，他觉得我的工作效率比以前提高了好多。"开窍了嘛。"他说。他所说的开窍，就是不再纠结，也不再尝试着做些什么改变，我看上去心甘情愿地把自己变成流水线上的一环，一个灵巧好用的机器人。前不久，陈童还问过我有没有自己的画想卖，现在他专注地做这些复制品，原创的事提都不提了。

"这比原创来钱快呀。"他说，只有兴奋，没有遗憾。不过，好像我自己的狂热也消失了，人活着还是简单一点儿好，不要节外生枝。你不知道伸出手会碰到什么。

有一天，陈童对我说："咱们要有一单大生意了。"

这是网站发挥的效用，一家广告公司刚刚迁到新的办公室里，在CBD，想要装饰新办公室，看到了陈童的网站后，就找上门来。

"这可不是一两张画的小事，"他兴奋地说，转椅随着他的身体转着圈，"这是一个解决方案，你明白吗？ solution。"我在电视广告上听过这个词。

"就是一整套的东西，一个解决方案。不是说这面墙空着，挂两张画上去，这太简单直白了，赚不到几个钱。现在我们卖的是脑子，是方案，意城，咱们要做大生意了。"

他带着我和豆豆一起去拜访客户，豆豆认真化了套全妆，她在地铁里给我们讲解女人的全妆是怎么回事。"连睫毛都要贴上。"她说，一边扑闪着向上翘起的浓黑的长睫毛。陈童穿了一件卡其色的西装外套，肘部打着两块装饰用的灰白格子补丁，这是他最正式的一件衣服了。我把平常穿的牛仔裤换成黑色，出门之前我们都洗了澡。沐浴更衣，不能再隆重了。

豆豆问起艾琳，她很久没见过艾琳了，我告诉她我们俩挺好。实际上，我已经快一个月没见过她了，她最近很忙，写论文，找实习单位，偶尔才打个电话。而我也在忙碌着，不像她那么目标明确。我白天去表哥店里，晚上去陈童家——他和豆豆晚上总不在家——我常常带着两块面包当晚饭，一边吃，一边在绷紧的画布上涂抹颜色。

清脆的女声在报站。我们下了车，随着电梯的人流向上攀升。外面阳光灿烂，空气清爽，澄澈得像一块透明的钻石，每个不起眼的角落里都有阳光轻快地闪动，像看不见的手指在灵巧地拨着琴弦。秋天要到了，是北京最舒服的季节。

陈童和豆豆走得意气风发，我跟在他们后面，脚踩在他们的影子里头。现在我们一片沉默，好像眼前怡人的秋日景色与即将到来的，别人对我们的严密考察不能相容。无论如何，一定要好好表现，我忍不住笑出声来。

"你笑什么？"陈童说。

"我说，咱们为什么要来？"在心里盘绕许久的问题终于问出了口，"就开个小店，卖几张破画，挺好的呀。"

陈童立住脚步，连同豆豆一起看着我，好像我说了什么大逆不道的疯话。我这个人总是说一些不合时宜的话，这毛病可能是刻在基因里的，总也改不掉。

"我们都走到楼底下了。"他用手指指那座被深灰色的玻璃覆盖的摩天大楼，楼顶上立着巨大的英文字母，"你怎么了？你最近不太正常。"他说最后一句话的时候，语气都变了，好像脾气快要控制不住了似的。

我知道他最近压力很大，人一旦有了什么机会，欣喜的同时，压力也会骤然加大，生怕空欢喜一场。我没再说什么，冲他笑了笑。豆豆说："走吧，要迟到了。"

我们三个人一起走进了旋转门，豆豆的高跟鞋敲在反光的大理石地面上，咯咯作响。穿上这双鞋，她看起来跟陈童差不多高，腰背挺得直直的，贴身的白衬衫塞进米色的窄裙里，和陈童的衣服颜色相互呼应。我拖着步子跟在后面，努力让自己显得跟他们一样昂首挺胸，自信满满。

七层到了，电梯打开，一眼就看见那家公司的 logo，在两扇紧闭的玻璃门后面。一个烫着长卷发的姑娘坐在前台，看到我们，面无表情地按下按钮，门开了。

我们说明来意，她点点头，拿出一张表格，让先填上。陈童向她借了一支笔，坐在前台旁边待客的单人沙发上，趴在沙发边的小桌上写着。我看了看，那上面要求填的都是一些简单的基础信息，公司名称、地址、电话等等。一种不太妙的预感缓缓升上来，看来我们不是什么特别的客人。

不一会儿，陈童将填好的表格交还给前台姑娘，现在他脸上的表情起了点变化，不再像刚才那么坦然自信，显得有些紧张，甚至不知所措，也许是后悔带了这么多人来，显得过分重视，对方的轻慢使三个人都觉得尴尬。我们被让进一间没有窗户的小会议室，带路的前台姑娘让我们先等一等，负责人马上就来。

陈童自己去房间角落的饮水机接了一杯水，问我们，我和豆豆都不想喝。他独个儿把那杯凉水一口气喝光，将一次性纸杯丢进垃圾桶，动作显得有些粗鲁。也许是我刚才说的那句泄气话，他还记在心里，生着气。

等了几分钟，也许有十几分钟，玻璃墙外不断地有人来来往往，时而传来说话声，可是我们还被晾在这里。豆豆拿出小镜子来调整睫毛的角度，其实很完美了，她还是用手指轻轻地往上推。

又过了一会儿，一个四十多岁的男人风风火火地推门进来，他穿着一件黑色带口袋的针织上衣，好像认识我们所有人似的，打了一圈招呼，笑着说："不好意思，我刚才有个会。"我看见他手里还拿着那张表格。

陈童起身同他握手，一边介绍我和豆豆。他热情地冲我们点头，示意大家都坐下。

"你看，我们的需求很简单，是要给整个公司的办公环境，增添一些艺术化的氛围。你们都是搞艺术的，这个不难。"

陈童不置可否，大概是没想好承认这个"不难"，会不会跟最终的价格有关，因此他只是笑笑，等对方把话说完。

"一会儿咱们去办公区看一看，你们大概做个方案，得有个主题，对吧？艺术要有主题，然后咱们再谈。"

"那，现在就去吗？"

"等一会儿，还有别的团队一起看。"说完，他看了看表，说还有事，时间到了会来叫我们，就急匆匆地出去了。

门刚一关上，陈童就忍不住骂了句脏话，豆豆制止了他。我倒觉得无所谓，反正也不是我的生意，做成了，陈童也不会多给我一分钱。世界是属于别人的，不是我的。局外人天生就冷漠。

又等了大概一个小时，僵硬的、尴尬的、坏情绪不断酝酿的一个小时，刚才那个男人又回来了，手里拿着一杯冒着热气的茶水，随手放在桌上。

"跟我来吧。"他简短地说。我们三个人沉默地跟上他，让他带着我们在办公桌之间的通道里穿行。

"这里，"他指着一根方形柱子说，"你看现在全是空白的，我们想让这些空白墙面空间，都活跃起来，有一些色彩。当然得搭配起来，不能太突兀。"他回过头来，陈童不耐烦地点点头。

"提升一下工作气氛。"他说。

坐在桌前办公的人时而挪动黏在屏幕上的目光，看我们一眼，很快又转了回去。不知道他们对于提升工作气氛怎么看，也许还不如加点工资来得实在？我没有被这么大的机构雇用过，不了解这些人的想法，只能想象。奇怪，凭空想象别人的烦恼，对自己好像是种什么安慰似的。

陈童有点垂头丧气的，大概他也发觉这单生意不像他想的那么妙，我们跟着黑衣男人转过一圈之后，又回到刚才的会议室，凉透的茶水还放在桌上。

"你们看，"他拿起纸杯喝了一口，"先说说预算？好吧？我们这边的预算不高。"

陈童像牙疼似的说："我们回去商量商量，我写邮件给您吧。"

"好。"没再多说，他又同我们握了一遍手，把我们送到门口，笑容满面地道别。前台姑娘坐在那儿对着自己的粉色指甲发呆。

回去的一路上，陈童一言不发，豆豆陪着他一言不发，我从背包里翻出一副耳机，却发现没带随身听，上个月我新买了一个 MP3，艾琳拿去下载了很多邓丽君的歌。没法戴耳机，就只好面对沉默。回去后，陈童压根没有写邮件，他觉得自己被忽视、被羞辱了。

"'我们这边的预算不高'，"他愤愤地说，"他算个屁。"豆豆看了我一眼，眼睛里有种宽容的笑意，好像在说：你看看他，又像个小孩子。

过后，陈童还是卖画，小店的生意不好不坏，用豆豆的话说，刚好够过日子，反正多余的钱也没有，这大概是暗示我，给我的报酬短时间内不会涨了。不过，我也不怎么在乎，好像每周两天跑过来干活，是一种逃避和休息，可以从表哥的眼皮底下躲开一会儿，实际上表哥对我的需要也变得越来越少。勺儿很能干，帮他不少忙，表哥说她过不久就要辞职，过来当老板娘。也许到那时候，他就用不着我了。那样的话，北京对我将变得毫无意义。

而我，为了留在这里，有必要寻求一种新的意义。不是为了钱，如果只是为了挣钱活下去，我还可以去公园里画肖像，但是那种生活是一个无尽也无解的循环，除了流逝的时间，我什么也得不到，就像艾琳说的，是在浪费自己。然而，我并不清楚地知道我自己有什么可浪费的。时间？时间有的是，实际上我弄错了时间的概念，不知道现在与将来，其实是一回事，年轻与年老，也没什么本质的不同。所谓的梦想，不过是个陷阱而已。

九

就在杨老师开画展的那天，一个十月初的傍晚，天气反常地炎热。忙了一天，他请我和另外几个学生去吃了晚饭，回到住处，我给艾琳打电话，想跟她说说今天见到的那位退休的女教授，杨老师足足爱了她二十多年。她没有接，再打，还是无人接听。冬哥，一定又是冬哥，我忽然觉得不能再忍受了，必须跟艾琳摊开来说清楚：她到底想要什么，想要谁。

室友照常去值班，我走到公共水房，随便抹一把脸，回房间打开了落地风扇，打算去睡觉。艾琳在这时候打电话来，语气中透着惊慌，要我去找她，现在，立刻，马上。

"等到了再说。"她急急地挂断了电话，随后短信发了地址过来，是冬哥的家，我去过两次。

我打上一辆出租，在小区门口就跳下了车，开进去还不如跑得快。3号楼，402。

电梯上了四楼，我咚咚地敲门，开门的是艾琳。她头发蓬乱，一件工作时穿的长袍披在身上，赤着脚，脸上的神情是我从来没有见过的，像受困的野兽似的惶恐，又带着一丝凶残，仿佛下一秒就会扑上来咬人。她让出一条路，意思是让我先走。我走进去，拐过玄关，进入客厅，然后被眼前的景象惊呆了。

这间客厅面积不大，连着阳台的门大开着，大马力的空调柜机吹出令人毛孔发寒的冷风。屋子里一片凌乱，有人刚在这里挣扎着搏斗过，画架倒在地上，椅子也是倒的，沙发前面的玻璃茶几被挪到电视柜的前头，为画家和模特腾出空间。那茶几有四个尖角，其中一个上面沾了血迹，下面躺着一个人。

"他自己摔的。"艾琳简洁地说，声音中仍然带着颤抖，"他喝了酒，对我动手动脚，我只是躲，我没碰他。"然后，她像突然支持不住似的，想找个地方坐下，就顺着墙滑了下去，蹲在地上，灯下她满脸泪痕。

"他死了吗?"这是我脑中升起的第一个问题，"你，你能确认他死了吗?"

她抬起脸望着我。

我走过去，绕过翻倒的家具，散落的笔、纸张、一卷画布、泼洒的颜料，朝地上躺着的人走过去。他脸部朝上，眼睛睁着，血从脑后渗出来，湿了一整块地砖。任何人看到这张脸，都会毫不怀疑地判断此人已死。

"他喝多了，对我动手动脚。"艾琳干巴巴地又重复了一遍，好像不会说别的话了。

我没问她，为什么说好了不再打工，又来冬哥家里。有些问题最好就悬在那里，永远别问，像风干的腊肉似的，挂上一百年。

她曾经说过，有些家伙，画画不过是个幌子。我一直以为，她既然有这样的洞察，也应该知道如何自保，避开风险。事实证明，我错了，在表面上超出年龄的成熟之下，她仍然是个不知所措的小女孩。

"我们得报警。"我说，"万一他还有救呢。"

"我会被抓起来吗？"艾琳说，声音虚飘得像个游魂，仿佛死的是她，"我妈怎么办？"

"他自己摔的，跟你没关系。"我说，嗓子干燥，不像自己的声音，"得报警，叫救护车，万一他还活着呢。"

艾琳沉默不语，披着长袍站在一边，像一张被用力揉过的白纸。我意识到她里边还没穿衣服。

"报警吧。"我说，"咱们处理不了这个。"

"你会替我做证吗？"艾琳说。

"做什么证？"

"他是自己摔倒的。"艾琳说，"有人看见你进来吗？"

不知道为什么，我觉得胃里一阵冰凉。地板上有水，可能是害他滑倒的原因，问题是平白无故哪儿来这么多水？然后，我留意到一只白色透明的冷水壶横着倒在地上，像是从什么地方摔下来的。也许是他摔倒的时候撞到茶几，水壶掉了下来。在尸体——我甚至不确定那真是尸体——旁边，红色的血和白开水蜿蜒到了一处。

也许是因为地上有水，他才滑倒的。水壶到底是什么时候，被谁不小心翻倒的？

"我不知道。"我说，"应该没人，这儿没人认识我。"

她不想报警，我想。出于什么原因，一时还难以总结，也许因为怕事，因为恐惧，我和她在北京都是孤零零的，无依无靠，谁也不想惹事。她想不留痕迹地全身而退。

"你能替我做证吗？"她用同样的语气，又重复了一遍。

"要做什么证？"我说，心里想的却是，他自己摔的，需要我替你做什么证呢？这句话没有说出口。

我走到沙发边上，差点就坐下来，好在及时站稳了。从这个角度看，冬哥倒下的姿势很不自然：仰面朝天，一只手横在躯干上，不能说是胸、腹或者别的什么部位，就是躯干，人死了，只能用最干巴巴的词去指代它。空调还在呜咽着，吹出强劲的冷风。十月了，今天热得反常。

我们像讨论一部小说情节那样，讨论了如何向警方解释整件事，像中学生在讨论一道题的解法。我们俩都没读过什么推理小说，所有的规划都是出于对未知的恐惧，想要尽快摆脱麻烦，回到珍贵无比的平静生活中去。

"最好谁也不用做证。"我说，意识到自己已经被卷了进来，我和艾琳必须共同进退。不想惹麻烦上身，就假装今天没来过这儿。

她到底为什么要叫我来？

"他给你打过电话吗？"这是我能想到的一处破绽。

她叹了口气，与其说是叹息，不如说是气管在哆嗦："有短信，短信里说让我明天过来。后来又打电话，改成今晚。"

"你说过不再打工了。"这几乎算是质问了。艾琳垂下了眼睛，她一定有事情瞒着我，或者是瞒着整个世界也说不定。一堵看不见的高墙横在我和她中间，时不时就撞击上去，一阵疼痛。

"要是我们就这么走了呢？"我说，"会怎么样？"声音低得像是自言自语。

"我不知道。"是了，只有"不知道"是唯一确定的东西。后脑伤口处的血已经不流了，也许人都凉透了。人死后会经历什么变化、几个阶段来着？我忘了在哪个科普节目里看过介绍。恐怖的知识。

血液里的蛋白质会凝固，在那之后，清扫就更困难了。这房间里开着日光灯，亮如白昼，窗帘没有拉得很严，意味着对面楼里的人有可能看到，或者猜到这边出事了。多事的人可能已经报警了，警车正在闪着红色的顶灯，一路鸣笛而来。

她的手机响了，背包在门口的鞋柜上放着，她没动，似乎不打算接听。我觉得这样不对，她不应该表现出任何异常，包括漏接电话。我走过去将她的包拿过来，帮她把手机掏出来，屏幕上显示的是"佳佳"。

我把手机递给艾琳，她摇摇头，我替她接起来。

听见我的声音，佳佳有点意外，语气中带着调侃的笑意，

　　她想问艾琳从她那里借的一本书放哪里了，"不过不着急，明天再找也行，不打扰你们"，她连珠炮似的说完，就匆匆挂了电话。

　　"你没碰到他，是吗？"

　　"我不确定，"艾琳说，"他动手动脚的，我就一直在躲。"她把遮盖身体的睡袍又裹紧了些，屋里有点冷。我从来没见过她这么无助、这么需要找个人去依赖的模样。此时此刻，她需要我。

　　得把我们来过的痕迹全都抹掉，假装与这个现场毫无关联。冬哥给她发的短信简直是救命的关键。

　　我们简单交流了几句，话都说不齐全，彼此已经心领神会，就动手干了起来。艾琳先脱下了她身上披的长袍，此刻，她的美妙裸体在我眼中和冷柜里的冻肉没什么分别。她穿上了自己的衣服，然后用那件毛绒睡袍似的东西当抹布，垫着手，把倒掉的画架重新扶起来，沙发上的盖布重新抖平铺好。什么样的男人会在沙发上盖两块白色蕾丝布来防尘？

　　然后，她走到厨房去找出一卷保鲜袋，扯下几个，我们套在手上，整个过程寂静无声，甚至连目光的对视也没有。世上还有比同谋更有默契的关系吗？

　　我从卫生间里找到一块旧毛巾，边缘上有黑色的斑点，幸亏他出的血不是很多。人居然就这么简单地死了，死得不像是真的，倒像是某种象征和比喻，是戏剧里的狗血桥段，导演喊声 cut，他一下子就能坐起来。时间一分一秒地过去，没人喊 cut。我把血迹抹干净了，回到卫生间，在洗手池里清洗带血的毛巾。血水流了一小股，然后颜色越来越淡，最后变得清澈。我拿着毛巾又回到客厅。

艾琳动作很快，一切都各归原位，只有茶几没动，它和死人之间的角度和位置不能随意变动，这中间存在着物理上的因果关系，对断案有用，对我们更有用。我用那块毛巾，重新把沾血迹的地方抹了一遍，然后把它丢进套着塑料袋的垃圾桶里，垃圾桶的盖子已经被拿下来放在一边。所有操作没有直接接触，妈的，这跟毁尸灭迹有什么分别？

画架放在窗边，折叠椅收好，靠在沙发扶手上，蕾丝布上毫无皱褶。我灵机一动，示意艾琳将电视打开，电视遥控器的外面套着一个灰蒙蒙的塑料套，艾琳碰过之后，我拿过来将遥控器倒在沙发上，把塑料套也扔进垃圾桶。这是一档嘻嘻哈哈的周末娱乐节目，主持人说了句什么，嘉宾开始大笑。

"然后，怎么办？"艾琳还在听我的。今晚她把一切都交到了我手里，活了二十几年，我这个人还从没这么重要过。

就照刚才说的那么办，我告诉她，她深吸了一口气。我做主给两个人分了工，我抬头，她抬脚。我俯下身子向死人的肩膀伸出双手，手上套着两个从厨房里找来的垃圾袋，不知道这有没有用。应该有用，必须有用。艾琳站着没动，像个断了电的机器人，卡在某一点上。

"你觉得这样行吗？"她说，手上也套着两个透明的薄薄的塑料袋，发出窸窸的声音。

　　"不知道。"我实话实说，此时别无他法。"不要拉脚尖，"我告诉她，"拽脚后跟，抬起来，抬起来，不要让他擦着地面。"她按我说的做，使出很大的力气，我们合力将他抬到沙发前面，摆好，按着刚才躺着的姿势重新摆好。人死后多久才会变硬？

　　然后，我们又照样把茶几挪过来，角度不变，一点都不能变，当时，我们真以为这是最关键的事。茶几摆到位了，钢角上还带着血迹。遥控器从沙发上滑下来，落在他手边，看起来就像一个人正在看电视，忽然想干点什么，倒杯水或者起来活动活动，却不小心滑倒，头撞在家具的尖角上。也许是因为喝醉了，对，喝醉了。

　　"我们俩都喝酒了。"艾琳说，"杯子呢？我用过的杯子也得带走。是吧？"

　　两个人开始满世界找杯子。杯子不知道滚哪儿去了，据她说，是两只一次性的纸杯，可能随手放在了哪个椅子或者柜子上头，总之眼前找不到了。我们小心地四处搜寻，艾琳突然发出一声呜咽，我不耐烦地告诉她，现在不是哭的时候。她安静下来，调整着自己的呼吸。

　　地板上留有一股淡淡的味道，像是鱼腥味，应该是血。血迹抹掉了，气味还在，永远都在，像是什么咒语似的。我有点想吐，死人躺在脚边，我们还在找一只杯子。

　　最后，艾琳找到了，在垃圾桶里，当时喝完就随手扔进来了，她忘了，完全忘了，浪费这么多时间。我忍着怒火，把垃圾袋提起来，像专业的保洁人员那样将它仔细地打了结，应该不会有人好奇到打开它看看里面有什么，事实是什么奇怪的东西也没有。除非有人刻意把它们跟死人联系起来。

我把地板又擦了一遍，用的是艾琳披的长袍，那其实是一件男款的长睡衣，化纤质地，结实的绒毛一根不掉，非常好用，混着一瓶从卫生间里找到的清洁剂，把地板抹得干净发亮，但是血腥味仍然没散掉。这气味到底是存在于空气中，还是飘荡在我的脑海里，几乎难以分辨。

我们改变了这个场景的内在逻辑：晚上没人来过，独居的人发生了意外。

他躺在地上一动不动，我说："咱们走吧。"屋间被整理过了，看不出来过客人，一切都像是意外，本来就是意外。艾琳说，他不该买这么危险的家具。

艾琳穿过的那件睡袍成了问题，太大太厚，塞不进她的双肩包，如果直接扔进楼下的垃圾桶，或许会成为隐患。我找到一把剪子，是那种古旧款式的大剪子，在厨房的一只抽屉里，拿着剪子回到客厅，然后一下下地剪起来，剪碎了，装进一只黑色的塑料袋，一样扎紧了袋口。可以走了。

我们关掉了所有房间的灯，除了客厅的，电视就让它开着，关上门，"咯嗒"一声落了锁，艾琳走在前面，我提着两个塑料袋跟在后头，楼道里没碰见人。

走到楼下，另一个问题又摆在眼前：这两个袋子，上面沾满了我们曾经来过的痕迹，是丢在最近的垃圾桶里，还是走远了再扔？我们俩讨论了几句，觉得站在这儿说话很不安全，被人看见怎么办？或许明天就有警察来了，一个多嘴的邻居就能毁了我们。

拎着两个扎眼的鼓鼓的垃圾袋，不能傻站在这儿，只能向前走。穿过一排楼房，又一排，路灯照耀下的乒乓球台上传来一来一往的声响。两个中年男人在打球，浸透汗的短袖运动衫贴在背上，他们只顾盯着旋转的球，没有转过头来看我们。十点多，傍晚散步的人早就回了家，人行道被树的阴影笼罩着，一只流浪猫轻快地跳进无人照管的草地，灯下的草地光秃秃的。

我和她一前一后走着。车道上，一辆车突然开起大灯，灯光刺眼，随后又关上了，是个手忙脚乱的司机，我不由得闭了闭眼睛。一阵窸窸窣窣的声音传来，前方的路灯下，出现了一只白色的狗，该死，它头上扎着一条显眼的红头绳，雪白的长毛垂到眼睛前头。与我捡到它的时候相比，干净漂亮得像是另一条狗。

我的第一反应是低头，然而狗主人已经从灯下走了出来，狗绳拉得直直的，那狗应该不记得我了。它的主人我还认识，她给过我一万块钱呢。

"是你呀，你好啊。"她热情地打了招呼，脸上堆着笑。

"您好。"

狗在我手里提的垃圾袋上嗅来嗅去。我下意识地躲了躲，狗主人拉着绳子："馒头，过来。"

对了，这只狗叫馒头，我想起来了。大脑终于开始转动，好像它之前的几个小时一直都是僵死的。为什么不去报警呢？这个夜晚过得不合逻辑。狗被主人向后搂着，仍旧不死心地向前，拉直了狗绳，朝我的脚下不停地嗅着。艾琳从另一个方向走过来，手是空的。狗主人看见我手里拎的袋子，告诉我："那边有个垃圾桶，五号楼后面。"我谢过她，跟她说了再见，狗仍然很好奇，不得不被主人拉着往前走。艾琳跟我始终保持着一段距离，我找到那个垃圾桶，将手里的东西丢了进去。

走出小区大门的时候，她赶上来，说："这两天先别联系了。"她碰碰我的手指，带着安抚的意味。我点点头，没有说别的，问题不在今晚，不在明天，问题在今后无数个日日夜夜里。马路两边的店铺都打烊了，只有两排路灯照着，车来车往，我和她一起走着，谁也想不起来要牵手。

沉默地走了两站地之后，她对我说："要不要坐公交车？"

我点点头，前面不远处有个过街天桥，桥下的主路上有公交车站。她慢慢地爬上台阶，桥顶上横卧着一个人，到处都有这样的人，白天醒着乞讨，晚上就地睡觉。整个人都蒙在一张灰乎乎的被子里，露出几簇斑白的头发。被子一上一下地耸动着，是人在呼吸。讨钱的瓷碗空着，撂在旁边。艾琳停下来，摘下背包，翻出一张一百块钱，轻轻地放进碗里，怕丢了，又将碗倒扣过来。我看着她，她一个字也没说，径直走了。

　　车来了，车又走了。我留在车站，艾琳回学校了，我告诉她我想在外面多待会儿。是的，我肯定会回家的，就是想在外面多待会儿。公交车红色的尾灯淹没在车流之中，城市的交通系统像血管似的日夜运作不停。晚上依旧闷热得厉害，血腥的余味在口鼻之间缓缓流动。

　　手机响起来，是我的室友，那个夜班保安，我叫他老方。电话那头乱哄哄的，他说商场出事了，车库里有两个人打架，一个车主用高尔夫球棍敲了另一个人的脑袋，因为两辆奔驰车不小心碰在一处，打人的那位可能喝了酒。现在警察来了，他得配合调查。

　　"妈的，真他妈的倒霉。"他愤愤地，让我明天先去帮他垫上房租，房东催了几次了。

　　我放下手机，空荡荡的公交车在夜色中穿行，车厢里只有寥寥几个人。佳佳发了短信给我，告诉我艾琳回去后有点不舒服，现在已经睡着了，让我放心，好像她是艾琳的保姆似的。有种友谊就是这样，又周到又温柔，有时候会让人觉得有点啰唆，其实它很珍贵。那时候，无论是我还是艾琳，都不懂得珍惜别人，以为别人对自己好是应该的，好像全世界都欠着我们一份温情。一个家庭破碎的人，与另一个家庭破碎的人，可以相互理解，却很难相互温暖，很多年后，我才明白这一点。

　　第二天，我去房东家替两个人交了房租。所谓的房东也是二房东，租下了整层地下室，一间间地分租出去，自己也住在这里。我去的时候他正在看足球，穿着一件泛黄的白背心，接过钱去来回数了两遍。

"你在哪里上班?"给我写收据的时候，他开始闲扯。

"中关村。"我含糊地说。

"挣得多吧?"他说。我觉得这可能是要涨房租的前兆，就说："我哥是老板，我只是打工的。"

"打工的。"他小声重复了一遍，"你说说，你们这些人，都跑北京来干什么，不嫌挤吗?"

我知道他是本地人，本地人里面混得最差的那种。即使如此，面对我，他依然有着天然的优越感。也许下个月又要涨房租了，五十，一百，为了这点钱又有人要搬家。我接过他给的手写收据，心里一阵恶心，想着说句什么来回敬他，没想出来。机锋总是该来的时候不来。

"谢谢。"最后我说，礼貌也是一种尊严的表现，表示我不屑与他多废话，房东与房客之间常常是这种互相鄙视的状态，地下室里尤甚。因为人人都有没法说的难处，所以挑别人的刺是最直接的解压方式。这里常常有人争吵打架。群居，太拥挤，满腹牢骚抱怨，脾气一点就着。

我拿着收据，穿过漫长的楼道，经过积水潮湿的水房，地上满是污渍、散发着臭味的卫生间，回到我自己的那间屋。单人床，格子床单皱巴巴的，床头灯的电线拖在枕头边上，一切都让人窒息。如果我曾经对北京有过什么幻梦，那它要不是压根儿没开始，要不就是已经碎得渣都不剩。如果有台机器能伸到我心里，拍张照片或者合成个什么图像，大概是一片寸草不生的荒漠，像在令人昏昏欲睡的无聊旅途中，透过车窗看到的那样。

我在床上躺下来，一夜无梦地睡到天亮，直到被手机的铃声吵醒。是艾琳打来的，她说她就在附近，问我可不可以出来见面。

我们在一家闹哄哄的麦当劳里碰头，她脸色不太好，佳佳说她昨晚发烧了。我问她好点没有，她点点头，两大杯满满的冰可乐隔在我俩中间。

我们避而不谈前天晚上的事，谁都不提，好像我们只是去看了场电影，看完各自回家睡觉，完成了一次平平常常的约会。"今天没课？"

"有，我请假了。"艾琳说。

"应该去上课。"我说，意思是应该显得一切正常。想隐瞒或者忘记什么特别的事，最好的办法就是让自己看起来全无异样，即使是表演，演久了自己也能相信。

"我想来看看你。"艾琳说，"你这两天干什么了？"

"没干什么。"我说。

"意城，"她的声音低下去，"对不起，我不应该给你打电话。当时我吓坏了，不敢报警。"

我说，咱们还是别聊这个了。

我问她要不要跟我一块儿去吃午饭。我们真的一起吃了顿饭，友好平静，分开时互相说了再见。也许不说更好？然后我把她送到最近的公交车站，要转一趟车才能回到学校。

她低着头，看自己的脚尖，好像那上头有什么吸引人的东西。"佳佳告诉你我发烧了？"

"嗯。"

"她还跟你说过什么？"

"没有别的。"

她抬起眼睛："冬哥的事，以后有机会，我再告诉你。"

我猜，她说的那个机会，永远也不会到来。这个人、这整件事会成为一个散不掉的阴影，谁也不想再提，却无法绕过去。死人，可能此刻还躺在自家客厅里。无人知晓的死人，他时时刻刻在我和艾琳身边，像个不识趣的客人那样赖着不肯走。也许永远都不会走了。

"意城，"车来了，她再一次叫我的名字，"我以后怎么办呢？"

我想纠正她：不光是她，还有我，我以后该怎么办呢？

她跟我说再见，明天见，或者过几天见，反正都一样。我看着她上了车，一手扶着吊环，脸朝着另外一个方向，不看我。一个很胖的女人费力地挤过她身边，坐在窗边的座位上。车开走了，我慢悠悠地走回住处。

十

我回到表哥的店里上班，是一时的权宜之计。在北京，好像一切都是暂时的，暂时的住处，暂时的工作，暂时的梦想，所有的东西都变得比人快，总得准备好去接受些什么，或者放弃点什么。我的经验是，对什么都别投入深情，结束的时候也不会太痛苦。

勺儿经常到店里来，有时候带点吃的给我们。她是我们同乡，邻村人，离我们村不过五里地，田都挨着。我妈常做的家乡菜，她都会做。有时候，晚上她会做几个菜，叫我也过去吃。

有一天，勺儿叫我过去吃晚饭，完了让我把吃剩的菜带走，她要跟表哥一起回趟老家，后天的火车。

"你有什么东西要带给三姑的？我帮你带。"勺儿说，一边说一边把长卷发扎起来，动手去收拾碗碟，把半盘炒腊肉装进玻璃保鲜盒里。自从她住进来，表哥这里的瓶瓶碗碗就多了起来，大的小的，塑料的，玻璃的，装水果的，装剩饭菜的，各有各的用处，在冰箱里码得整整齐齐。

"没有，前一阵刚回去过。"

我拿着她给我的两盒剩菜，走回自己的住处。今天是周日，老方不用上夜班，他一周只休息一天。我回去的时候，他正对着笔记本电脑打游戏。

"炒腊肉吃不吃？"我问他。

"吃！"他床边扔着几只空啤酒罐，穿拖鞋的时候顺便踢到床下，发出咯愣咯愣的滚动声。

一边打开盒子吃着，他一边说："刚才有派出所的人来。"

"什么事？"

"查身份证。还有消防的，查什么火灾隐患。"他说，"那边拉出来的灯泡不合格，给剪断了。"他指的是对面人家在楼道里拉出来的电线，打麻将照明用的。

"为什么要查身份证？"

"那谁知道。"他说，"这房子估计住不长了，公安局来人说这是违规的。"

"让搬就搬呗。"我说。我不想跟警察扯上任何关系。

吃完了勺儿做的腊肉，他窝回床上，戴上耳机，继续打游戏。我则翻出一个素描本来画画，随便画点什么，熟悉的动作可以使人平静。画室的杨老师还希望我去，他觉得我挺有想法，也有点天赋。不过我的想法已经变了：无论如何，只要活着，没有麻烦，自由地活着就够好。别的东西都离我太远。

至于天赋嘛，对于我这样挣扎着生活的人来说，天赋不是礼物，是判决。越早逃离，就越早解脱。

艾琳还会来找我，我们甚至在室友不在的白天，在这张床上做过爱，但也仅止于此。做爱是恋爱后的一种惯性，我们没有正式谈分手，做爱依然显得顺理成章。但是，总有些东西跟从前不同了。也许，她只是来确认我没有去告密，把她听到的一些消息告诉我，或许以为，我们还是同盟，同谋犯的那种同盟。

"十几天才有人发现，因为味道飘出来了。"有一次，她躺在枕头上，说，"太吓人了。那得是什么样子啊。"仿佛在谈论网上看来的新闻，跟自己没关系的，"这件事上了新闻。"

"警察来找过我。"艾琳说，"我就说前一天晚上见过面，他说身体不舒服，头有点晕。"他们没有多问就走了，"面对那样的尸体，可能谁也不想深究吧。"她的头靠在我的脖子下面，床头垂下来的灯泡毫无遮挡，烤得人热烘烘的。

"他真的跟你说身体不舒服？"

"是啊。"艾琳说，嘴边带着一丝隐约的笑意，"他心脏有问题，闲聊的时候告诉我，还告诉我急救的药品在哪里，说万一在工作的时候发病，我应该怎么帮忙。"

"所以，也许他只是那一刻心脏病发。他喝了酒，又摔到头，你说，有没有可能？"

也许吧，我说。她抱紧我，头放在我肩膀上，避免四目对视。还有什么比同谋犯更紧密的联结吗？表哥和勺儿打算结婚了，两个人领证结婚，那种感觉会不会像是携手走进一处罪案现场，打算下半生就此同流合污？

不久，表哥买了辆车，二手捷达，他自己不用，给勺儿开着去上班。她在餐厅升做领班，一个月多拿一千五。为了庆祝，表哥带她去吃饭，也叫上我。自从我回来之后，他对我比从前客气多了。

勺儿不让我管她叫姐，只让叫名字。"姐姐听着太老了。"她说。她总是打扮得很时髦，是那种刻意打扮过的时髦，跟艾琳不同，甚至正好相反。艾琳是淡的，她是浓的；艾琳是远的，她是近的，说起我们村里的熟人，她认识一多半。表哥跟她扯家常永远扯不完。

"这道菜我也能做。"在外面吃饭，她总爱这么说，"回去我试试。"通常能试出七八分相像。有时候，她做出的味道很像我妈妈的手艺。

"我们回老家，三姑问你听不听话，"表哥说，"我可是实话实说。"

"什么意思？"我吐出辣子鸡的碎骨头。

"女朋友呗。"勺儿的笑声尖尖的，无端地令人想起春天的嫩笋芽，"那个高高瘦瘦的姑娘，上次我看见了，在小区门口跟你在一起的，是不是女朋友啊？"

我不说话，倒不是害羞或者想否定什么，而是艾琳和我现在的关系，怎么定义呢，好像很难描述。她对我仍然很好，我却不自觉地想要往后退，在我们的关系中，最重要的那部分已经永久地粉碎了。

勺儿把我的沉默当成不好意思，笑得更开心了，说："她是学生，对吧？看着就像学生。那姑娘，长得可漂亮，身材可好了。"她对表哥说。表哥说："下次你叫她过来玩嘛。"

"她哪里人？属什么的？"勺儿很懂属相，她还会看手相，曾经给我看过，说的全是好话。

"哎呀，你们俩属相合适。"她说，新烫的波浪卷发垂下一绺在肩膀上晃悠着，"正合适。"她又强调了一遍。

勺儿和表哥过得很好，所以她对于别人的恋情也是乐见其成，而我却将自己与艾琳生生剥离开来，这对我和艾琳都有好处。有些事情一旦发生，它的影响永远都不会消失。

有一天，我直截了当地对艾琳说，不要再见面了，我不会说出去，一个字也不会，她尽可以放心。起初，她像没听明白似的那样看着我，等她理解了其中的含义，她说："意城，你是我身边最后一个能说说话的人了。"

"别再提了。"

"他是自己摔的。"艾琳说，"我妈身体不好，她不知道我在北京打什么样的工，她什么都不知道，也理解不了。你明白吗？不能让她知道，也不能让学校知道，我得顺顺当当地毕业。"

也不能让我知道，我在心里想着，只有你一个人了解真相。

我说，我想过正常的生活，也许哪天我就回老家了，找个离家近的工作，每天吃我妈做的饭，结个婚，生个孩子，北京不过是一场幻觉。对吧？这个城市，对我这样的人来说，就是一场遥不可及的梦。

最后，她问我："你是不是遇上别人了？"

那天，她走之后，我独自一个人在家里窝着，在属于我自己的那张床上，不久前艾琳还躺在上面，床单上留有余温。晚上八点了，地下室里不辨昼夜。表哥又叫我去吃饭，我没回复他的短信，感觉身边的一切都被悬挂起来了，在半空中飘着，不确定，不稳定，不知道下一步将去向何方。

陈童打来电话，问我什么时候能回去上班。我前两天跟他打过招呼，先请几天假，他催着等我回去呢。我告诉他，我不会回去了，听见他在那头骂了句难听的，又说："你小子为啥不早说？"

我只能说对不起。愤怒过后，陈童冷静下来，问我辞职的原因。

"咱们这儿挺好呀。"他说，"网站每天都有点击，你为什么不来？给人装电脑有什么出息啊。"这语气简直跟表哥一模一样。"瞎画两笔，能有什么出息呢？"表哥说。这两个人的逻辑倒是一致的：非我族类，必然没有出息。现在，我只想挣扎着离开他们，离开他们所代表的那种生活——有希望的、有目标的、时而清醒时而混乱的生活。眼下，我在北京中关村人流最密集的地方，试图逃避全世界，就为了一个早已化了灰的死人，即使那死亡根本与我无关。

"我想回老家。"我说，然后就没别的解释了。

十一

很快，地下室的出口贴出告示，要治理违规的群租房，房东找到我们，让我们退租，押金却不肯退。为了这件事，大家还闹腾了一阵子，最后，听说有的人给退了，我和老方都没拿到。

"咱们俩都太斯文了。"方晨说，要搬家了，他把一些没用的衣服杂物收到几个纸箱里，"要是像隔壁那两口子似的，女的抱着孩子，男的拎着菜刀去找他闹，也能把钱拿回来。"

"算了吧。"我说，那个场面昨天我已经见识过了。

"你是无所谓。"他有点愤愤的，"反正你不在北京混了，回老家，多少有口饭吃。我连住的地方还没找着，只能跟我老乡去挤，唉。"多少愤愤不平到了最后，就剩下一声叹息。

表哥他们从老家回来，带来好些腊肉，分给我一些，我都送给老方了。他把那些腊肉单独装进两个大塑料袋，推到床底下，我提醒他走的时候别忘了拿。明天他就要搬走了，邻居们大部分也走了，楼道里空空荡荡的。官方给的最后期限在一周之后。

"人都是一样，柿子拣软的捏。"他说，一边把冬天的被子盘成一个结实的花卷，"这些住户里头，只有咱俩按时交房租，一天也没差过。到最后，他不给咱们退押金。要我说，做人就不能太老实了。"

"几百块钱，算了吧。"我怕我顺着他说，把他的火气也拱起来，拉着我去讨押金。当初开的收条早就弄丢了拿不出来，万一闹大了，人家报警怎么办？其实也不至于，那个二房东肯定不想惹麻烦，可我那时候就是怕，光想着干干净净，一走了之。

他收拾得差不多了，我们俩一块儿去吃饭。他先走，于是我请客，算是送行。我们去吃一家挺火的烤串店，秋天已经不像盛夏时那么多人，在靠近玻璃窗的位子坐下，点了啤酒之后，老方问我以后有什么打算。

"回老家，找工作。"我说，"我表哥要结婚了，将来人家就是夫妻店，用不着我了。"

"我们商场在招人，在楼上坐办公室，管理工作。你有大专学历，可以试试。每天中午管一顿饭。"

我摇摇头。

"女朋友不要啦？"他见过艾琳，"你女朋友多漂亮。"

"分了。"

"为啥？"

我也想知道为什么，一言难尽。我举起啤酒杯，跟他碰了碰，一口气喝干。最辣的烤鸡翅放在不锈钢盘子里端了上来。

"考虑考虑。"他说，"我们商场还不错，领导人挺好的。"

我不置可否，看着老方因为鸡翅太辣而冒出的微汗。他是河南人，不像我这么能吃辣。明天他要搬去另一处地下室，也不知道能住多久，然后又得搬家。我用冰凉的啤酒中和舌头上的火烫感觉，开始想念家里那张恒定的属于我的床，不论什么时候回去，它总摆在那里。

第二天，老方走了，我还没起床。他老乡过来帮他搬东西，忙忙碌碌地说了再会，之后门就关上了。我睡了个回笼觉，醒来时手机正在响，可能已经响了好几轮，终于吵醒了我。

打电话来的是陈童，一接起来，他就说："你在哪儿呢？"

一个小时之后，他来到这间地下室，坐在老方那张只剩下铺板的空床上，说："豆豆要跟我分手。"

"为什么？"

他像看傻瓜一样地看着我，完全没意识到自己才更像个傻子，"这种事哪有为什么？"

那倒是，跟女朋友追问为什么，她们总会顾左右而言他。

"她想让我找个正经工作。你说，她自己也没正经工作啊，凭什么老是要求我？"

"她要求自己的时候，你可能没听见。"我说，从床底下拉出一双拖鞋，觉得口渴，找不到开水，只有啤酒。

没有比温热的啤酒更烦人的东西了，让人越喝越渴。陈童还在抱怨，他觉得自己做得挺好了，想不通为什么被人甩了。

我告诉他，我跟艾琳也分了。这个消息暂时分散了他的注意力。"早就该分。"他说，"她跟冬哥那些事儿，说不清楚。"

"她跟冬哥有什么事？"看来，在艾琳的朋友圈里，冬哥和她的关系并不是秘密，蒙在鼓里的只有我一个人而已。

结果他也说不太清楚，但是，艾琳和冬哥之间的关系不仅仅是画手与模特那么单纯。我想起佳佳说过的，冬哥打她。艾琳身上有过伤痕。

有些念头纠结成一团，像块消化不动的食物，沉甸甸地悬在胃里。啤酒还剩下半罐，我突然喝不下去了。

"我得出去一趟，有点急事，"我说，"你要是不想回家，就在这儿过夜吧。"说实话，他和豆豆争吵也不是一回两回了，说不定两个人明天就会和好。

我把老方留下的钥匙给了他，给自己找出一件运动外套——这几天天气忽然凉了下来，然后走到街上，坐公交车来到艾琳的学校。新学期开始，校门口来往的人比暑期多了不少，佳佳过了很久才回复我的短信，只有两个字："好的。"

她在学校里那间奶茶店等我。前几个月，我和艾琳经常在这儿约会，佳佳给自己买了一杯金橘茶，我到的时候，她已经喝了一多半。

"路上有点堵。"我说，扯过一把椅子坐下。

"我只知道一点，艾琳不喜欢别人问太多。"佳佳说，"上次都告诉你了，冬哥打过她。"

"他们是在谈恋爱吗？"

"应该不是，"佳佳说，"但是后来艾琳想摆脱他，她跟我说过几次，冬哥脾气不好。"

"她还有个男朋友。"我说，"那个人你也认识吧。"

"刘凯？我认识，"佳佳说，"他们大二就在一起了。艾琳总有人追。不过，她不是那种一脚踏两船的人，刘凯先提的分手，我猜可能跟冬哥有关。"

佳佳给了我刘凯的电话，临分别时，她对我说："艾琳最近状态不好，你们应该见面，把事情说清楚。"我答应了，等她走后，坐在原位上没动，给刘凯打了电话。

对方的语气有点不耐烦。我尽量简洁地说明了我的身份、和艾琳的关系，以及我的疑问，没有提到冬哥已经死了。

不管怎样，他还是来了。看得出来，他也有一肚子话想说。服务员再次送上冰镇的金橘茶，是我点给他的。

"她想甩掉那个冬哥。"刘凯是个又高又壮的男生，下巴很宽，声音低沉，短袖运动上衣的袖口绷得紧紧的。

"你们俩大二就在一起了？"

"对。我追了她一年多，"刘凯说，"后来我才知道她在外面打工，给画家当人体模特。瞒得好紧啊。"

"她妈妈身体不好，她想自己挣学费。"我发现自己不由自主地想维护她。

"在一群人中间脱光了，这算挣的什么钱？"他说，"她是不是跟你说，我是因为这个跟她分手的？"

"她没说过。"我撒谎了。

"其实，知道她当模特的人也没几个，她在学校里瞒得很紧。这种事还是挺有话题的，对吧？"他说话总爱用这种反问句，显得没什么脑子。有这种感觉也许是因为我对他怀着敌意。

"我不想让她干这个，可是她说非干不可，冬哥不让她走。我问她为什么，她又不肯明说。"刘凯说，"那时候我就觉得，她压根不信任我。"他终于拿起饮料，一口气灌下半杯。

不信任，对，我想，我也有类似的感觉。在关键问题上，她总想逃走。

"然后呢?"我不动声色地继续问。

"没什么然后,然后不就是你了?"他说,语气中听不出愤怒或者惋惜的情绪,只有如释重负。

"她跟那个冬哥,到底是什么关系?"

"这帮画画的,没几个好东西。"刘凯说,"冬哥拍过她的裸照,艾琳亲口告诉我的。这种事儿,我真帮不了她。"

"因为裸照,所以没法摆脱他?"

"那男的可能还打过她。"刘凯说,语气仿佛在说一个不相干的人,而不是自己的前女友,"不过,话说回来,当人体模特的还在乎裸照吗?"

他知道的情况并不比佳佳更多。不管怎么说,眼前这个大个子用的那种事关不己的口气让我很愤怒,我应该打他一顿而不是给他买饮料。艾琳是他女朋友,而他什么也没做,对她的麻烦坐视不理,直到今天这个地步。

"反正,劈腿的是她,"他又喝了一通,塑料杯里堆着大半杯冰块,"遇上人渣,我还能怎么着?这也是一种报应,是吧?"

"你知道那个人死了吗?"我问。

"谁?那个画家?"他吃了一惊,"怎么死的?"

"在家里摔死的,是个意外,过了好几天才被发现。"

他沉默了一会儿,仿佛在消化这个事关人命的八卦新闻,然后盖棺论定地说:"这也是报应,你说是吧?"

刘凯走后,太阳已经偏西。我觉得,我应该问问艾琳,把一些问题搞清楚。电话无人接听，短信也不回，直到杯子里的冰块都化成了水，对面的椅子被服务员拿去给别人了，拎起椅背的时候她还瞟了我一眼，大概是催我快走，别占着桌子发呆。

十二

艾琳没有消失，她过得挺好，准备毕业论文、找工作、找房子。有时候，她还会回复一两条短信，内容简短，没有继续聊的意思。我告诉了她我的新地址，原来的地下室已经清空了，她也只是简单地回复"哦"。

最终，我还是没有回老家。我想，如果我回去了，就会陷在一件一辈子都没搞明白的事情里，不知道艾琳是不是也这样？也许她只会觉得轻松，侥幸过后的那种轻松。她是逃脱了，可我陷进去了，这不公平，她应该给我个解释。可她就是不肯见我。

陈童跟豆豆和好了。在我的小屋里住了一夜之后，第二天，他在床底下发现老方忘了拿的两袋腊肉。"豆豆特别爱吃这个。"他说，睡了一整夜之后，自信的精气神又回来了，"我拿走了啊。"

"随你。"我说，想起老方说起的商场的工作，或许不是个坏选择。

没过几天，陈童和豆豆又成双成对地出现，他们来帮我搬家。田原也来了，他跟佳佳的约会没几次就结束了，那姑娘可不是靠着油嘴滑舌就能蒙骗上手的。

"佳佳很聪明，"虽然被甩了，田原对她的评价还是挺高，"她知道自己要什么。"

"这太玄了。"陈童说，把一只纸箱贴上大力胶封条，"一般人都不知道自己要什么。"

"她就知道。她特别懂事。"田原说。我头一回听见他用这么认真的语气提到一个女孩，然后就明白了他是因为失落，才会这么认真。

"那就是被一个懂事的姑娘给甩了？"陈童说。我正跟他合力搬电视机，房东给配的那台早就坏了，这台是我和老方合买的，他留给我了。表哥把他那辆二手宝来借给我搬家用，陈童有驾照。

在打算扔掉的废品中，有写生用的画板，一把有破洞的帆布折叠椅，和一些别的跟画画有关的东西：一些没用完的颜料，一些铅稿，包括艾琳的那张没来得及上色的肖像，都卷起来扎好，田原问我为什么要扔了这些东西。

"不画了。"我说。

"那也可以留着当纪念啊。"

"纪念什么？"我妈妈从来不扔东西，说起来这个那个都要留个念想，实际上什么也留不住，有些人事还是忘了的好。

四个人挤进车里，我跟豆豆坐在后排，中间隔着一只塑料箱子，零碎东西都塞进后备厢。后视镜上挂着的 CD 收纳包里，有几张邓丽君的唱片——表哥爱听老歌。陈童随手拿出一张，看也没看就塞进音箱，飘出来的是《甜蜜蜜》，艾琳喜欢这首歌。

在音乐声中，车子像船行海上，轻快地滑过秋天的街道，树叶开始显出斑驳的金黄。艾琳没再联系我，她轻快地从我的生活里消失，像早晨的露水在阳光下蒸发了。我没换手机号，一直没换，用到现在，她的号码一直存着，排在通讯录的第一位。几年间我换过几个手机，诺基亚、三星、苹果，艾琳一直在那儿，虽然她早换了号码，旧号已经废了，但我就是不想删。

没过多久，表哥结婚了，勺儿辞职去给他帮忙。虽然勺儿对我不错，我还是不想给夫妻店打工，想自己找份工作。老方上班的商场正在组建一个 IT 部门，他就把我介绍过去，至于这个部门具体要做些什么，领导自己也不清楚。在办公室的电脑上打了几个月扑克牌，帮经理重装过两次系统之后，我被调到大客户部，负责制作和销售企业团购的礼品卡，在一台专用的 POS 机上刷一下，"啵"的一声，卡片成功充值。面带微笑，双手递过去就行了。

这份工作做了十年，有加薪，没升职，其间经历了两三任经理，有的人因为站错队而倒霉离职。我一直很稳，因为岗位微不足道，而且我从来不跟同事走得太近，从不站队。老方说我最滑头，让我觉得哭笑不得，我只是觉得折腾这些没意思而已。他升到了保安部主管的位子，不再跟老乡合租房子，自己出来单独租了一套一居室，问我为什么还跟人合租房子。"多烦啊，"他说，"跟别人住一块儿互相影响，老睡不好觉。"自从升到主管，他就不值夜班了。

"有个伴儿也挺好。"我说。

"那你得找个女伴儿。"老方说，"客服部那个高个子的姑娘老找你，你不考虑考虑？"

我笑笑，没说话，接着做储值卡销售记录的统计表。这份不咸不淡的工作一直干到去年，偶然间得到一个跳槽的机会，我决定走，是因为跟客服部那个女孩谈了段短暂的恋爱，发觉不合适，很快她就提出分手，再见面总是有点尴尬。

新工作是在一家更高档的购物中心做大客户经理，大客户部的每个人都挂经理头衔，为的是跟客户打交道方便，所以实际上也没升职，只是工作内容变了。我入职的第一天，主管给我一份电子版的 VIP 客户名单，让我熟悉熟悉。这些人多半是女性，每年至少都有几十万的消费，品牌都会给她们特殊服务。主管觉得商场这边也得跟上，多联络联络感情。"增加客户黏性嘛。"他说，这可能是他在 MBA 周末班的课程那里学来的新词。上班的第一天，他就明确要求：在我们这儿，必须每天穿西装。

我回到办公桌上，脱掉外套，解开衬衫领口的扣子，给自己泡了一杯茶，随手打开这份客户名单。顺序按姓名拼音的首字母排列，那个无法忽略的名字排在第一个：艾琳。

我愣了两秒，然后点开了她的消费记录：大量的衣服、鞋子、化妆品、珠宝首饰、皮包，都是很贵的名牌；各种各样的家居用品，成套的进口餐具，水晶酒杯，亚麻桌布，羊毛地毯，落地大钟，还有厨房用的料理机，烘焙套装，几千块的炖锅和刀具套装，尺寸不同的各种浴巾和毛巾；从去年秋天开始，她的购物重心转向婴儿用品，进口的婴儿食品、衣服——从粉嫩的颜色来看应该是个小女孩，样式夸张得像个太空舱的婴儿车，同品牌的婴儿床、电子摇篮和婴儿座椅，无数的洋娃娃以及各种各样的玩具……她是那种一走进门，店员就眉开眼笑的好顾客。

看着这份长长的清单，我勾勒出她的生活：她过得挺好，比大多数人都好，也许还在休产假，也许根本就没上班，孩子最多一岁；以地毯的尺寸看，房子不会太小，那种大块的地毯往往是住别墅的人家爱用，我看了看客户地址，果然是在顺义的一处别墅区。以物质的标准来衡量，她无忧无虑。不知道她还记得我，还记得那个搬死人的晚上吗？

资料上有她的联系方式，一个陌生的手机号码，只要拨过去，就能听见她的声音。我盯着那串数字看了一会儿，起身把西装套上，跟部门的行政秘书说要出去一下，她拿来一个本子让我登记，说这是公司的规定，上班时间的外出都得登记。我在事由那一栏里写上：增加客户黏性。她看了看，一脸茫然："这是什么意思？"

"这个得问李总。"我说，冲她笑了笑，就走出了办公室。商场的办公区在顶楼，我乘电梯下到一楼，靠近旋转门有一家店卖家居饰品，墙上挂着很多名画的手工复制品，我停下来看了一会儿。陈童还在做这个生意，他早就有了自己的车间，特色是坚持手工生产，工艺流程基本没变，这是他的一大卖点，只是产品做得很粗糙，进不了购物中心的品牌店。豆豆正怀着第二胎。

墙上挂的那些画，有很多是我过去临摹过的，再加上艾琳的消息，仿佛今天注定了要去怀旧。我穿过了阳光闪烁的玻璃旋转门，打上一辆出租车，报出地址之后，就用手机拨出刚才牢牢记住的那串号码，接通后，她说声："喂？"声调是上扬的。

"艾琳？"那头一阵沉默，然后响起一阵婴儿哭声。

"你等等。"她说。她的声音一点没变，不知道样子变没变？她拿开话筒，高声说："大姐，你哄哄她。"婴儿的哭声渐渐远了，她又回来："意城？是你吗？"

她知道是我，还明知故问。我告诉她，我是大客户经理，工作就是联络 VIP 客户，"没想到看见了你的名字。你最近还好吗？"

"我挺好的。真是，多少年没见了。"

如果说这么些年过去，我在哪方面有长进，就是学会了直截了当地说话，不要绕弯子。我问她，可不可以见个面？有些事想问清楚。

她听出了我的严肃语气，也跟着严肃起来："好吧，那你现在就过来吧。地址你有？"

"有。"我没告诉她，我已经在去往她家的路上了。

半个小时后，出租车把我放在顺义一处住宅区的围墙外，这儿不让外面的车进去。浅灰色的围墙显得很干净，沿着围墙种了一圈高大的杨树，卫兵似的排列整齐。深秋了，树叶被风吹得哗啦作响。小区的门口有警卫站岗，我告诉他艾琳的名字和地址，他回到岗亭里，拿起电话说了几句，就打开了栅栏门的电子锁，放我进去。

院子里种着很多枫树，红黄斑驳，独立的一幢幢房子散落在树木之间。人行道与车道分开，两边是草坪和低矮的灌木，路面上铺着圆滑的鹅卵石。房子是那种前几年很流行的欧陆风格，门廊下面立着一排罗马柱，二楼伸出半月形的露台。

按着门牌顺序，我找到艾琳的家，来开门的是个四十多岁的大姐，她带我来到门厅，换上摆好的拖鞋，艾琳朝我走过来，一个粉色衣裤包裹着的婴儿蜷在她的胸前。她把孩子递给阿姨，交代说："带她上楼吧，一会儿再量量体温。"然后才转向我，脸上挂着笑容，说："好久没见了。"

她带着我走进客厅，一组巨大的真皮沙发放在羊毛地毯的中央，同样巨大的茶几上摆着一组复杂的紫砂茶具，暗沉的色调跟室内的家具很相配。我不记得她爱喝茶。好在她没让我坐进那套宽大得能把人吞没的沙发里，而是走向落地窗前的黑色咖啡桌，桌边摆着两只同色的藤椅。

我坐下了，她去厨房弄点喝的。客厅的面积很大，不过家具摆得太多，并不显得宽敞。地毯划分出沙发待客的区域，其余部分是颜色黑沉的实木地板，家具也是类似的颜色，看得出都是贵价货，颜色相近，但并不成套。落地窗上挂着又大又厚的紫色窗帘，墙上并没有别的装饰，一张画也没有，只有壁纸透出隐约的暗金色花纹。身后传来嘀嘀嗒嗒的声音，回头看，是一架古典款式的落地大钟，是从我们商场买的，英国进口，不到十万一台，我在她的购物记录里看到过。在这间风格混杂的客厅里，"贵"是唯一能总结出来的特点。

艾琳回来，将一杯咖啡放在我面前，自己也坐下来。屋里很暖和，她穿着一条家居的长裙，一直拖到脚面，烫过的头发向后盘成一个松软的发髻，脸跟从前一样好看，但是说不上来为什么，我还是喜欢她从前披散着头发的样子。

"这个钟，"我扬扬手，"原来是你买的。"

"我老公喜欢古董。"她很快地接上话茬儿，"他喜欢比较古典的东西，家具都是他挑的，我只管去刷卡。"

她这是说，她老公对她不错，钱都给她管。她做的咖啡跟外面卖的一样好喝。

"你在商场上班？居然从来没碰见过。"

"我上周才入职。"我说。我把这几年的经历大概说了说，她不时有礼貌地点头。

"增加客户黏性？"她笑了，"你们老板真逗。"

"对，所以我得拜访名单上的所有客户。"我撒谎了。

"需要我填个表什么的吗？"

"不用，就聊聊，随便聊聊。"然后陷入了短暂的沉默，两个人同时举起杯子喝咖啡。

"这儿风景真不错。"我说，窗前的私人草坪修理得很整齐。

"嗯，我想种点花，他就喜欢草坪。买的时候贷了一大笔钱，现在都还清了。这边比城里安静。"的确，我一路走进来，一个人也没看见。

接着她又谈了一会儿附近的房价和国际学校，提到她老公前妻的儿子在哪里上学。周末那孩子会过来，跟爸爸一起过两天。

我应付着她，一边想着，如何跳进那个隐藏在无数散漫话题中央的黑洞，或者说漩涡——藏在水面下的巨大漩涡。我们俩像两条老练而冷静的鱼，默契地围绕它游泳。

"我结婚的时候，还担心关系处不好，没想到那孩子特别喜欢妹妹，周一到周五在学校寄宿，周末就要跑过来看妹妹，都不肯回他妈那儿，把他妈气得够呛。"她用纸巾仔细抹掉洒在桌面上的咖啡。

"你呢？"她忽然问，停止了谈论自己，"你结婚了吗？"

"没有，"我说，"我买不起房子。"她宽容地笑了笑："那你还画画吗？"

我告诉她，早就不画了。

"你真的很有天赋。"她说，意思是可惜了。很多人对我说过这句话，有什么用呢？完不成的梦，实现不了的愿望，在人间遍地都是。在沉默中，我们渐渐接近了那个漩涡。

"艾琳，"我清清嗓子，"有件事，我一直想搞明白……"

"他是自己摔的。"她打断我，然后脸色就变了，好像对这问题早有准备，越发显出心虚。我们俩都意识到这一点，气氛陡然紧张起来。

"我没碰到他，我只是躲。"她看着我，"干吗问这个呢？"

"他打过你吗？"我决定单刀直入，不要跟她绕圈子。短短的一句话在空气中回荡。

"他打过我，拍过我的裸照，我都忍着不敢出声。"她一口气说完，"你满意了吗？"

"那你为什么还要去找他？你就缺那点钱吗？"我不由自主地提高了声音，好像自己仍然是她的男朋友。

挂钟在我身后嘀嗒作响。

"我跟你说过，我不想惹麻烦。刘凯就是因为这个跟我分手的。"

"那我算什么？我是下一个挡箭牌吗？"

"男人都一样，"她说，眼圈开始发红，"就只关心自己的感受。被人侮辱的是我！你没有被人打，你没有被人强奸，你没有被人拿着裸照威胁，到最后你们个个都觉得是我有错！"

她说完这些话，屋里静悄无声，好像有人在屏着气偷听。

我想起刘凯说过的那句话：当人体模特的还在乎裸照吗？

"我不能跟我妈说，也不能跟你说，佳佳知道，她也帮不了我。他死了，我特别高兴，但是我没有碰他，他是自己摔的！"

"为什么不报警呢？"我说，声音比刚才小了很多。

"我说过了，我害怕，我不想节外生枝。"艾琳有些不耐烦，"你来找我，就为了说这个吗？"

"有些事，我想搞明白。"我说，"三十多岁了，我想活得明白点，知道自己过去都遇到了什么人，发生了什么事。我不想一辈子就这么稀里糊涂地混过去了！"说到最后，我不自觉地提高了声调，好像在跟哪个看不见的对手争论。

"意城，"她把手里的杯子放下，语气温和起来，"你这是拿我撒气呢。"

我说不出话来，仿佛前半生所有的不如意都摆在眼前，摆在这张小小的咖啡桌上，像一群小怪物似的咧开嘴嘲笑着我。艾琳飞快地朝我身后的座钟看了一眼，我想我该走了。

"我以前跟你说过，"艾琳慢慢地开了口，"我小时候用石头打过两个同村的男孩，因为他们骂我妈妈，后来的事我还没说完。第二天，我在放学的路上，被这两个人堵住了，其中一个把我强奸了。那天晚上，我回到家，跟我妈说了这件事，她第一反应就是骂我，问我为什么惹事，骂我脏、贱、不要脸，不许我去跟别人说，尤其是村里人，更不能说。那天晚上她没给我饭吃，第二天逼着我去上学，谁也不许告诉。我就饿着肚子去了学校，真的一个字也没说。"她停了一会儿，任由痛苦在沉默中发酵，"这就是为什么我不想报警。"

"那不是你的错。她是你妈，她不应该……"

"她就打点零工养活我，我爸什么都没留下。"艾琳打断了我，"她已经很不容易了。你知道在农村，一个女孩被强奸，全家都跟着丢脸。孤儿寡母本来就受人欺负，她不想再惹事。忍忍算了。"

"后来，上了大学，认识了冬哥，还有他的一些朋友，他们让我觉得，我的身体不脏，也不恶心，我的身体可以很美好。我没想到后来事情会变成那样，冬哥不愿意分手，死活就是不肯，我有了新的男朋友，他还是不死心。他打我，拍了裸照，时不时地拿出来跟我炫耀，我没办法，只能跟他周旋。后来我遇到了你，你挺好的，意城，可是我不知道怎么跟你说。你的反应会不会跟刘凯一样，我不知道。"她的眼睛湿了，"我没有你想的那么坚强，我很害怕。"

"那天，是他自己摔的。"最后，她这么说。"那，项链呢？""什么项链？"她露出疑惑的神色。"就是，他送你的那条，卡地亚的项链。"我觉得喉咙发干，咖啡杯已经见底了。艾琳想了想，说："那不是他送的，他送的我怎么会收？是另外一个朋友，他的画得了奖，送给我表示感谢的。而且，那不是真货，只是一条高仿，我喜欢那个款式，后来你不高兴，我就不戴了。"

楼上传来了婴儿的哭声。"我该走了。"我说，声音低得几乎听不见。

"孩子有点发烧。下次叫上佳佳，咱们再聚。"她站起来，陪着我走到门口。婴儿的哭声低下去，有人轻轻哼唱着哄她，音色婉转，像唱戏似的，从很远的地方传来。

她停在门口，台阶两旁是平平整整的草地。临别的时候，我摸出口袋里装的名片盒——穿西装、随身带名片，都是新公司的要求——抽出一张递给她，说："以后有什么问题，可以直接跟我联系。"

她接过去看了看："意城，你真的很有天赋，不画画可惜了。"

道别之后，我离开了她的房子。人行道这么长，怎么也走不到有树遮挡的地方，就感觉她的目光还在背后黏着。我把双手插进裤子口袋，像个少年那样迎着风走去。枫树叶上金光跳跃，我脱下外套，风灌进衬衫，吹得背后都鼓荡起来。我越走越快，心里只想着一件事："你很有天赋"这句话，从此我再也不想听见。

一个人的罗生门

一

那天，我接豆豆回家，然后带着他一起去菜市场买菜。对，就是那个最大的菜市场，一直嚷嚷着说要取缔的那个。那儿的菜最便宜，平常我给孩子做饭，都是现买现吃，最新鲜。我们买了西红柿、土豆、黄瓜。豆豆爱吃糖炒栗子，我买了一大包，还是热的，让豆豆自己抱在怀里，他现在特别乐意帮忙。孩子一定要锻炼，不能太娇惯，让他做力所能及的事，还有，一定要让他背下父母的电话号码。

重点？我觉得这就是重点啊。要是她也让娇娇背下她的电话号码，可能就不会走丢了，对吧？她为什么不教孩子背下来呢？娇娇明年就要上小学了，我们是同一个班的，从托班就在一起，两个孩子特别好，今天豆豆还问我，娇娇去哪儿了？我只好哄他，娇娇出远门了。你们没线索，我也没办法，我知道的已经全都说了。

那好吧，也可以再说一遍。

是一辆灰色的轿车，夏利或者是富康？司机是个男的，年纪不轻了，戴着一顶毛线帽，麻花织法的那种款式，挺土气的。那辆汽车从我对面开过来，我走在人行道上，手里拎着菜，塑料袋很沉，勒得手特别疼。豆豆就走在我身边，左边。

是他先看见的，他喊了一声：娇娇！我就顺着他指的方向去看，确实是娇娇，她的脸贴在车窗上，两只手也扒在上面，看不清什么表情，也许是被下药了？她有点呆呆的，没哭，应该没哭。

什么？我上次说她哭了？是吗？那也有可能，她肯定很害怕。娇娇平常就爱哭，有一点小事就哭起来。

不管她哭没哭，这不是特别关键吧？就当她是在哭吧，然后，车就开走了，就是一晃眼的工夫。我以为是他们家亲戚的车，带娇娇出去玩的。车开走了，豆豆还在叫：娇娇，娇娇。我叫他不要再喊了，明天上幼儿园就看到娇娇了，晚上娇娇妈妈打电话给我，我才知道出事了。就这样，就这么一眼，那辆车是灰色的，也可能是白色的，反正是辆旧车。车牌号？记不得了，什么牌子，也没注意。

我能走了吗？我得去接孩子放学，还得做晚饭。你看，这些事我都说了好几遍，你们换个人就要问一遍，真是没完没了。光天化日的，在小区里居然丢了孩子，唉，谁想得到呢。

在这儿签字？好了。

我儿子？当然了，他能背下来，我和他爸爸的手机号码，他都背得很溜。

二

你进来，进来坐。唉，出了这种事，公安局有线索吗？他们出动多少人去找？你不知道，你得去问，去逼他们。有认识人吗？找找关系，催一催，一年丢那么多孩子，我看他们都不当回事。

警察又跑来问我，我都说好几遍了。我真的不记得车牌号，好像有个"3"，有个"J"？不确定，我不知道是人贩子，我以为是你们家亲戚。我真的不知道，人贩子也没写在脸上，是吧？

对，是个灰帽子，麻花帽，像娇娇的那顶？我想起来了，是很像娇娇的帽子，娇娇奶奶给织的，豆豆还有一顶。你们家奶奶织了两个，送给了豆豆一个。怪不得看起来眼熟，我还纳闷呢，怎么会单单对帽子有印象？

司机是不是男人？好像是，不过，也有可能是女人，对吧？人贩子很多都是女的，新闻里就是这么写的——女的，小孩更不戒备。豆豆，过来，过来，一会儿再玩积木，你告诉阿姨，那天你看见娇娇，看见司机了吗？没有，你看，他没注意司机，问多少遍都一样。你去吧，搭房子去吧。车牌号我真的记不清，瞥了一眼，就开走了，可能有个"K"，还有个"5"，有个"3"？记不清，真的记不清。

你喝水，喝点水，嗓子都哑了。你可不能生病，病了怎么找孩子？当时我应该打电话给你，我就以为是你们家亲戚把孩子接走了，娇娇当时就趴在车窗上，看着我，她听见豆豆喊她了。

除了我没别人？唉，要不是豆豆，我也不会注意，小区有监控吧？应该有吧，找物业，让他们调监控，摄像头坏了？这也太巧了，他们是不是推卸责任？一直是坏的，每年交那么多物业费，一直是坏的，这些人都没良心的。

我当时应该打电话给你。当时，娇娇不是你一直牵在手里，怎么会跑了呢？买个气球，哎呀，买什么气球，物业为什么放这些做小买卖的进来？门卫什么事也不管，只管收停车费。对啦，门卫记不记得？

不记得。一辆普通的汽车，谁会注意呢？那里的摄像头也坏了？真是太巧了，你说，这是不是推卸责任？你发微博了？我看看，我没关注你微博，好久都不上了，是这个号，好，我来关注下，我给你转发。这么多人转发，怎么热心人都在网上，身边一个也没有呢？真是的。除了我，居然没有一个人看见。

多久了？四十八小时了。你得吃点东西，得去睡个觉，我有安眠药，你要不要？不行，一瓶不行，我只能给你两粒，两粒就能睡到天亮，是大夫给我开的，我知道失眠的滋味，我知道，哎呀，你再哭我也忍不住了。

天这么冷，娇娇在哪儿呢？豆豆，你把 iPad 关上，别看动画片了行不行？吵死人了。

你放宽心，一定能找回来，你看网上有这么多人帮你找，我们也帮你找，当时我打电话给你就好了，当时我两只手都拎着菜，不知道娇娇已经丢了。喂，豆豆，关上动画片，你该上英语课了——我给他报了一个在线的英语课，八点开始。好，我不送了，娇娇可能明天就回来了，警察都在外面找，别急。

不确定，可能有"K""5"，也可能是别的数字。夏利、富康我分不清，我不懂车，也没看清车标，真是太没用了。豆豆，你过来，准备上课了！

她没哭，应该没哭，我没看见眼泪，她只是趴在车窗上，看着外面。身后没人，也许有人，只瞥了一眼，我记不住那么多，奇怪，就记得有个帽子。

你说，这不会是家里亲戚开玩笑吧，你们家有这样的亲戚吗？有纠纷吗？好，你慢走，有事再打电话。

三

这个药，你先吃一粒，试一试，睡得着就不用吃第二粒，不能再多了，再多你得找大夫开，我可不敢给你。娇娇爸爸不在家？这么晚了他还在公安局？他在那里守着，你在家守着，睡一觉吧，真的，你得睡一觉。

亲爱的，我真的不能再说了，越说越乱，她就坐在车上，看着窗外。站着？对，也可能是站着，脸贴在车窗上，反正她就是在车里。看不到她身后有没有别人，应该是有，人贩子都是集体行动，我听说过，团伙作案，偷孩子的，开车的，不是同一个人。

你得向物业追究责任，为什么交了物业费，监控系统全是坏的？安全有没有保障？这太过分了，出事了就知道推卸责任。这是娇娇的照片，你打算到处去贴？对，应该去，我帮你贴，所有楼层，电梯里，还有附近的小区，都贴。一定有人看见她，除了我和豆豆，一定有人看见。

当时，我要是拍张照片就好了，谁想得到呢？当时我手里全是菜，她就像个影子似的滑过去了。唉，你哭吧，哭出来可能好受点儿。

不，这不是你的错，这是个意外，五六岁的孩子，谁也不会二十四小时紧盯着。她和豆豆经常乱跑，跑一会儿就回来了，谁知道人贩子这么大胆，小区里到处是监控，他们一点儿都不害怕？

火车站去过没有？长途汽车站呢？机场不太可能，他们带着个拐来的孩子，估计不敢坐飞机，机票那么贵。人贩子不会坐飞机，开车？对，他们有车，会一直开着走，收费站能不能拦住他们？孩子会不会一直哭，引起怀疑呢？

对，打电话，给娇娇爸爸打电话，让他去跟警察说，收费站能不能封锁，每一辆车都得检查，查身份证、驾照、翻后备厢、座椅底下，都有可能藏孩子。娇娇背得出你们俩的电话号码吗？背不出，是的，你跟我说过，你应该早点让她背。怎么？她背得出家里的电话，所以家里必须得留人，对，必须得留一个人，等着娇娇打电话回家。

他没接电话，是不是出去找孩子了，电话必须保持畅通，等他回来你得说他。唉，这太难受了，放宽心，明天，明天应该就有消息了。除了我，还有别的线索吗？没了。没关系，有希望，人贩子不会伤害孩子，你放心，娇娇肯定没事，应该还在北京。

火车站、长途车站都有警察，你放心吧，他们跑不了，肯定跑不了，说不定娇娇明天就回家了。明天我陪你去贴照片，你准备好了就来找我。

记住，就一粒，剩下一粒留着明天晚上再用。我等你电话。

四

喂，我早就起床了。昨晚我也失眠，整夜想着娇娇的事。你在一楼的电梯口等我，我穿好衣服，马上就来。

你眼睛怎么了？他打你啦？这怎么能怪你，你是妈妈，你不比他更难受吗？太过分了。没事？这还叫没事，都肿成这样，要不你回家休息，我来帮你贴？那好，那就从咱们楼的电梯开始。

没事，把广告都盖上，这些破广告有什么用？物业不知道收了人家多少钱？这样行了，贴得正就行了，这张照片还是去年冬天咱们去奥森公园的时候拍的，旁边露出衣角的是豆豆。唉，别提这些了，干活吧。

不让贴？为什么不让？孩子丢了你知道不知道？满世界找狗的你们不管，找孩子的不让贴？当然要遮住，不遮住谁看得见？别理他，别跟他计较，我们贴我们的，贴完就走，他要是敢撕，明天我还过来贴。

你包里还有多少张？一百多张，那我们先歇歇，好不好？是这里吗？还真是，就是这儿，我就站在这儿，车从我身后开过来，豆豆喊"娇娇"，我就跟着看了一眼，看见她站在车里，戴着一顶麻花帽子，灰色的，豆豆也有个一样的。是娇娇奶奶给织的那个吗？不是，那天她没有戴那个帽子出门。那我就搞不清了，也许是人贩子给她戴上做伪装的？

是吗？我上次说司机戴着那顶帽子？不可能，大人戴不下那种小帽子，总之就是那么一个情景，细节我记不清楚了。为什么？为什么要我去公安局，就这么一点儿出入还要重新做笔录？亲爱的，你想太多了，这点变化不影响他们找人。

好吧，好吧，我听你的，下午你陪我去，好吗？现在我们把剩下的照片贴完，还要去哪里贴呢？你带路吧，我已经走得晕头转向了，昨夜我也没睡好。你手机响了，别光盯着我，你手机响了。

找到了？在哪儿？两天不可能跑那么远吧，别弄错了。看照片是有点像，又不太像。你确定吗？娇娇爸爸要去接人，对，就让他去，你还是守在家里。还接着贴吗？回家吧，万一娇娇打电话给你呢。

他要坐飞机去，这样最快。我就说今天会有消息嘛。回家你好好睡一觉，昨天的药吃了吗？我不能再给你了，吃多了影响神经。听我的，回家洗个热水澡，睡一觉，娇娇就回来了。

我不用去公安局了。太好了，总算结束了，这件事我已经说了无数遍。是吗？每一遍都不一样？当然，人又不是复读机，不可能每说一次都一模一样。帽子不重要，真的，什么都不重要，只要娇娇回来就好。

我先走了，我还要准备做饭，给豆豆买水果。对，帽子的事我记住了，万一不是娇娇，我就去公安局跟他们再确认一遍，戴帽子的是娇娇，不是司机，不是任何人，就是娇娇，他们得在媒体的寻人启事上加上这一条，头戴灰色麻花毛线帽。我走了，有事你再跟我打电话。

天哪，真的不是娇娇，认错人了。

你们俩都急糊涂了。

红色 GAP 女童羽绒服，深蓝色，不对，叫靛蓝色牛仔裤，红白相间的 Nike 运动鞋，这一身描述得够详细了，真的，比淘宝上卖衣服的还详细，问题不是出在这里。亲爱的，我得挂电话了，豆豆要我陪他睡觉，娇娇的事可能影响他了，这两天特别黏人。你相信我，问题不是出在这些细节上，有没有戴帽子，跟找不找得到孩子没关系。

好吧，随便你。

听我的，吃一粒药，早点睡。我抽时间再去趟公安局。

什么？你要再贴一遍寻人启事，把帽子的描述也添上？但是我不能陪你了。明天是周六，豆豆要上游泳课。你自己去吧。

五

她非得让我再来一次，你们想听吗？想听，那我就再说一遍。那辆车从我身后开过来，经过我和我儿子的时候，我儿子看见了娇娇在车里，他就叫了一声，我也看见了，那孩子看着窗外，没什么表情，好像发着呆，穿着红外套，戴着一顶灰色的毛线帽。

就这样，没别的了。我不记得车牌号，不记得是白色还是灰色，车型也不知道，总之是一辆很普通的轿车。三厢还是两厢？三厢吧，都三天了，我实在记不清，可以走了吗？

我就不明白你们，光问我这些有什么用呢？出去找人啊，人家家长都急疯了。

好，你问吧。

西红柿、土豆、黄瓜、洋葱，还有一包刚出炉的糖炒栗子，没错吧？这是在考我的记忆力吗？对，我肯定，不信你去查笔录，每一次的笔录，看是不是一样。

是一样的，对吧？我不会记错的，我天天买菜。

对不起，我没听清，你问的什么？这跟娇娇丢了有什么关系？买过什么菜当然记得很清楚，我是家庭主妇啊。

没有，没有不一样，你们笔录记错了。不用，我不用听录音，帽子是娇娇自己戴着的，对。司机是男是女？看不清，没记住。到底是看不清还是没记住，这有区别吗？总之就是，我不知道。

对，他一直加班，做软件开发，他是程序员，写代码的，我们家就他一个人上班。是的，好几天没见到他了。不过，你们问这些是什么意思？我能回家了吗？

好的，在哪儿签？我已经签了好几次了。会，我会保持电话畅通。

再见。

六

安眠药？亲爱的，我不能再给你了，你情绪不稳定。我知道，我知道，你想来坐会儿吗？豆豆刚睡着了。

对，爸爸没回家，他一直在加班。

好，那就电话聊聊。不要灰心，这种线索太多了，以后得好好甄别。我觉得不会跑那么远，不会，一定还在北京。火车站、汽车站，都派人守着，亲戚朋友都发动起来，对，人越多越好。他们可能给娇娇剃头，换衣服，一定要睁大眼睛去找。

微博有好几万转发，一定有人看见娇娇，很快就有消息。不会，不会，他们不会伤害孩子，不要吓唬自己。亲爱的，你想得太多了，还需要贴照片吗？今晚会下雨，淋湿了字迹就看不清楚。明天我可以再陪你去贴一遍。

没关系，没关系，我应该陪着你。当时，我要是多个心眼，打个电话就好了，我没想到，我真的没想到。

我觉得很对不起你，明天我陪你去，对，下雨之后一定要换新的。

好，那先挂了。对，那个是处方药，我不敢再给你了。你喝点牛奶吧，一杯热牛奶，能助睡眠。

晚安，早点睡吧。明天还有好多事，你得让自己忙起来，忙着做事，就不会胡思乱想了。晚安。

七

你在忙吗？加班，你已经加班五天了，豆豆说很想爸爸。不行，我没法替你亲他，你得自己回来亲他。

对了，娇娇出事那天，你回家了？沙发上有你的衣服，浴室里全是水，乱七八糟的。

娇娇丢了，好几天了，还是没消息。前两天有个假线索，娇娇爸爸飞去江西，结果弄错了，根本不是娇娇。我就说嘛，怎么可能跑那么远。豆豆看见她坐在一辆车里，白色还是灰色的，夏利还是富康，我都记不清了，警察一遍一遍地问，好像我是嫌疑犯似的。他们一点线索也没有，完全没有，最后一个看见娇娇的就是我，我就不断地重复那个情景，说到最后，连我自己都搞糊涂了，我不想再去公安局了。

没法想象，如果是豆豆丢了，我会怎么样。

对了，你那天回家，为什么没跟我说一声？

好吧，我去给你送换洗的衣服，回家一趟居然忘了拿。所有人都住酒店去了？忙成这样，项目结束有分红吗？那我们可以出国玩一趟，去马尔代夫吧，我一直想去马尔代夫，现在就去订酒店，越早订越划算，娇娇他们家去过，我去问问娇娇妈妈，他们选的哪个岛……唉，真是可怜，还是别问了。

我明天早上要陪她去贴寻人启事，然后就给你送衣服，中午我们可以一块儿吃饭。你们公司附近那家牛排馆还开着吗？我记得那里很好吃，你还有会员卡吗？

豆豆睡着了，好吧，我替你亲亲他。

你还在办公室？好了，那不说了，我以为你已经回酒店了。住得好吗？两个人一间，你跟谁一起住？老刘，是上次你说闹离婚的那个老刘吗？是啊，他除了加班估计没别的事情可做。

真的？好风流啊。你跟他不一样，你有老婆有儿子。

我知道，我开玩笑的。明天你先去餐厅等我，我打车过去。好，那我把车开去修，轮胎是该换了，幸亏没在高速路上爆胎，真是幸运。

这几天我总是失眠，得吃药才睡得着。我很久没吃药了，下周还要去医院开药。牛奶没用，根本没用，我需要安眠药。

站着说话不腰疼，你又不知道失眠的滋味，比死了还难受。

废话，我当然没死过。睡着就像是死了，暂时死了，失眠就是想死也死不了的感觉。前天我拿了两颗药给娇娇妈妈，她说很有用，吃完就睡，连梦也不做。

我得去睡了，明天还要早起，晚安。

对了，你想拿几件衬衫？

八

豆豆，快点，你要迟到了，妈妈一会儿还要跟娇娇妈妈一起出门，你得动作快点。

别动，这是爸爸的衣服，爸爸要换干净衣服，妈妈去给他送过去。他在加班，对，住在酒店里，就像我们去海南住的酒店。没有，没有沙滩，也没有游泳池，爸爸住酒店是为了工作，他很忙，来不及回家。

对了，爸爸让我替他亲亲你，过来。真乖，快穿衣服。不，你不能穿短袖，太冷了，得穿毛衣，那件米奇的毛衣。对，就是这件。

豆豆，别浪费时间，赶紧穿衣服，然后你自己去刷牙洗脸，妈妈帮你收拾书包。

帽子，你不是不喜欢戴帽子吗？外套上连着帽子，不用戴了，你已经弄丢好几个帽子了。

好，随便你吧，快去刷牙，不然你赶不上幼儿园的早饭，老师又该批评你了。

好了，等一下，我马上就好，你穿好鞋没有？穿那双厚靴子，今天太冷了。

这帽子哪儿来的？不，不是你的，你那个去年就丢了，我们去公园玩，回来就找不见了，这不是你的。你不喜欢戴帽子，每次都是爸爸帮你拿着。

不是，豆豆，这不是你的，你从哪儿找出来的？沙发上？不可能啊，昨天我刚收拾过，什么也没看见。靠背后面？好吧，也有可能是你的，可能去年丢的是另外一个，反正你丢过好多帽子了。

别戴这个了，换一个，别让阿姨看见，不然她会更伤心，她很想娇娇。我知道，你也很想娇娇，娇娇过两天就回来了，你们还能一起玩。好了，走吧，把羽绒服的帽子戴上，这样耳朵就不冷了。手套呢？别忘了手套。好的，我带着自行车去接你，你可以在外面骑一会儿自行车。

我不知道娇娇去哪儿了，你可以跟别的小朋友玩，交新的朋友，班里不是有很多小朋友吗？老师有没有说什么？对，是得小心，不要跟陌生人说话，别人给你吃的，你要说什么？我吃饱了，谢谢，然后就走开，不要跟不认识的人乱讲话。你再背一遍爸爸妈妈的电话号码。真棒，你知道咱们家的门牌号吗？哎呀，豆豆最棒了。

豆豆的记性真好。那，妈妈考考你，怎么样？好，那天，咱们看见娇娇在一辆车里，她戴着帽子吗？

没有。真的没有吗？

没有。

不对吧，我记得她戴着帽子，灰色毛线织的，跟你的那顶很像。你想不起来了吗？没关系，没关系。好好好，是你答对了，我答错了。快点走吧，我们要迟到了。

不是，那个帽子怎么可能是娇娇的，娇娇的帽子在她自己家里。没有，娇娇没有藏在我们家，她走丢了，豆豆，走丢是很严重的事，不是游戏，不是捉迷藏。小孩子不要跟大人玩捉迷藏，不能藏这么久，大人会很着急。

好的，我下午会带着自行车来接你。对不起啊老师，我们又迟到了。

喂，娇娇妈妈？你怎么还在哭？天哪，你哭了一整夜？我再给你几粒药吧，你喝热牛奶了吗？我刚送豆豆上学回来。

我就是想说，我不能陪你去贴寻人启事了，我要给豆豆爸爸去送衣服，他天天加班，在住酒店。是呀，就是这么忙，真不好意思。

不不不，是我不好意思，说好了要陪你一起去。或者我们明天再去？明天我有空。好的好的，那你自己小心，吃点东西，你可千万别生病了。娇娇爸爸呢？他在家等电话，好的，这样安排最合理，家里随时有人接电话。

你真应该让她背下手机号码。

对，就是那家医院，挂精神科。不是，不是看精神病的，就是开一点安眠药，一次只能开一瓶，只要挂号的时候说开药就可以了，很快，不用排队。你吃了觉得很管用？是很管用，我一直在吃。我失眠很久了。

只要豆豆爸爸不回家，我就总失眠，所以我得常备这种药。

好，那你先去医院，明天，明天咱们一起去贴寻人启事。对，早一天晚一天没什么关系，可能今天就有消息了呢。

好吧，明天见。什么？什么帽子？真不记得了，豆豆那顶早就丢了，他总是爱丢帽子。唉，娇娇有没有戴帽子你最清楚嘛。

明天见。

九

你等多久了？我没打车，有地铁就坐地铁好了，省钱嘛，反正我有的是时间。

我不想吃牛排，你点吧，我只想喝热汤。南瓜汤？红菜汤？都可以，你要哪个？好吧，那我要个南瓜汤，两个人喝不一样的。袋子里是你的衬衫，还有牛仔裤，有个小熨斗在里面，可以挂着熨。你穿的这件领口都皱巴巴的。格子衬衫也不能穿得这么乱七八糟的。

你回家拿东西为什么不告诉我？不是，不是审问你，就聊天嘛，你最近怎么了？脸色不太好。

老板还那样？别理他，这种人早晚会倒霉的，德不配位，必有灾殃。等着吧，说不定什么时候就轮到你。不行，那不行，别轻易辞职，你现在又不是一个人，不能像过去那么任性，忍忍吧。

就是嘛，说说就算了，过几年，咱们把房贷还清了，再换辆车，换辆SUV吧——我喜欢SUV，不喜欢轿车，你再考虑换个轻松点的工作，孩子大了我也可以去上班，随便干点什么，等豆豆不需要每天接送，我就去上班。在家里快憋死了，整天四面墙壁，做饭、做家务、接送小孩，跟个老妈子似的，你还觉得我很轻松，真是的，男人一点儿也不理解女人。

牛排放那边，谢谢。我不要，不想吃肉。给我点了焗饭？太好了，我最喜欢焗饭，我可不想减肥，像娇娇妈妈那样，什么都不敢吃，整天要保持身材，现在孩子丢了，什么都完了。

没线索，这种事能有什么靠谱的线索？物业说监控坏了，硬盘读不出来，正在修，谁知道什么时候能修好，我觉得他们就是在推卸责任。

我看见一辆车带着娇娇走了，是豆豆先看见的，喊娇娇，我才看见了，我是不是跟你说过了？记性真差，还不如孩子呢。你的红菜汤给我尝尝。

牛排要凉了，快点吃。你今天怎么怪怪的，你急着回办公室吗？我们可以去你们酒店，老刘不会回来，对吧？你瞪我干什么，开个玩笑而已，你以为我是说真的？等这个项目做完了，拿到奖金，咱们去马尔代夫，我昨天看攻略看到半夜。当然不是，你以为我很闲啊？我要带孩子、做家务、打扫房间，家里所有的杂事都归我管，你来过一天我的日子试试？有时候，我手里拎着一大堆菜还得抱孩子，男人就知道说风凉话。

我知道你忙，所以才说要全家去度个假。房贷一百多万，这几万块钱有什么用？知道，我又不是没上过班，老板有几个是好的？都是一个样，都要压榨人。听我的，你再忍忍，我们去马尔代夫，到时候你就觉得所有辛苦都很值得。

怎么还不吃？凉了不好吃了。给我一块，一小块就好。我喜欢里面带红的。你不会点了全熟的吧，哎呀，真是土包子，不会有寄生虫的，牛肉很少有寄生虫，你想太多了。低温冷冻会杀死寄生虫。当然不会，死了就是死了，不是休眠，加热之后也不会醒过来。

你总是想得太多了。你看我，我整天忙忙叨叨的，什么也不多想。

这牛肉真不错，就是有点老，下次点七分熟的，好不好？七分熟足够了。要不要尝尝我的南瓜汤？尝尝吧，有奶油的味道。我们俩难得在一起吃午饭，别垂头丧气的。你哪天回家？

不确定，永远是不确定。那就等你回家以后，咱们再商量马尔代夫的事，一起挑酒店，豆豆肯定特别高兴。今天早上他还问，爸爸住的地方有没有沙滩和游泳池？上次去海南，他多开心啊，你记得吗？

去马尔代夫吧，一定要去。

服务员，麻烦帮我把剩下的牛排打包。晚上我随便热热吃，省得做晚饭。你要来杯咖啡吗？好吧，随便你，我要一杯。一会儿我把你送回办公室，然后直接开车去修理厂。现在用的是备胎？

喂，等等，你的衣服没拿，我看你的记性也不怎么好。那辆车是谁的？就那辆，停在办公楼门前，灰色的，两厢的雪铁龙。是老刘的车？好，没事，没事，我走了。我去修理厂。

等等，这轮胎什么时候爆的？前天，好吧，没什么，我走了。

好的，晚上打电话，豆豆很想你。

我？我当然也想你啊。

十

豆豆，是爸爸，来跟爸爸说话。哎，不用这么大声，他听得见，小声就可以，说再见，别忘了说再见。

是啊，我也很想爸爸，他很忙，过几天才能回家。你该睡觉了。

你想讲哪本书？好吧，那就讲《100个圣诞老人》。对，他们都是圣诞老人，给全世界的小朋友送礼物。你想要什么礼物？

可以呀，你想要什么礼物都可以。睡吧，明天要早起，别再迟到了。

你想戴那顶帽子？什么帽子？胡说，娇娇的帽子怎么会在我们家呢？豆豆，你困了，睡吧。

没有什么帽子。

喂，你还没睡啊，我都有点困了。你想聊什么？想听我声音，那你现在听到了。豆豆已经睡着了。

对了，你记不记得去年冬天我们去奥森公园，和娇娇家一起去的，两个孩子戴着一模一样的帽子，灰色的，娇娇奶奶给他们织的？

对，就是那天，豆豆把帽子丢了，是不是？你也不记得了，什么记性？

没事，没什么重要的，前两天豆豆把那个帽子又翻出来，我觉得奇怪，才来问你。看来是我记错了，帽子没丢，好好地在家里呢。东西太多了，总是搞不清。

真是奇怪，最近觉得什么都怪怪的，也许是因为你不在家，娇娇又走丢了。太可怕了，一想到小区里有人贩子出没，我就害怕，光天化日，居然这么猖狂。

去过好几次了，他们翻来覆去地问我，司机长什么模样，车型，车牌号，我哪儿记得那么清楚，就一闪而过嘛。

不是灰的就是白的，一辆小轿车，就是这么一点印象，被盘问来盘问去的，越说越糊涂。到现在，我都开始怀疑，我是不是真的看见了那辆汽车，会不会是从前的别的什么事，记混了？

　　我困了，你也早点睡吧。别冲动啊，辞职是大事，现在家里全靠你，不能说辞就辞。等拿到分红，咱们就去马尔代夫。

　　车修好了，换了四个新轮胎。有人敲门，我去看看，先挂了。

　　你还没睡，进来坐坐。我给你热杯牛奶，真的，真的管用。是药三分毒，你不能靠安眠药活着。

　　真的，那太好了，有什么线索吗？别着急，没那么快，调查需要时间，应该把所有出入小区的汽车都记下来，一辆辆地去查，一定有线索。

　　是的，是在车上，亲爱的，我已经跟你说过无数遍了，就是这样，就几秒钟的工夫，车就走远了。

　　我以为是你们家亲戚的车。

　　你在看什么？家里太乱了，不好意思，这两天我也没什么心情收拾。牛奶要凉了，快喝吧。

　　好，我也要睡了，明天我有别的事，不能陪你出去了，你一个人行吗？有新消息，一定要告诉我。

　　会回来的，你相信我，娇娇一定会回来的。

十一

　　真的，她怎么没告诉我？在哪里找到的？太惨了，太惨了，当了妈真听不了这些。是路过的人发现的？是捡垃圾的人早上发现的，太可怕了。我上网看看，应该有报道。

嗯，打了马赛克，衣服看得出来，是娇娇那件红外套，这太惨了。对，我是最后一个看见她的，她就坐在车里，向外看，不哭不闹的，肯定是被下药了。你说，人贩子为什么要害孩子呢？不是要卖吗？

不是人贩子，对，你说得对，那就不是人贩子，是心理变态的人、杀人犯，公安局有线索吗？监控视频还没修好？物业公司那帮人简直是废物。

你说，会不会是咱们小区里的人？不知道呀，只能瞎猜，你说公安局的人办案，是不是也靠瞎猜？这么多天了，一直以为是被拐走了，警察也是混日子的。丢了，没线索，人死了，也没线索。

那倒是，有线索也不会让我们知道。

真是太可怕了，一定要看紧小孩，尤其是小女孩，更要当心。

我不知道是奸杀啊，就随口一说，现在的疯子太多了，都盯上小孩。真的是奸杀吗？我再看看网上的新闻。

真是奸杀，天哪。我怎么第一反应就是奸杀呢，有时候人就有一种本能。前两天娇娇妈妈叫我跟她去贴寻人启事，我俩去了一次，后来下雨，她想重新去贴，不知怎么地我就不想去了，觉得没有用。很奇怪吧，好像有预感，觉得孩子不可能回来了。

你有没有这种感觉？

看来还是我的直觉比较敏感。

你觉得冷吗？今天天气预报说，又要下雨。下一场雨，就要冷几度，北京的秋天特别短。

你给玲玲报英语班了吗？我打算给豆豆报一个，一起去试试，怎么样？多个人多点优惠，凑个团购价。

是啊，他负责挣钱，我负责省钱，过日子嘛。

那个是娇娇爸爸吗？对面过去那个人。我们住一个楼，都不知道怎么面对他们夫妻，太可怜了。是啊，妈妈人都变样了，瘦了好多，我给过她两次安眠药，第三次再跟我要，我不敢给了。

孩子们还没出来。今天怎么回事？估计老师们也吓坏了，你说，咱们幼儿园门口就一个保安，太松懈了，应该建议他们多加几个看门的。

这是什么世道，对小孩下手，凶手一定是个疯子。你说，人死了这么多天，为什么现在才抛尸呢？

对，有可能，先藏了几天，要坏了，藏不下去了，才偷偷扔掉的。想想就恐怖。

老师在叫咱们呢，光顾着聊天。豆豆，你今天乖不乖？

你冷不冷？戴上帽子吧。

没有，没有毛线帽子。你看，衣服上的帽子多好啊，不会掉，不会丢。别揪绳子，以后不给你买这种带抽绳的衣服，老是揪来揪去，万一勒到脖子怎么办？

这件衣服还是扔掉吧。好啦，可以买件新的，新的，带米奇的衣服。你最喜欢米奇了，是不是?

嗯，娇娇也喜欢米奇。对对，是米妮，妈妈说错了。

娇娇不会再来幼儿园了，她出门了。

我不知道她去了哪里。

不能问娇娇妈妈，你见到娇娇妈妈，也不许问，知道吗? 以后，等你长大，你就懂了。

你想不想吃糖炒栗子?

十二

你回来了，也不打声招呼。正好，我们刚从菜市场回来，我要做红烧鱼。

豆豆，你给爸爸剥栗子，好不好? 豆豆学会了剥栗子，每颗都很完整，给你表演表演。

豆豆真棒，给妈妈也剥一个。真好吃，谢谢。

项目结束了?

那你怎么回来了?

辞职? 为什么?

不是说好了，等项目结束，拿到奖金，我们就去马尔代夫吗? 现在走了，一分钱也拿不到啊。

辞职申请能收回吗? 你脑子坏掉了。下家呢，有下家吗?

那怎么办？房贷每个月都要交，我们一点存款也没有。你太冲动了，跟老板说说，不辞职了，行吗？

面子又不能当饭吃。为什么非走不可？你告诉我，这工作有什么不好的。工资不低了，你去别的地方，能拿这么高的工资吗？

烦？谁没有烦心事？我在家当家庭妇女，你以为我就整天都开心？

你说有什么问题？最大的问题，房贷从哪儿出？你想过没有，豆豆要上幼儿园，车也该换了，谁家的车开十年不换？处处都要花钱，你说辞职就辞职，你以为你还是一个人吃饱全家不饿吗？

完全没有责任心。

我怎么会嫁给你这种人。

豆豆，你到卧室去看动画片，爸爸妈妈要说话。快点儿，让你进去就进去，不然妈妈要生气了。

我没拿孩子撒气，你不要来挑我的毛病，现在说的是你的问题。当初说好的，我在家带孩子，你出去挣钱，是你求着我辞职的。现在呢，一家子喝西北风吗？

马尔代夫的酒店，我已经看好了，跟豆豆说要带他去玩，他特别高兴。这些事你都不考虑，就考虑自己，你自己的那点儿破情绪，哪个老板是来哄你开心的？给你发工资，就是要给你气受，快四十岁的人，连这点事都想不明白？

可以休息啊，项目干完，你不就休息了吗，非得辞职才能休息？我不懂你，我为什么要懂你？谁懂我啊，我抱怨过吗？

我没有整天抱怨，爱抱怨的是你。

豆豆，回卧室去，把门关好，大人说话呢。

对，我也不想当着孩子吵架。可是你太任性了，总是那么冲动。冲动是魔鬼，你听说过吗？

我没说你是魔鬼，我说冲动是魔鬼，你急什么？发脾气能解决问题吗？

好吧，就算下个月房贷还交得出来，下下个月怎么办？马上过年了，明年怎么办？稳定的工作多难找，快四十岁了，没爬上去，还在写代码，人家不裁你就不错了，你还要主动辞职。有家有室的人，哪个像你这么傻，做事不考虑后果的？

好吧，你累了，你想休息，那么我也累了，我也休息，孩子不用带了，家也不用管了，大家都歇着吧。

活着都嫌累，那还不如去死，死了就彻底休息。

你别来这套，哄有什么用？我们有家有孩子，不是过去谈恋爱的时候，吵个架，哄哄就完了。生活是很现实、很艰难的。

下一步怎么办？

够了，我不想再说这些废话，我先去取消酒店的预订，然后你自己想想，怎么跟豆豆解释我们不能去海边了。

豆豆盼着去海边玩沙子，盼了很久了。

你就不能替孩子想一想？

真没办法，我得做饭去，豆豆想吃红烧鱼。咦，你屁股底下坐着的是什么？

扔出去，把帽子扔出去。

不为什么，只是一看见它，就会想起娇娇。

你知道娇娇死了吗？

在这附近一个垃圾桶里，被捡破烂的人发现了。不知道，不想看那些细节，太可怕。身上衣服还是失踪那天穿的。

你没看新闻吗？

是啊，忙着写辞职信呢。

早知如此，当初我就不应该听你的话，当家庭主妇。你根本就没有养家的责任心。

你去陪豆豆玩吧，让我一个人待会儿。

喂，有人敲门，你去开一下，我在收拾鱼呢。

找我的？

是你，我知道，我听说了，太心疼了。你别光站着，去给娇娇妈倒杯水。

想开点，一定要想开点，凶手肯定能抓到，太没人性了，应该千刀万剐。有什么线索吗？

不，你别这么想，有时候公安局有线索也不会透露消息，害怕打草惊蛇，其实他们掌握很多情况，真的，电视剧都这么演。

亲爱的，你想这些已经没用了，只是折磨自己。娇娇也不希望妈妈这么痛苦，是不是？娇娇那么乖，那么甜。

不行，我不能给你药，你真的需要，就找大夫去开，我不放心你。

喝点热牛奶吧。

亲爱的，现在不行，现在我得做饭，豆豆爸不会做鱼，要不你和我们一起吃吧。

好，明天我给你打电话。你一定要开机啊。

你瞧瞧她，太惨了，我从来没见过她这个样子。

跟她比起来，我们还算幸运。你帮我剥个蒜，就在那儿，冰箱上面的篮子里，多剥几个，剩下的明天用。

冷静下来，好好想想，我这个年纪，女的，也不容易找工作了。豆豆怎么办？

把蒜放这个碗里，再把洋葱切了，切成细丝。

是不太新鲜，那也不能浪费啊。这些洋葱还是娇娇出事那天，我在菜市场买的，感觉像上辈子似的。这几天过得特别漫长。

哎，洋葱有这么辣吗？别揉眼睛，越揉越难受。哇，辣出来的眼泪都是烫的。算了，还是我来切吧，你去陪豆豆。

豆豆，你来给爸爸擦擦眼泪。

不是，妈妈没有欺负爸爸。他不是伤心，是被洋葱辣到了。

豆豆真乖。红烧鱼马上就好。

你过来帮忙摆桌子，真是当老爷的，十指不沾阳春水。

帽子怎么还在沙发上？扔出去！

豆豆，这帽子不是你的，是娇娇奶奶的，你还记得吗？我们借用这么久，要还给人家了。别哭！再哭我要打你了！

把那个帽子给我扔出去。不为什么，就是想要扔出去，你不觉得很不吉利吗？

我没疯，是你疯了，什么准备也没有就突然辞职，出问题的是你！

你看，豆豆又要捂耳朵了，别再吵了。

好了好了，别哭了。豆豆来吃红烧鱼吧，再不吃就要凉了。

十三

好，我陪你去。公安局的人也去吗？

你在楼下等我。

你穿得太少了，今天好冷。你吃早饭了吗？我给你带了个面包，我自己做的，豆豆特别爱吃，椰蓉馅的。

别哭了，别哭了，眼睛哭花了怎么看监控，一定有线索。到处都是摄像头，楼道里、电梯里，凶手跑不掉的。

物业总算干了件人事，居然把硬盘修好了。

今天公安局的人也在吗？

熟人作案，这是猜测还是有证据？概率？真是的，没有证据只能瞎猜，我看警察也是没头的苍蝇。

你坐到前面去，看得清楚，我站着就行。

不太清楚啊，能回放吗？对，倒回去重新播放。

我先出去待一会儿，这屋里人太多了。

今天好冷啊。

找我聊？好，您问吧。

我不确定，不确定是不是这辆车。那辆？也不太像。真的记不清了，一辆普通的轿车，没什么特点嘛。能放大一些，看清车里的人吗？

那个时间段，所有的进出车辆都录下来了？那你们就一辆一辆地查嘛。

对，放了学，去菜市场买菜，六点，或者六点半，大概就是这个时间。

你们不去调查，一遍遍地问我干什么呢？

这就是调查，什么意思？我又不是凶手。

我想回家。没别的事，我就回家了。

行，来吧，你们警察真是奇怪。

家里有什么好看的？不，我儿子跟着我睡。爸爸睡另外一间，就是这间。

对，自从孩子出生就分床睡，儿子跟着我。

所有邻居都得接受调查？行，我愿意配合。他好几天没回家了，一直住在公司的合约酒店，工作太忙，要加班。

对，他经常加班。当程序员就是这样。他好几年没升职了，一直在写代码。

辛苦，但是工资挺高。

今天他没上班。他辞职了，昨天回家告诉我的，今天去公司做交接，收拾东西。

不知道原因，大概就是一时冲动吧。

是啊，人都会想到离婚、想到辞职，真正去做的并没几个。我还想到过自杀，你想过没有？

对，特别极端的念头一般都不会实现，只是在心里过过瘾。

我以前在一家报社上班，挣得少，有了孩子就干脆辞职了。

您想喝点什么？

这是讯问，对吧？假装聊天，其实是讯问。

没有没有，我只觉得好奇，不知道警察是怎么工作的？

你们确定杀人的现场在哪里了吗？

我不懂，我年轻的时候爱看推理小说，现在没时间看了。

遇到这种事，谁都会好奇。当然有同情，但是也免不了好奇。

要不您再仔细看看？反正我们家就这么大地方。

对，他一直没回家。前天我去找他，我们一起吃了午饭，我帮他把车开去修理厂。

爆胎，这辆车早就该换了。

我们是前年搬来的。买的，贷款一百多万。

对，跟娇娇家很熟，我们两家有时候一起带着孩子出去玩，两个孩子是幼儿园同学。

熟人作案？我不知道。邻居都挺正常，都是普通人。

好，您慢走。没有没有，配合调查是应该的，我也希望凶手落网，太吓人了。

您的意思是凶手是身边的熟人？

这个，我真的想不出来，不能瞎猜。

他公司的联系方式？他已经离职了，而且，这些天他都不在家。

好吧，你们的工作真细致。

十四

东西收拾好了没有？刚才警察来过家里，问了很多问题。

她说还要去找你。

女的，女警察。

不知道，她说要找我聊聊，她的同事还在物业公司看监控。

看了，我看了她的工作证。

她说每一家都要调查，按照概率，多半是熟人作案。

警察办案靠数据和概率？我也是头一回听说。没线索，没证据，只能靠猜测呗。

你在办公室吗？好，那不说了，估计就是她打来的。

对，你好几天没回家了，我前天去给你送换洗的衣服，顺便一起吃午饭，然后把车开去修理厂。我是这么跟警察说的，没告诉他们那天你回来过。

我还能干什么？买菜、做饭、接豆豆，跟平常一样啊。

好的，晚上见。没事就早点回家。

喂，玲玲妈妈，警察去过你家吗？也去过了。你说他们到底在想什么，不去抓凶手，光围着我们这些邻居打转。

是啊，我都去过几次公安局了，翻来倒去地说同一件事，早知道就不告诉他们了，还落个清净。

对，我也觉得她精神出了问题，谁碰到这种事都会受刺激的。今天我就说了一句，豆豆爱吃我做的面包，她就哭起来。

对对对，我都不敢跟她多说话，她看人的眼神，直愣愣的，好吓人。

看过了，我陪她一起去的，没找到凶手的车，再说那辆车也不见得就是凶手开的。那个视频的画质很差，放大就看不清楚了。不知道现在公安局有什么新技术，听说可以在很模糊的画面上还原人脸？

是啊，咱们也不懂。

对对，我也觉得是人贩子。可能孩子哭闹得厉害，他们想让她安静，没想到失手杀了人。

对嘛，电视剧都是这么演的。你最近在看什么剧？

嗯，我也在看，不过这几天都没追了，心里烦。

他辞职了。是啊，特别突然。

就说不想干了，跟老板合不来。那倒是，做技术的不愁没工作，我也想让他好好休息一段时间。

那我把招生的电话给你，你打过去问问。不过，我们先不去上课了。豆豆不喜欢画画。

你可以再问别的家长，也许可以凑个团购价。

好的，一会儿见。

十五

怎么这么晚才回来，警察找你了吗？

他们问你什么？

你不是一直在公司吗？有什么好问的？

老刘可以做证，对，他可以做证啊。

这是什么意思？是怀疑你吗？

你一直在公司，那天根本没回来过，我跟他是这样说的。

你的东西都拿回来了，我来收拾吧。

这个键盘怎么回事？收藏品？好吧，程序员的宝贝，将来留给你儿子。

我们出去度个假，好不好？不去马尔代夫了，找个便宜的去处。

娇娇妈妈天天找我哭啼啼的，简直受不了。如果不陪着她哭，就好像没有同情心似的。

她到底什么时候能走出来，过回正常的生活呢？

整天安慰她，就那几句话，我都说烦了。就算抓住凶手，孩子也回不来了嘛。

他们夫妻俩现在就像两个疯子。今天玲玲妈妈跟我说，警察还去她家调查，把她吓得够呛。

我看，他们正在怀疑所有人。警察说这种事多半是熟人作案，所以他们连邻居也不放过，恨不得把每个人都翻过来检查。

简直是疯了，自己的孩子死了，就要跟全世界作对，让别人都不得安生。

今天警察还跟我说，让我保持手机畅通，可能随时会来找我。这种日子不知道什么时候才能到头。

那你自己去放水吧，没看见我在忙吗？动作轻点，别吵醒豆豆。

不要，浴缸太小了，好挤。

好吧，你先进去，我把你带回来的脏衣服放进洗衣机。

热水好舒服，你往那边让让，我就说两个人太挤了。

好久没泡澡了。

这浴缸怎么有股怪怪的味道，我去点个香薰吧。

嗯，这样好多了。

豆豆出生之前，我们经常一起泡澡，有了孩子，都没有这些闲情了。

下一步你打算怎么办？

好吧，我不逼你。问问也不行，心理是有多脆弱。

要不，我去找工作，你在家带孩子，怎么样？

我可以回报社啊，前几天梅梅还问我近况，报社正缺人呢。

只要想干，工作总会有的。这两天我也想通了，不逼你了，再逼你，不知道你会做出什么事来。

就像这样，把头埋进水里，感觉自己要死了，然后再抬起来，发觉还是活着好，活着真好。

连空气都是甜的，像个大橙子。

是我点的香薰，你觉得味道太重了？那就对了，不然总觉得浴室里有股奇怪的味道。

没闻到？我的鼻子比较灵敏。

水要凉了，出来吧，到床上去。

这张床太小了。不要，不要勾我的脖子，你力气太大了。

对，这样比较好。

明天我会把浴缸洗一洗。

没什么意思，就是突然想到，浴缸该洗洗了。

你怎么了？把灯打开，我让你把灯打开。为什么停下来？最近你总是怪怪的。

这张床太小了，挤不下咱们俩。

我还是和豆豆一起睡吧。

你到底怎么了？我给你热杯牛奶吧，然后就好好睡一觉，有话明天再说。最近你总是怪怪的。

豆豆? 你怎么不睡了?

没事, 爸爸没事。对对对, 他又切了洋葱, 洋葱在他眼睛里。

豆豆好乖。你看, 他都知道安慰别人了。

回去睡吧, 你们俩都该睡了。妈妈陪着豆豆一起上床, 好不好?

我觉得我也需要一杯热牛奶。

十六

不知道, 我什么也不知道。他一直在加班, 你知道互联网公司有多忙吗? 不可能, 他一直在公司。

他的同事, 老刘。叫什么我不知道, 就是老刘, 他可以做证。

你们没有证据, 就是瞎猜, 破不了案就拿不到奖金是不是? 指望着发奖金过年呢?

我没有撒泼, 我是不理解, 为什么不去抓凶手, 盯着我们这些邻居不放? 我们都是踏踏实实过小日子的人, 我们这里没有凶手!

我们和娇娇的父母一样, 都是孩子的家长, 是公司的员工。我们上有老, 下有小, 要还房贷车贷, 有点闲钱还想着出去旅游, 谁会脑袋发热跑去杀人? 杀一个小女孩?

我们都是普通人、正常人, 社会主流你懂不懂? 你们警察是不是看谁都像罪犯？

哦，我想起来了，你那天就说过，这种奸杀幼女的案子，多半是熟人下手。原来你们办案全靠瞎猜的？

他说什么？

不会，他根本没回来过。

他没回来过，肯定是记错了，忙糊涂了。

他的换洗衣服，是我专门给他送过去的，那时候已经出事两天，或者三天，我记不清了。他说他想辞职，我劝他不要冲动，因为我们想去马尔代夫度假，指望着项目结束之后拿到一笔奖金。

我不知道他为什么辞职。

这有什么奇怪的？我又不是他，不了解他的想法很正常啊。你结婚了吗？还没吧，你这么年轻。回去问问你爸爸妈妈，他们是无话不谈的吗？

对，老刘是他的同事，跟他关系不错。老刘也辞职了？不知道，人家的事也不会告诉我啊。

杀人跟辞职有什么关系？你们凭什么把这两件事联系起来？

我不知道，真的，问一百遍我也是不知道。

我能走了吗？我得去接孩子放学。

还有，我老公什么时候能回家？

十七

爸爸今天要加班，他不回来吃晚饭了。我们去买糖炒栗子，好不好？

谁告诉你爸爸没有工作的？玲玲？她瞎说的。你爸爸有工作，他很忙，经常要加班。

玲玲还说什么了？

对，妈妈不上班，因为妈妈要照顾你，要接送你上下学。以前？以前妈妈也上班的，后来有了你，就在家陪着你。

对，我们家的车很旧了，等有钱了，我们就换辆新的，像玲玲家那样的很大的汽车。

玲玲跟你说我们家的车是破车？

那你就不要跟她一起玩，她那样说话很没教养。

不行，娇娇不在家，你不能去找她。

什么时候？上课的时候？那老师说什么了？

什么都没说，太不负责任了。

我不知道啊，也许她身体不舒服。

医生治不了，打针也没用。

走吧，我们去买糖炒栗子。

喂，玲玲妈，你现在方便吗？想跟你商量个事。对，豆豆已经睡了，他睡得早。我听豆豆说，今天上课的时候，娇娇妈妈突然闯进教室，看着他们上课，看了很长时间，也不说话，就在一边站着。豆豆说，老师什么话都没说。

你看，她是不是有点精神问题？这样不太好吧，都是小孩子，她会不会发疯？家长提提意见，别让她随便往教室里闯，万一闹出事来怎么办。

好的，你就代表大家提个意见嘛。我觉得她需要去看看大夫，整天疑神疑鬼的，觉得邻居都是嫌疑犯。

再说，她也不算家长了，对吧？幼儿园不能随便放不相干的人进去扰乱秩序。

警察找你们了吗？也找了，我看她真是疯了。

就是啊，报复全世界，有意思吗？

玲玲还没睡啊，你得让她早点睡，不然个子长不高。对了，我们打算换辆车，你有什么推荐吗？

好的，我去网上看看。明天见。

你回来啦，你吃晚饭了吗？

没有剩饭，只有昨天做的面包，椰蓉馅的，你想吃吗？

那就点个外卖吧。吉野家的牛肉饭好不好？

我听玲玲妈说，警察也去找他们了，但是没去公安局，就来家里，提了几个问题。

你说，我们俩是不是有什么嫌疑？

对，当然没事。什么事也没有。只要你想好了下一步要做什么，我们家就一切都好。

跟老刘一起创业，你们俩能创出什么业？

真的？他还有这本事，看不出来，投资人靠谱吗？条件怎么谈，比现在的收入更高？

这么好的事，你怎么不早说？没定下来也可以告诉我啊。

有人敲门。谢谢。你的牛肉饭来了，可惜了，没有酒，我们应该庆祝一下。

我下楼去买吧，啤酒？超市里没有好红酒。

好，我马上去。

要冰镇的，啤酒就得喝冰的，天冷天热都一样。是啊，今年冷得特别早。给我一个结实的袋子。怎么扫不上码？你们这儿信号不好。

啊！

十八

她就摔在我面前，就，就在我眼前，不到两三米，你能想象吗？

电视里演的全不对，完全不是那么回事。她就像个花盆一样，一下子砸碎了。不是，不是真的碎了，她还是完整的，但，里面一定是粉碎了。

我一辈子也忘不了那个画面。

我觉得有什么东西溅出来了。

对，我明天就去找大夫开药，得换一种药，现在吃的已经不管用了，我睡不着，一闭眼就是那个情景。

其实，她还年轻，再生一个也可以啊。为什么要寻短见呢？

会不会影响咱们小区的房价？

警车、救护车都来了。娇娇爸爸？没看见，太可怜了，孩子没了，老婆也没了，简直像做梦一样。

他们怀疑凶手是熟人，正在调查娇娇家的亲戚朋友，连我们也算在内。没办法，反正我知道的已经都说了，希望别再来找我了。

对了，玲玲的绘画课怎么样？我还是想给豆豆报名，让他好好学学，兴趣需要培养的嘛。

好，一会儿我打电话去问问。

清理干净了，警察折腾到半夜才走。本来我是下楼买啤酒，要庆祝豆豆爸爸辞职创业，结果遇见这种事。

嗯，和他同事一起，还是做技术。对，技术入股，投资人还挺有名的。

当然有风险，不过也值得一试。

如果做得顺利，也许会换房子呢。所以，她这一跳，会不会影响咱们小区的房价？真是晦气。

你还没跟老师说那件事，对吧？

幸好没说，不然就显得我们太冷漠了。反正她也不会再出现了。

就是，太惨了，一想起来就觉得难过，娇娇那么可爱。豆豆这几天一直在说很想娇娇。

好的，那回头再聊。

对了，我明天去看车，哪家的贷款利率比较合适？有推荐吗？

　　谢谢，我去了解了解。是啊，想换个好点的车，现在连小孩子都会攀比了，真没办法。

　　别逗了，哪儿就发财了，他还是做技术的嘛，只是有点股份。

　　好吧，再见。

十九

　　我听说，凶手抓到了。

　　他们从物业的监控视频里发现了嫌疑人，很快就锁定了。对，他被拍到了。娇娇妈妈去给娇娇买气球，在排队，娇娇站在她身后等着。他走过来，动作非常快，一下子就把孩子抱走了。

　　网上有视频，我找给你看。这件事都上新闻了。

　　你不看新闻的吗？

　　我找找，就是这段。看见这个男的没有，戴个灰色的毛线帽，跟娇娇那顶差不多，这种帽子看起来都差不多。怪不得我记错了。

　　然后，就是这辆车，我看见的那辆，是浅灰色的，电动车，我和豆豆当时就在路边，没拍到我们。

　　谢谢豆豆，帮爸爸妈妈剥了这么多栗子。

　　倒回去再看，看见没有，就是这个男人，已经抓住了，动作还挺快。

是啊，有线索就好办了。晚上咱们出去吃吧，不想做饭。

豆豆想吃什么？好啊，意大利面，番茄酱。他每次都要吃意大利面。我们开车去吧。

豆豆喜欢咱们家的新车吗？安全座椅也是新买的，原来的太小了。

我特别喜欢这辆车里的味道，真皮的味道。你喜欢吗？

再过两年，我们是不是可以换房子了？算了，不跟你说这些，你也不会去琢磨，家里的事你一点儿都不管。

下辈子我也想当个男人。

下辈子是什么意思？你可难住我了，就是指将来、以后，或者是很远很远的地方。

对，就像大海边上那么远。

你想去海边吗？

好啊，那妈妈去查下机票和酒店，带你去海边。马尔代夫吧，计划重启，太棒了。

就停这儿吧，这里停车不收费。

过日子嘛，能省就省呗，就你大方。

你看那个人是谁，是娇娇爸爸吗？要不要打招呼？算了，等他过去我们再下车，好尴尬。

对啊，他们夫妻俩还以为邻居都有嫌疑，让警察来盘问我们。我不想理他。

同情有什么用？他老婆孩子也回不来了。

走了，我们下车吧。豆豆，你要戴上帽子，外面很冷。
好好戴着，别丢了。

二十

终于睡着了。我就说不要让他吃那么多意大利面，吃得
多了晚上睡不着。往里点儿，给我腾腾地方。

新公司怎么样？

老刘这么厉害，之前没看出来呢。你看他穿得邋里邋
遢的，一辆破车开那么多年也不换换，好像当初买的就是二
手车。

股份的事，能不能签在纸面上？光靠老刘一张嘴，万一
他反悔怎么办？

知人知面不知心嘛，将来做大了，你怎么知道人不会
变呢？

好吧，我不管了，随便你。

马尔代夫的酒店，我重新下订单了。明天得去买几件海
滩上穿的裙子，我要拍很多照片。

玲玲妈妈整天在朋友圈发各种旅游、新衣服、出去吃饭
的照片，好像全世界就她过得好似的。

我把娇娇父母的微信和电话都删了，听说娇娇爸爸要搬
走了。

喂，你有没有在听我说话？

别闹，好痒，别摸这里，老是粗手粗脚的。轻点儿，别吵醒儿子。

你困了吗？

我也不困，最近总是失眠。

不知道为什么。有人说，人年纪大了就会睡得越来越少。你觉得我变老了吗？

我觉得你已经老了。

这两天我总是在想，如果这样的事发生在豆豆身上，我会怎么样？结果完全想象不出。

连自己的痛苦都想象不出来，更别说理解别人的处境了，对吧？说不定我也会去跳楼。

那你呢？

真的，男人冷酷多了。你可能会伤心几天，然后继续过日子，就像娇娇爸爸那样，搬家，离开伤心的地方，然后该干啥干啥。

你说可笑不，我看见豆豆翻出了那顶旧帽子，就开始胡思乱想。

没什么，只是胡思乱想罢了。

警察说，你告诉他们，那天你回过家，是吗？

是啊，警察跟我说的。当时我还在想，他们是不是在给我下套，看我会不会一被吓唬就说出实话？

我就坚持说你没回家，你要是回来，不可能不告诉我，而且我第二天还跑去给你送换洗衣服呢。有个年轻的警察就笑了，笑得莫名其妙。

那，他们审你那么长时间，都在问些什么？

工作，夫妻关系，家庭背景，这些跟案子有什么关系？他们真的认为你有嫌疑？听玲玲妈说，警察只是到他们家问了几句话就走了，只有我们俩被叫到公安局。

为什么呢？你转过脸来，让我看看，你长得很像强奸杀人犯吗？

有性侵害，新闻上面都写了。那个男人都供出来了，他把娇娇带走，带到自己家。他住在附近的另一个小区，时间一长，尸体藏不住，怕人发现就抛尸了。我就说嘛，邻居怎么可能是凶手。

对了，那天你回家，到底干什么了？

别装睡。

我猜，有人用过浴室。别否认，女人的鼻子都很灵，而且，那个人不是你。

我们家从来没有橙子味的香薰。

不重要，一点也不重要，不过是个很小的细节。所以，你为什么不能直说？为什么恼羞成怒？

我再问一遍，那天，你是一个人回来吗？

你知道我什么时候接孩子、什么时候买菜，你知道那个时候，我肯定不在家。

别装睡了，我知道你没睡着。

我什么都猜得到。

我失眠很久了。

新婚之夜

婚庆公司做好了电子版的喜帖，传过来。检查无误，再群发出去，看着邮件发送完毕的窗口陆续弹出，袁颖终于松了一口气。一切准备就绪。她计划办一场小而精致的婚礼，只请最亲近的家人和朋友，罗翰的想法同她一样。

"其余的，等蜜月回来，请一顿饭就可以了。"他说。他和袁颖是高中同学，毕业后好几年都没有联络过，一次偶然的聚会上又遇见了。上学的时候，罗翰是班里女生恋慕的对象，成绩好，篮球打得好，长得也很帅，有人说他像流川枫，不过，他性格并没有那么冷淡，跟同学相处得不错。他和他的几个好朋友组成一个小圈子，核心人物是罗翰和一个名叫韩柳的女生，袁颖当然不在其中。有传言说罗翰追过韩柳，被拒绝了，不知道是真是假。恋爱之后，袁颖曾经问过罗翰，罗翰听了就笑，说："没有，我把她当成兄弟。"

韩柳自然是要请的，袁颖心里其实有点别扭。在她的印象中，韩柳是那种受欢迎的漂亮女生，人也聪明机灵，无论在哪里，做什么，三言两语就能赢得人心。大家都喜欢她，同时又免不了嫉妒。对于这种强势而热烈的风格给周围人带来的阴影，袁颖格外敏感，毕竟，她自己也是自命不凡的。

当年，袁颖是班里成绩最好的学生，所有老师都喜欢她，如果不是高考意外失利，可能她已经在北京的大医院当医生，而不是留在家乡的县城，做个小小的公务员。

无论如何，婚礼是一个女人的高光时刻，她希望以最好的状态面对昔日的同学。罗翰出面邀请的这些人，没一个是袁颖的朋友，确切地说，在整个高中阶段，她就没什么朋友。伴娘虽然也是同班同学，其实是她的表妹，但即便是章玉，上学的时候也不怎么和表姐一起玩。

"章玉跟你姑姑说，袁颖怎么像个木头人似的，都不跟我们一起玩？"有一次，袁颖的妈妈问她，她撇撇嘴，抱起书本回了自己的房间。"木头人"三个字久久地在她心里盘旋。她不明白，为什么写作文表达不清的表妹，讽刺别人倒是用词精准。

说破天，也都是过去的事了。她结婚，伴娘是章玉，邀请的宾客中除了亲戚，就是一些老同学。章玉跟她同岁，一路小学、初中、高中都是同校，几乎所有的来宾章玉都认识。当地有闹伴娘的习俗，章玉机灵泼辣，擅长应对这种场面。除此之外，一切都西化了：教堂婚礼，冒泡的香槟，鸡尾酒，长长的拖尾婚纱。罗翰的西装是去上海找裁缝定制的。他妈妈说这套西装又实惠又好看，比现成的大牌划算多了，只不过多花了两程火车票钱。袁颖觉得他妈妈这话是说给她听的，她选的婚纱是个外国牌子，就只穿一次的价值而言，贵得离谱。罗翰和她都是公务员，薪水不高，但是袁颖一眼就看上了这套婚纱，信用卡分期付款，买了下来。

恋爱很甜美，轻快得如同一场梦。罗翰向袁颖示好的时候，她还有点迟疑。罗翰跟她从来不是一个世界的人，他长得帅，受欢迎，朋友众多，而她自己不过是趴在角落里只会死读书的人。更可笑的是，她这么用功，结果并没有考好，第一志愿差了三分，落在本地的一个三流大学，毕业后靠着家里的关系，在老家做公务员，莫名其妙地，人就快三十岁了。

那次聚会，要不是章玉拖着，她也不会去。同学聚会最考验人品，能忍住了，不在混得差的同学面前炫耀，需要深厚的涵养。袁颖想，我才不去给你们当下酒菜。可是章玉想去，非要拖着她一起。就在那天，罗翰主动送她回家，走了很久打不到车，两个人一起走着走着，发觉已经到家了。小地方就是有这样的好处，约会见面都很方便。第二天，袁颖加班，走出单位门口时，发现罗翰正在等她。

这样的情景，如果发生在高中时期，袁颖想，韩柳和她那几个狗腿子似的跟班女生会惊讶得合不上嘴，可惜，这些人都散了，如今各干各的，不再关注罗翰喜欢谁。要办婚礼了，袁颖决定把她们都请来，让她们看看，当年的丑小鸭不仅变成了天鹅，还俘获了王子。尽管罗翰这些年很少运动，发胖得厉害，和过去判若两人，袁颖却仍然觉得，嫁给他是自己充满失败的青春年华中，唯一可圈可点的胜利。光凭这，她就觉得，这场昂贵的婚礼办得很值。

地点选在县城郊外的一家木屋酒店，风格前卫，专做婚庆。虽然县城地方小，人口也不多，仍有不少追求时髦的年轻人在这里举办婚礼。玻璃教堂只是个空房子，神父是婚庆公司职员扮的，长袍的衣料嘶啦作响，起着静电，说话拉着长音。

"我宣布你们——"这种拿腔拿调，像是从古老的译制片里学来的，"结为夫妻。"

底下响起一阵掌声。夫妻俩走下红毯，几位女宾站在两边，往新人头上抛撒花瓣。韩柳也在其中，她穿了一身粉红色的紧身连衣裙，露出两条修长的小腿，化了浓妆，从篮子里抓起一把鲜红的玫瑰花瓣，往新人的脸上抛撒。袁颖低下头，看见落红如雨，细而尖的高跟鞋踩了过去。

婚宴在酒店的宴会厅举行，两边的亲戚朋友都是本地人，热闹一番过后，人渐渐散了。有几个同学要留下来过夜，罗翰早跟他们说好，一定要陪着他跟袁颖住一晚再走。第二天，新婚夫妇就会从酒店出发去火车站，坐火车到上海，再飞往马来西亚度蜜月。袁颖早早地订好了机票，价格非常划算。

人都散了，袁颖回到房间。他们订了一晚别墅，是酒店里最宽敞的房型，上下两层，四间卧室，除了他们夫妻二人，还有两男两女留下来。章玉一进来就挑了楼上风景最好的房间，窗户对着一片浓绿的山谷，用她的话说："你们都要出国旅行了，今晚就让我享受一下吧。"

袁颖去一楼的房间里换衣服，那身敬酒服外面缀满亮片，很不舒服。她换上 T 恤和牛仔裤，顺便把自己和罗翰带的两套睡衣也拿了出来，坐在床边的梳妆台前开始卸妆。

门突然开了，韩柳探进头："能进来吗？"

她进来后，把门关好，说："客厅是冰凉的，雨下起来没完。你屋里好暖和。"

"小屋子比较暖和。"她说，"章玉屋里估计也阴冷，窗户那么大。一会儿让酒店的人过来调调温度。"

"我刚才试过，空调好像坏了。"韩柳说，她脱掉了高跟鞋，穿着酒店的无纺布拖鞋，肩上披着一条毛茸茸的白色披肩，走到窗前，看着外面的雨幕。屋顶上，中央空调的出风口吹出暖风，发出嗡嗡的声音。

"明天几点的飞机？"她没话找话说。

"下午四点。"袁颖用润湿的化妆棉擦干净全脸，只剩下素颜。韩柳的脸也映在镜子里，妆容娇艳，上学的时候，她就会化妆，自己用电发棒卷刘海，不穿校服的日子，就穿超短裙和非常贴身的牛仔裤，章玉对她崇拜得不得了。后来两个人因为小事闹掰了，章玉跟袁颖说过她不少坏话。

一对假睫毛扔在梳妆台上，韩柳拿起来仔细研究。"一点也看不出来是假的，很自然呢。"她说。

"化妆师给的。"袁颖说。她摘掉了长长的眼睫毛，妆也擦掉了，眼睛一下子显得小而无神，脸色也发黄，头天晚上因为怕睡过头，她几乎整夜清醒。车队六点就出发来接人，在那之前她得化好妆准备着。

有人敲门，章玉来了，她也喊冷，已经打电话给前台。罗翰和另外两个留下来的朋友——赵智和李浩成在外面的门廊下抽烟聊天，从袁颖的房间里，可以听见他们低低的说笑声。

"这酒店的环境真不错，是新建的？"韩柳放下两条睫毛，挨着章玉坐在床上。她在上海工作，只有过年才回来，对家乡的变化很陌生。

"前年就有了。"袁颖说。几个男人在门廊下发出一阵哄笑，就在窗户边上。"生意特别好，提前半年才订得上，别墅只有两间。"

"感觉不到这儿有人。"章玉说，"房间太分散了，显得很冷清，其实都住满了。"向窗外望去，细雨中，一座座小木屋散落在山谷的斜坡上，树木掩映间，露出棕色的尖顶，湿漉漉的。

三个人不约而同地沉默了一会儿，然后，章玉扑哧一声笑了出来："有妖怪路过。"大家都笑了起来。

男生们抽完烟，回到客厅，烧水煮茶，叫她们都出来喝点热的。赵智从自己的背包里翻出一包普洱茶，从云南带来的。他是一名旅游杂志的摄影记者，说起自己的工作，大家听着就很羡慕。

"到处玩，还能赚钱，太幸福了吧。"章玉捧着一小杯浓茶，坐在宽大的飘窗上。茶具也是酒店提供的，款式很古典，是不值钱的样子货。

"根本不是玩，"赵智说，又递了一杯给韩柳，"每次一休假，就想宅在家里，哪儿也不去。"

"你家还住原来的老房子？"韩柳问道。袁颖坐在沙发旁的脚凳上，觉得杯子里的茶冷得特别快，指尖也冻得冰凉。酒店什么时候派人来修空调？只有一个房间的出风口正常工作。

"没有，早搬走了。"赵智说，"我爸去世后，我妈想换个地方住，就把老房子卖了，在新区换了一套大的。"他说的新区，是指县城北边的那片楼盘，房子设计得好，价格比老城区低，很多人在那里买房子。

"换作我，我也想搬。"章玉说，"太不吉利了。"

"又有妖怪经过。"这次，是李浩成打破了沉默，他是个大块头的男生，在学校时，经常跟罗翰一起打篮球。他说："我听见有人敲门。"说着，就起身去大门。果然，面带微笑的服务员带着一个穿蓝色制服的年轻维修工走了进来，很快，出风口修好了，热风呼呼地吹了出来。

为了表示歉意，服务员送来一盘水果，章玉顺手拿起一只苹果啃着。

"你非得提这个。"韩柳说，"能不能别提这么晦气的事。"

"这有什么。"章玉说，"人谁无死呢。"她一边嚼着苹果，一边继续说，"尸体就在，好像就在这附近被发现的，对吧？当年还上了报纸。"

她指的是这片山谷。建酒店之前，这里曾是荒山野岭，密林遮天蔽日，是个自杀的好地方。

"好像是吧。"李浩成接过话头，"真是，一晃都这么多年了。她妈妈还没搬走？"

"没有。"赵智说，"上次回来过年，听我妈说，崔凌妈妈一直住在那儿，就一个人住。"

"她的病好了没有？"李浩成问。

"那种病怎么可能好。"赵智说，"反正从我记事起，邻居都说她是精神病。崔凌死后，她又做过几份工作，没一份做得长。"

"有这种妈妈，崔凌也真可怜。"韩柳说，屋里渐渐地暖和起来，她摘掉了披肩，丢在沙发的硬木扶手上。她沉思着，说："没错，就在这片山里。被人发现的时候，已经好几天了。"

"所以，我们换个话题吧。"罗翰说。烧水壶又一次沸腾，赵智把开水倒进小巧的泡茶壶，用壶盖闷住。

"说说你们俩。"韩柳换了一种戏谑的语气，"你们俩是怎么搞到一起去的？"

袁颖和罗翰相视一笑。"说来话长。"罗翰说，"其实我一直很喜欢她，从上学的时候开始。"屋里响起一阵低低的惊呼。

"我怎么不知道！"韩柳佯怒，"真的吗？"

"应该是吧。"袁颖说，她的手没来由地哆嗦了一下，"不过，我俩那时候并不太熟。"

"是真的。"罗翰看着袁颖，看见她的脸渐渐涨红了，"不过她那时候总和崔凌在一起，不跟我们玩。"不知为什么，有关崔凌的话题再度逼近，像一只秃鹰在空中缓慢盘旋，觊觎着食物。

"你们那时候管我俩叫什么？我可记着呢。"袁颖的语气很轻松，像开玩笑。

"双塔。哈哈，对吧？你们俩都是又高又壮。"李浩成说，罗翰有些不自然地看了他一眼。

"对不起，对不起，"李浩成夸张地道歉，道歉也是在开玩笑，"都是闹着玩儿的。"

"就你叫得最欢。"韩柳说，"不过，崔凌好像不喜欢这个外号。"

没人喜欢，袁颖心里想，没有说出口。她拿起一杯温暾的茶水，一口气喝光，把茶杯放回黑沉沉的檀木茶盘上。

"是啊，为了这个，她还跟赵智吵过架。"

"我叫她黑铁塔，她差点扑过来打我。"赵智说，"我从小就认识她，她性格怪异，多半是她妈妈的遗传。精神病嘛，多少有点影响。"

"就算没有遗传，从小跟着疯子一起生活，性格一定不正常的。"韩柳说，说着还瞥了袁颖一眼，见她垂着眼睛，面色如常，便收住了话头。

罗翰摇摇头："她的成绩那么好，肯定不是疯，只是我们那时候太小了，谁也不了解谁。"

"确实有那么一种人，"李浩成插嘴进来，"虽然有一点疯病的基因，但是头脑却很聪明。你们记得吧？物理老师最喜欢她，说她脑袋灵活。"

"那时候，章玉在班里到处跟人说，崔凌暗恋物理老师。"韩柳说，有些不怀好意地看了章玉一眼。

"拜托，明明是你告诉我的。"章玉说，"你说你看见崔凌去物理老师的办公室，然后哭着出来。"

"表白被拒绝？"赵智说。这家伙和过去一样嘴巴碎、爱八卦，当个狗仔或许更适合他，袁颖想着。她说："才不是呢。你怎么会这么想？"

"很自然啊，表白被拒绝，然后哭了一顿。"赵智说，"难道另有隐情？"

罗翰说："为什么要谈她呢？大喜的日子，多晦气。"窗外的雨丝变得密集起来，簌簌敲打着宽大的飘窗。山谷一片静寂。

"那，到底是怎么回事？"韩柳问袁颖。

"很简单，她那次没考好。"袁颖说，"她压力很大，必须得考上大学，如果考不上，她爸爸就会断掉她的抚养费，教育费也不会再给，她连复读的机会都没有。"

章玉又拿起一只苹果，婚宴上她没怎么吃东西。

罗翰提议让酒店送餐过来，袁颖也饿了，他们点了三份套餐，加上点心和咖啡，不久就送来了。

"这儿的咖啡还不错呢。"韩柳说，"我在上海租的房子楼下，有一家特别好的咖啡馆，只做外卖，每天下班路过，我都要买一杯带回家。"

"一个人住，多么自由啊。"章玉感叹道，"我要是不结婚，我妈绝不会让我一个人出来租房子。"

"我养了一只猫做伴，不然太冷清了。"

"我看到了，你整天晒猫的照片。"

袁颖正在吃那份白切鸡饭，鸡骨头是嫩粉红色的，似乎没熟透，被她拨到盘子的一边。她边吃边说："我记得你从前很讨厌猫。"

"人会变的嘛。"韩柳说，"那只猫，是我前男友留下的。人走了，猫还在，挺讽刺的，有时候男人还不如一只宠物。"

韩柳的前男友，袁颖从罗翰那里听说过，是她从前公司的同事。一开始轰轰烈烈，没多久两个人就住在一起了。甜蜜了几个月，后来男生主动承认自己移情别恋，要求分手，甩得韩柳措手不及。分开没多久，韩柳就跳槽离开了那家公司。这段恋情大概是她有生以来遭遇过的最大失败。

袁颖把剩下的米饭和卤蛋都给了罗翰，罗翰很自然地接过去。韩柳笑着说："不要在单身狗面前秀恩爱，真受不了。"

罗翰吃掉了卤蛋的蛋清，剥出完整的蛋黄还给袁颖，这下连章玉也在抱怨："你们是故意的吧，辣眼睛。"

"你们真的是，"赵智终于不再沏茶，身体向后靠在沙发上，"高中时候就互相有意思？"

"他说他是，"袁颖笑着说，"不过我没感觉到，他不怎跟我说话。"章玉低低地笑了起来，看看韩柳，又看看夫妻二人，笑声中别有含义。韩柳的脸上微微地泛红。

"那时候大家都互相喜欢，一会儿就换一个喜欢的对象。"章玉说，"很多人悄悄约会，你们还记得学校旁边那个甜品店吗？老板娘长得像容嬷嬷的。"

"记得。"袁颖很快地搭腔，"我跟崔凌经常一起去，她喜欢那里的烧仙草，每次去，她总是加双份的炼乳。"

"所以她长得那么胖，"章玉用双手拱出一个圈，比画崔凌的身材，"还吃个不停。"

"她压力很大。"袁颖轻轻地说，"吃烧仙草的时候，她最开心。"

"你是怎么跟她相处的？"赵智突兀地问道，"你不觉得，她有点奇怪吗？"

"是有一点，但是她人很善良。"袁颖站起身来，穿着轻薄的红缎鞋踩在地板上，有种轻盈凉爽的触觉。雨丝毫没有停止的迹象，她走到窗前，窗外是阴沉、潮湿、鲜绿的一大片，一整块，度过漫长的阴雨季节，夏天就要来了。

"她没什么朋友，"袁颖继续说，背对着他们，"我算一个。赵智也算？你跟她从小就认识。"

"小学以后我就不跟她玩了，"赵智说，"我妈不让。她妈妈犯过两次病，整栋楼都知道。"

"那你真是错过了，她很有趣，"袁颖说，"没想到她会走到那一步。"

"所以说，这就是疯子的基因。"李浩成说，在场的所有人中，他始终游离在有关崔凌的话题之外。旁观者的论断往往是清晰明了、毫无疑义的。可惜啊，袁颖想，曲折的事实并不能用一句话来简单概括。

"有一段时间，崔凌总是提起你。"袁颖说。李浩成面露惊讶："她说我什么？"

章玉发出咯咯的笑声，一边笑一边说："原来有这么多八卦，我都不知道。"

"你经常抄她的物理作业，还请她吃烧仙草，后来文理科分班，你选了文科班，就不理她了。"

"抄她作业的又不止我一个。"李浩成说，"罗翰也抄过，对吧？"

"你们俩上物理课的时候，老是偷看漫画书。"章玉说，"想起来了，崔凌是物理课代表，负责收作业。"

"结果她还是没什么朋友，除了袁颖。"章玉说，"她以为抄作业就能换来交情？"

"你非得这么刻薄吗？"袁颖轻轻地说，她不确定自己真的说出口了，也许只是在心里打了个滚，变成一道轻轻的哈气，白蒙蒙地浮在玻璃窗上。

"怎么又冷起来了？"韩柳抱怨着，重新裹紧她的毛披肩。

中央空调的出风口再次安静下来，不再呼呼作响。李浩成说："她没什么零花钱，我请她喝个饮料，她就给我抄作业，然后，罗翰再抄我的。"

"有时候，你们连抄都抄错。"韩柳说，"咱们班的学风真是一团糟。"

"崔凌要是活着，她一定能考上大学吧。"赵智说，"不过，以她那样的性格，走到哪里都不会吃得开，说话磕磕巴巴的，还经常莫名其妙地发呆。"

袁颖觉得这句话描述的倒像是自己，走到哪里都吃不开。的确，崔凌平常话不多，尤其是面对男生的时候，会不由自主地紧张。并不是因为她喜欢谁，而是一种对异性的整体恐惧，或许与她的家庭背景有关。袁颖将双臂抱在胸前，觉得房间确实在一点点地变冷。

前台电话没人接，又打一遍，还是没人接。他们把所有卧室的暖风都打开了，再打开门，希望能渡来一些温暖。赵智重新烧起水来，换了新茶叶。午后阴冷而漫长。

"我只想喝点热水。"韩柳说，"到底能不能换个轻松的话题？"崔凌的尸体在附近被发现时，已经好几天了，现场的照片毫无遮掩地登在报纸上。

"我和她一起去吃烧仙草，她跟我说，你曾经带她来过。"袁颖对李浩成说，"她以为你们算是朋友，结果你转到文科班，就再也不搭理她了。"

李浩成勉强地笑笑，袁颖的话让他觉得不舒服："她借我作业，我就给她买个饮料或者别的什么吃的，反正她嘴馋，又没有零花钱。说是朋友也行，但是她实在太无聊了，跟她聊天，她连句完整的话都说不出来。"

"她小时候不是这样。"赵智说，"不过，自从她妈妈的疯病发作过两次之后，全楼的小孩都不跟她玩，她就越来越孤僻。可怜归可怜，也怪不得别人啊。"

"不过，她有什么理由自杀呢？"章玉说，"这么多年过去，我还是想不明白。"

韩柳半天都没说话，忽然有些不耐烦了，她说："崔凌精神有问题，当年报纸上都这么说嘛。考前压力过大，有精神失常的征兆，深夜从家中出走，过几天尸体被发现在西郊的山林里。疯子根本就没有理智。"

"她不是疯子，"袁颖说，"我确定。我和她做了三年同桌。她确实性格内向，但绝不是疯子。"

"疯不疯有什么区别？反正她死了。"韩柳说，用叉子扎向盘子里的黑森林蛋糕。当时，崔凌的自杀在学校里引起了一阵短暂的议论，不过很快就平息了，大家都要面对高考，没空为一个不太熟的同学悲伤太久，况且那也不是什么真正的同情，而是惊讶，是好奇，是课间的八卦话题，热闹一阵就过去了。毕竟，崔凌是那么孤僻的人，没什么朋友，只有袁颖，但是袁颖和她差不多，都是班里的透明人。

所以，韩柳还是觉得奇怪，问罗翰："上学的时候你就喜欢袁颖？我怎么没看出来。"

"暗恋。"章玉在一旁替罗翰回答，"就像崔凌暗恋他一样。"

"真是够了。"韩柳盯着章玉，"你为什么要跟一个死人过不去？”

“大家都知道啊，还拿这个事情取笑罗翰。”章玉说，抱起了双臂取暖，“罗翰怎么说来着？就那次，自习课上，大家都在，崔凌找罗翰借一本漫画书，罗翰说没有。”

“她根本不爱看漫画。”罗翰说。他似乎想为自己辩解什么，却也没什么好辩的，不过是个傻乎乎的女生而已。

袁颖再次低下头，水壶咕嘟起来，再一次接近沸腾。

“你还说崔凌身上有猫味儿，”章玉说，这句话是对着韩柳说的，“很大声，我记得。”

“猫屎味儿。”韩柳面不改色。袁颖抬起头看看她，又看看罗翰，罗翰胖了不少，不是当初的翩翩少年了。

“我记得，那时候你很讨厌猫。”罗翰说。

“问题不在于猫。”袁颖说，她换了个姿势，把一条腿跷到另一条腿上面。韩柳放下了手里的小茶杯。

“讨厌一个人，就跟喜欢一个人一样，”袁颖说，“不需要什么理由吧。”

赵智说：“她家的猫养了好多年，是我见过的最大的猫，像只小狮子。”

“其实，”罗翰开口了，“崔凌是个很敏感的人，可能那时候我们都太幼稚，没有人懂她，我也不懂，她表白的方式太奇怪了。”

袁颖微微笑着，听着他试图为自己开脱。人就是这样，终其一生都在为自己的行为寻找解释，否则简直没办法活下去。

李浩成轻轻地吹了声口哨。

"她跟我借漫画书那天，我没借给她，是因为那本正好没有。你们都以为我在敷衍？是真的没有，最新的一本，我还没买呢。第二天放学，我去跑步，跑完天都黑了，她就一直在操场边上转来转去。"罗翰说着，给自己倒了一杯茶。他身子前倾，肚子上出现几道肉堆的褶纹，他大概有七八年不怎么运动了。

"她在操场边上，一会儿坐，一会儿站，只有我一个人在一圈圈地跑，那种感觉很难形容，我恨不得一辈子就这么跑下去，不要停下来。她怎么也不肯走。"

"哈哈，有点恐怖啊。"韩柳说，"你居然没跟我提起过。"

"等我跑完了，准备拿书包回家，她就走过来，把一本漫画塞到我手里，就是她想跟我借的那本。我想她是从学校北门边上那家小书店买来的，每期到了，老板会给我留一本。我就告诉她我不需要，她非送不可，说到最后，我都懒得解释了。"

"也许她在书里夹了些什么，情书一类的。"韩柳说，"你应该接过来看看。然后呢？"

"后来她走了，把书放在台阶上，这人真怪。"罗翰说，"她好像不知道人与人应该怎么交往。"

"那个年纪，其实没人知道。"袁颖说，"大家都很粗鲁。"

"一般人不会像她那样。"章玉小声地说，"书里有夹着情书吗？"

"没有。"罗翰说，"什么也没有。"

"看来你还真的去找了。"韩柳笑道，"幸亏没有。不知道她会写出什么奇怪的东西。你们还记得语文老师念她的作文吗？反面例子，零分。"

我记得，袁颖想。又一次，她克制住自己，没有说出口。

"我记得。"赵智说，"她写的是她妈妈，全程只有一个句式：我妈妈喜欢如何如何，她喜欢吃什么，喜欢穿什么，喜欢看什么电视节目，最后说，我妈妈最喜欢的人就是她自己，念完大家都在笑。"

"语文老师不喜欢她，她上课总是打瞌睡。"李浩成说，"有一次发脾气，差点把她赶出教室，她都睡得打起呼噜了。"

刚才那位服务员又来了，带着另一个维修工，看起来比刚才那位更年长、更有经验。对话停止了，大家静静地等着空调恢复工作。

最终，维修工从出风口的管道里面掏到一只肥大的死老鼠，已经开始腐烂了，但仍旧很肥大。章玉恶心地捂住了口鼻，韩柳只看了一眼，就赶紧转过脸去——它被托在维修工人的塑胶手套上，眼睛睁着，眼球向外鼓。

"山里的环境就是这样，小动物很多。"服务员带着歉意，微微鞠躬。酒店的员工都是从本地招聘来的，受过专业的服务培训，一举一动合乎标准，等她走了，大家重新放松下来。

"恶心死了。"章玉说，"不知道别的地方有没有老鼠？"

今天晚上，她和韩柳一人占一间卧室，另外两个男生挤一间。

"半夜爬到你床上。"李浩成用手指模仿老鼠爪子，章玉在他的背上打了一下。

韩柳起身，去了卫生间，出来后，妆容焕然一新，嘴唇重新涂得红红的。雨声敲着屋顶，依旧轻细绵密。

"崔凌喜欢罗翰，"袁颖说，"全班都猜着了，结果罗翰居然是最后一个知道的。"

"所以说，被暗恋和被出轨一样，主角都是最后才恍然大悟。"赵智说，"你当时有没有觉得很惊悚？被那样一个女生惦记着。"

"那倒没有。"罗翰看了袁颖一眼，她的样子跟高中时相比，几乎一点没变，只是瘦了些。那时候，她跟崔凌几乎形影不离。两个人都没有别的朋友。

"后来呢？"韩柳问，她对罗翰和崔凌的这段往事来了兴趣，"后来她又找过你吗？"

"没有。"罗翰简短地回答，"不过有一次，就在她出事前不久，有一次收物理作业，我没写完，她来催我交作业，语气很生硬，我跟她吵了几句。"

"你骂她是黑铁塔、蠢货。"袁颖说，"她都告诉我了。"

罗翰的脸有点发红，赵智打圆场说："那时候大家说话都很随便。反正崔凌也无所谓，她本来就有点傻。"

"她找我哭了一场。"袁颖说，"就在那间甜品店里，她连烧仙草都没吃完。"

"为什么?"章玉刚才两眼空空地发呆,若有所思的样子,此刻终于回过神来。

"因为罗翰骂她啊。"李浩成说,"你还想吃苹果吗?"盘子里的苹果只剩下一个了,章玉摇摇头。

"没人想吃苹果吗?"没人回应,李浩成拿起苹果啃了一口,只一口,就咬出一条淡黄色的肉虫。

他把果肉啐了出来,肉虫爬到他咬出的缺口上,被他连着整个苹果一道丢进垃圾桶。

"你不喜欢她,也不用这么骂她吧?"章玉说。

"那有什么?说她笨的又不是罗翰一个。语文老师也说她脑袋像个木鱼。"

袁颖把李浩成用过的水果刀轻轻放回盘子里,发出清脆的微响。

韩柳说:"语文老师最爱批评的就是崔凌,她的作文写得太差劲。"

"她很聪明。"袁颖开口了,"崔凌是我见过最聪明的女生,她想报理论物理专业。"

"她有疯子的基因,"赵智说,"这种人今天想东,明天想西,前一天还活得好好的,第二天就跑去自杀。"

"说起来,她出事之前,曾经问过我,要不要养猫。"章玉说,"她是不是已经问过你,被拒绝了?"

袁颖点点头:"我父母不喜欢猫,我要离家上大学,没人照顾。"

"怪不得，"赵智说，"她也问过我。我告诉她，我们家不养那玩意儿。没过两天，那只猫被吊死在阳台上，她家在二楼，下面路过的人都能看见。"

"她妈妈干的。"袁颖很快地说，"她妈妈失眠，夜里猫总在跑来跑去，崔凌跟我讲，那天早上她一醒来，就看见猫在阳台上荡悠。"

"然后她自己也选择了这种死法？"章玉说，打了个寒战。

"等等，这是什么时候的事？"李浩成忽然插嘴进来。刚才他在专注地削一只梨，确定没有果虫之后，才放进嘴里，咬下一口。

"春天，天天下雨。"赵智说，"那只猫都快要烂了，才被解下来丢掉。听说是崔凌的爸爸来处理了尸体，她们母女俩都不管，像是有意赌气，报复对方。"

"她吓坏了。"袁颖说，"我要是帮她养几天，也许就没事了。那只猫在她家十几年，陪着崔凌长大。"

"有人觉得太热了吗？"韩柳站起来，去把窗户拉开一道缝，让外面阴凉的空气吹进来，缓解暖风带来的焦躁感。

"自杀是她自己的事。"赵智突然开口，好像是为了驱赶那只盘旋的秃鹰，凭空放了一枪。

"因为一次模拟考试没考好就跑去自杀，这种人到了社会上也不会顺利的。"韩柳说，"再叫杯咖啡吧，好吗？我有点瞌睡。"

"所以，韩柳说崔凌身上有猫屎味儿的时候，那只猫已经死了几个月了？"李浩成说。

"我早说过了，这不是猫的问题。"袁颖看了一眼罗翰。

罗翰有些尴尬地动了动身体，韩柳微笑着，不答话。章玉跟韩柳有过矛盾，此刻趁势跟上一句："我就说嘛，韩柳一定喜欢罗翰的。"

"我讨厌崔凌，不是因为罗翰。"韩柳说，"你不要这么肤浅，以为什么都是因为男人。"

"像她那样的人，招人喜欢才不正常呢。"她继续说，"长得丑，胖得像头猪，跟她说话，她总是发愣，除了物理成绩好，其余都一塌糊涂，笨得要命。你们不觉得，她跟我们一点都不像吗？"

"关于她，最有发言权的是袁颖。"李浩成说，"她们俩好得跟一个人似的。"

"我一直想不通罗翰为什么要骂她。你明知道她喜欢你啊。"袁颖说。

罗翰给她倒了茶，袁颖接过来，心想：他一定以为自己喝多了酒，胡言乱语。

"无论是谁，被崔凌那样的人盯着，都很恶心吧。"韩柳说，"罗翰一定很烦她。"

"骂就骂呗，"李浩成说，"说她两句也不算什么。有一次她向我借语文课的笔记，还回来的时候，边角都给折了，我很生气，也说了她几句。"

"你说她是笨猪。"袁颖说，"看书折页是她的习惯，确实是个坏习惯，但是骂人笨猪有点过分吧。"

"这么说，我也想起来了，她所有的本子都有折角，人也很邋遢。她好像完全没有家教的，她妈妈不会教她的吗？连鞋带都系不好，老是耷拉着拖地，随时会绊倒。"

袁颖笑了："这倒是，每回上体育课，我都要帮她系鞋带。"

"说起来，崔凌真是无处不在啊。"李浩成从裤子口袋里摸出一盒烟，韩柳跟他要了一根，点了起来。

"讨厌的人都很有存在感。"章玉说，"我还记得，有一次她穿了一身旧衣服来上学，像那种咸菜的颜色，非常难看，像是她奶奶的衣服。"这话是对着袁颖说的。

"那是她妈妈的，她奶奶早去世了。"

韩柳吐出一口烟："所以啊，自杀一定是她自己的问题。你知道为什么吗，袁颖？"

袁颖摇摇头，罗翰说："我不明白你怎么会跟她成为好朋友。"

"那，如果不是因为罗翰，那是为什么呢？"袁颖问韩柳，"你为什么要那样对她？"

"哪样？"韩柳停止了吸烟的动作。木屋别墅里禁止烟火。

"就是从那天开始，从崔凌被罗翰骂的那天开始，班里的人忽然都不理崔凌了。你们似乎形成了一种默契，不管崔凌跟哪个人说话，收物理作业或者是别的什么事，一律装作听不懂，然后哈哈大笑。"

"这是一个玩笑。"赵智说。当然，他也参与了这个玩笑，大概持续了一周。一周之后，所有人都觉得没意思了。他们不再无缘无故地傻笑，崔凌反倒不适应了，她悄悄地问袁颖："他们为什么不笑了？"

"我也不知道，大概是笑够了吧。他们为什么笑你？"

"他们为什么笑我？"崔凌反问，袁颖哑口无言。

"那时候大家压力都很大，"章玉说，"傻乐一下也挺开心。再说她也不在乎嘛。"

罗翰说："十几岁的人就是很莽撞，这也没啥。"

"全班都笑疯了。"韩柳说，"崔凌完全不知道为什么，就一脸傻样地愣在那儿。"

"喜欢一个男生而已，"袁颖轻轻地叹道，"这有什么错呢？"

"没人说她错。"李浩成的语气里带着劝慰，"我们只是觉得，她呆愣愣的样子很好玩。"

"她活着就是个乐子。"章玉说，似乎带着一丝惋惜之意，"如果我喜欢的男生那样骂我，估计我也会想死了算了。"

"你才不会去死呢。"赵智说，"你不是那种人。"

"你怎么知道我不会？"章玉笑着反驳他，"据说每个人的一生中都有上百次想自杀的念头，杂志上说的。"

咖啡送来了，六杯，热腾腾的，上面浮着细密的奶泡。雨已经停了，服务员没有打伞，弯腰放下托盘，她有些年纪了，盘起来的头发里面杂着几茎银白。天色仍旧阴沉。

"来，"赵智提议，"为活着干杯。"大家都笑了，章玉蜷起腿来，她坐在一只宽大的藤椅上，人缩成一团。

杯子们彼此相撞，然后陆续放下，咖啡袅袅地冒着白气。

"说实话，你就没发现她有什么异常吗？"赵智问袁颖，对方摇摇头，他接着说，"我发现了。当时还不知道会那么严重，就觉得她的行为很怪异。"

所有人都凝神静听。

"她失踪前的那天，来我家敲门，问我能不能借给她一支笔。我给她拿了一根圆珠笔，她接过去，却不肯走，又问我能不能进去待一会儿。当时我父母都不在家。"

韩柳摁灭了烟头，向赵智俯过身去。

"我让她进来，她坐在我家的沙发上，手里还拿着那根笔，突然哭了起来。她说她不想回家，她妈妈在发脾气，我只好安慰她，过了很久她才平静下来。她走后，我发现那根圆珠笔落在沙发上，她根本不是要借笔。"

"只是哭了一场？"袁颖问，"你们还记得当时的新闻报道吗？死者身上有被强奸的痕迹。"

赵智眨眨眼睛："什么意思？这可跟我没关系啊，我当时才十七岁。"

"我不记得有这样的说法。"李浩成说，"原话是，身上有挨打的伤痕，警方怀疑是强奸，可是证据不足。那种潮湿的天气，人又死了那么多天，可想而知，取证很困难。"

"后来又有报道，说排除了他杀的可能，所有的迹象都指向自杀。"

"被强奸之后羞愤自杀，这也说得通。"章玉说，"那段时间传得沸沸扬扬的，有各种说法，谣言满天飞。对了，她妈妈会不会发起疯来打人呢？"

"会啊。"赵智说，"那天晚上，就是她来借笔的那天晚上，她问我能不能在我家借住一晚，我父母还没回来，我当然不能答应她。"

"哼，要是韩柳跟你提出这样的要求，你立刻就答应了。"章玉毫不留情地揭露。

赵智脸红了："她走后没多久，我就听见楼上摔东西，崔凌在哭叫，这是家常便饭，我也没当回事，没想到她当天夜里就失踪了。"

"其实，如果她说家里有事，不敢回去，我也会让她多留一会儿，"赵智说，"可我当时并不知道嘛。"

没错，如果是韩柳，他就会让她留下，袁颖想着，她说："那天晚上，她给我打了电话，家里的电话，我没接到。那天，"她停了一下，又说，"罗翰约我出去。"

韩柳拿起一只柔软的沙发靠枕，朝罗翰打过去："不告诉我，竟然不告诉我！"

"人家为什么非得告诉你？"章玉的语气不冷不热，"就算你是全班的女神，可偏偏不是罗翰的。"

韩柳仍旧边笑边看着罗翰。"我得重新评估咱们的友情。"她说，"这种事你居然不让我知道。"

"我在她家楼下等着，她过了很久才下楼。"罗翰说。

"我觉得对不起崔凌。"

"没那回事，我又不喜欢她。"

"我还挑了衣服，一条白裙子，是吧？配白凉鞋。"

"特别清纯。"

"那天我们都聊了什么。"

"全是废话。"罗翰说，忍不住笑出声。袁颖垂着眼睛，看着自己的脚尖，红缎鞋上缀着金线。

"奇怪的是，你们俩那么多年竟然毫无联络。"章玉说，"或者，一直瞒着我们？"

袁颖摇摇头："没有联系，真的没有。"

李浩成起来，去关了窗户，室内的温度总也不合适，一会儿热，一会儿又觉得凉。

"那天晚上，崔凌打电话到我家，我妈接到了，但是她忘了告诉我。后来出了事，我才知道。"

"自杀是她自己的事。"章玉重复了一遍韩柳的话。

"那段时间，她的情绪一直很低落，我都忘了当时在忙些什么，完全没有关注她。"

"你在忙着被人暗恋。"赵智突然犀利起来，"十几岁的时候，所有人都不知道自己在忙什么。表面上，我们在忙着准备高考，其实个个糊里糊涂的。"

"不明白。"袁颖说，"我一直很清醒啊。"

"所以，你才不知道自己是糊涂的。"李浩成说。章玉称赞道："说得好，有机锋。"

罗翰伸过手，将袁颖的手拉到自己怀里。她的手指是冰凉的。

"我记得，有一次，我问崔凌一道物理题，她怎么也不肯给我讲。"韩柳说，"这个笨蛋，她以为情敌是我呢。"

"我也以为你跟罗翰是一对儿，你们互相喜欢，大家都这么想。"章玉说。

韩柳只是笑。袁颖的手还被罗翰握着，她悄悄地抽了出来。

"所以你就鼓动大家去作弄她？"袁颖问韩柳，始终是一种闲聊的口吻。

"只是个玩笑嘛。"李浩成在打圆场，"那只是个玩笑。"

赵智说："所有人都知道她向罗翰表白被拒了，不会是因为这件事就自杀吧。失恋了就去死？"

"也许那天你收留她，她就不会死了。"

"这跟我有什么关系？"

袁颖打断了他们的对话："后来，我去看过她妈妈。拿到录取通知书的第二天，也不知道是怎么了，就是想见见她。"

大家都安静下来，听着她说。

"她见到我，很激动，不是疯子的那种激动，是一个正常母亲的情绪。她说她要去告状，说她女儿死得不明不白的，警察也不调查，她说那不是自杀。"

所有人仍在沉默。

"我想起她本来是个疯子，所以就安慰了她几句，放下水果就要走。她拉住我，说了很多话，我都记不清了，就记得她跟崔凌长得很像，尤其是眼睛，那么大，那么圆，像熊的眼睛，直勾勾地看着我。

"她说话颠三倒四，说崔凌是被人害死的，她让我去告诉老师，告诉校长，叫警察去抓人，我只好答应她，说等我回了学校就去告诉老师，告诉校长，叫警察去抓凶手，她才肯放开我。"袁颖一边说，一边抚着自己的胳膊，好像崔凌妈妈的手依然抓着她。

"没过几天，我就坐上火车，去大学报到了，没再见过她。"

"那件事过后没多久，她就进了医院，疯人院。"赵智接着说，"受了刺激，整天胡言乱语的，小区居委会的人合力把她送去的。"

"她说她女儿被人强奸，被人害了，说得斩钉截铁，但是又说不出名字。"

"你们干吗都看着我？"赵智一脸无奈，"我当时才十七岁。"

韩柳笑出声来："十七岁足够犯罪了。"李浩成还在添油加醋："你在物理课上偷偷看黄书，我都看见了。"

"你还要跟我借呢。"气氛一下子轻松起来。

李浩成还在哧哧地笑："就崔凌长得那个样子，多安全。她妈肯定是脑子有病，胡思乱想。"

韩柳去了卫生间，这次出来，她把妆都卸干净了。章玉说她困了，想回房间睡一会儿，韩柳也要回房。

袁颖一句话把她们俩全留住了，她说："崔凌跟我讲过她被人强奸的经历，我想这是真的。"

"什么意思？她身上那些伤，不是她妈妈打的？"

"我不知道。"袁颖闭了闭眼睛，她没去过现场，但是看过报纸上的照片。那个年代的媒体，还不流行给死者打马赛克，那一期的报纸早早就卖光了，因为上面印着少女的遗体。

"你没有什么对不起她的。"有人说，"自杀是她自己的事。"

"她失踪的前一天下午，是个星期五，放学后我们俩一起去甜品店。她有话想跟我说，吞吞吐吐的，直到临走，才说到她可能是被强奸了。"

"可能被强奸？"韩柳失声笑道，"这是什么意思？"

"就是说，她不明白发生了什么。这方面的知识，她一点也不懂。"

"这也太荒唐了。那人是谁？"

"她不肯说。我猜，她打电话给我，也许是想告诉我那个人的姓名。"

"是熟人？是我们身边的人？"章玉本来懒洋洋地蜷着，此刻突然直起身来。

"有统计，大部分强奸案都发生在熟人之间。"赵智说，"我们杂志做过有关的专题，女性专题。"

"我也不知道。那天，我跟她说，什么时候想通了，愿意说出真相，就打电话给我，让我帮她一起想办法。"

"结果你去和罗翰约会了？"韩柳用一只手指搅弄着她的长卷发，轻飘飘地问。

"那不叫约会。"罗翰辩解，"我们俩就在楼下的花坛边上坐着聊天，哪儿也没去。"

"初恋啊，初吻啊。"章玉用一种戏剧化的夸张腔调说，"是不是今天接亲的车队路过的那个花坛，长满了美人蕉的？好有纪念意义啊。"

"我应该接她电话的。"袁颖的声音很低沉。

"谁会强奸她呢？她长得那么安全。"即使是韩柳，也觉得李浩成的态度太不严肃了："你能不能别用这种语气说话？"李浩成笑着摸摸自己的头顶，他不光胖了，还有脱发的苗头。

"她不肯说。我猜是我们认识的人。同学？老师？"

"会是教物理的许老师吗？我看见她哭着从教师办公室出来。"赵智胡乱地猜测。

"那怎么可能？许老师不是那种人。"章玉说，她对那位身材高大的年轻物理老师印象很深，"高二那年，就听说他结婚了。"

门铃响了，章玉立刻跳了起来，似乎急着找借口离开这张桌子。刚才来过的服务员站在门口，殷勤地问屋里温度是否合适。章玉回来时，手里又托着一盘水果。

"这酒店的服务真不错。"她说，"谁要苹果？"没人答话。

袁颖说："问题在于，她不确定那算不算强奸。她描述得很不清楚，而且那时候我也不懂。她只是说，她很害怕。"

"边缘性行为？"乱用术语，或许是赵智在杂志工作养成的习惯，袁颖不自觉地皱了眉头。

"她连性行为是怎么回事都不清楚，更不懂边缘在哪儿。"李浩成一针见血地指出，"不过，就算没有生理知识，人的本能总有吧。她为什么不报警？"

"她很害怕，也很迷惑。她问我，男的对女的做这种事，算不算喜欢的表示？"

韩柳轻轻地惊叹："我的天哪，我们小时候有多傻啊。"

"说了半天，那个人到底对她做了什么？"章玉有些不耐烦了，"袁颖，今天可是你的好日子，咱们非得聊这个吗？"

"也是崔凌的忌日。"这个忌日，是警方根据尸体变化的程度推算出来的，在她失踪的第二天。"她离家出走的第一天，去干什么了？"

李浩成把烟灰磕进桌上的玻璃缸里。韩柳开始抽不知道第几支烟了，她烟瘾很大。

罗翰说："那天是星期六，毕业班周六还有半天课。我中午回家的时候，她在我家楼下等着。"

"警方把那天算作她失踪的第一天，当时她妈妈还没有报警。"袁颖说。

"不会又要表白吧？可怕。"韩柳仍然是那种不咸不淡的语气。

"她说想跟我聊聊，但是我想回家写作业，那一周的作业特别多。哦，对了，我拿出物理课的一张试卷，问她能不能帮我讲道题，就在我家楼下的长椅上，她给我讲明白了。崔凌在物理方面真的有点天赋。"

"你没问问她为什么来找你？为什么没来上学？"

"没有。她看起来有点怪，再说我也没注意到她没来上课。讲完题后，我说家里还有事，就上楼了。"

"你可能记错了。"章玉幽幽地说，"我想你是记错了，搞混了时间，报纸上说，星期六一大早就有人看见她在山里，穿着校服的女孩，独自闲逛，好像在哭。看见她的人是住在周边的村民，这些人现在都拆迁搬走了，这地方建了酒店。"

罗翰迟疑着说："有可能，有可能是我记错了。"

袁颖无意间碰到他的手肘，像被烫着似的，立刻弹开了。

李浩成说："我猜，有没有可能是在山里被陌生人强奸，然后她一时想不开就自杀了？"

"反正我妈妈从来不让我一个人往山里跑。"章玉说，"就算是像你说的这样，也是她自己瞎跑的下场。"

韩柳说："我看，她就没受过一个女孩子应有的教育，应该怎样跟人交往、注意安全、保护自己，她妈妈从来没教过她，出了事就知道闹。"

赵智说："等等，我怎么觉得咱们在说两件事。一件是崔凌被不知名的人用不知名的方法侵犯了，她自己也不知道那算不算强奸；第二件事，是她死后的身体上有伤痕，这是同一个人干的?"

"崔凌是自杀的,警方一早就定性了。"

"说是自杀,是因为找不到他杀的证据。她妈妈也证明了,女儿情绪不稳定,离家出走,在郊外的野山里,用一件校服衬衫上了吊。"韩柳说,对这件事记得这么清楚,她自己都感到有点诧异。

袁颖说:"你记性真好,我都不记得这些细节了。"这些年来,她一直试图忘掉在报纸上看到的一切,照片,文字,事不关己的冷漠态度。

"谁看见那张照片都不会忘的。"李浩成说,"真是太恶心了,那时候不流行打马赛克?"

"打了马赛克,就没有那么多销量了。"赵智的语气里带着专业的沉稳与洞察,"读者都有猎奇的心态。现在肯定是不行了,时代在进步嘛。"

"你记错了,那她去找你,到底是哪一天呢?"袁颖还没忘记罗翰刚才的话头。

"这么多年了,谁还记得这些小事。"罗翰很快地回答。

如果不是小事呢?袁颖想,如果不是小事呢?房间里又开始燥热起来。

"我有一个大胆的猜想,"章玉说,开始发挥她从电视剧里得来的对人性的经验,"有没有可能,自杀是因为一刹那的恍然大悟?"

"什么意思?"李浩成问。

"比如，她被一个熟人强奸了，但是自己并不知道那是不是强奸，她很害怕，又搞不懂到底发生了什么。那时候网络还没有现在这么发达，她无从了解这件事。然后，她就一直被困扰着，直到那天，她才明白，强奸就是那么回事。因为，"她停了一下，"她跑到山里散心，结果第二次被人侵犯了。游荡的男人遇见孤身少女，临时起意。平时，家长都不让我们往那边去。"

"她长得那么丑，"李浩成说，"这不至于吧。"

韩柳的语气几乎是愤怒的："这跟长相没关系，女人就是会遇到这种危险，不管高矮胖瘦。章玉说的不是没有可能。"

"你和章玉居然想到一块儿去了。"袁颖说，"可见大家都没把她忘掉。"

赵智早就不摆弄那些茶杯和茶壶了，桌面上一片杂乱，他盯着那里，好像能从中看出什么寓意："还是看不出她有什么必死的理由。"

"某种心理上的安慰突然坍塌了，我知道，我懂那种感觉。"说这话的是韩柳，她的神气与刚才完全不同了，不那么轻快活泼，显得有些沧桑。

这些年，韩柳独自漂在上海，她有什么样的经历呢？袁颖想，她们不是密友，她无从得知，但人要长大，总会有些坎坷，有不足为外人道的欢喜悲愁。也许，她与前男友的故事还有另一个版本。

"比如呢？"章玉追问。

　　"比如，你喜欢一个人，全身心地喜欢，即便他不喜欢你，你也不在乎。这种状态持续着，你对他的喜欢一点也没减少，反而越来越着迷。直到有一天，你突然发现，你喜欢的只是一个影子，一个想象中的幻觉，他本人根本不可爱，甚至是可恶的、下流的，那种感觉就像，整个世界都跟着灰暗了。"

　　"你的意思是说，强奸她的是她喜欢的人？"

　　"那算什么强奸？对方是喜欢的人，她应该很乐意吧。"李浩成口无遮拦，没有人搭控，甚至韩柳也没有责怪他。上学的时候，课间休息，班里乱哄哄的，片刻间突然安静，然后大家都被这莫名其妙的安静给逗笑了，纷纷地说，有妖怪路过。

　　最后，还是袁颖打破了沉默，她说："这是猜测，没办法证实。"

　　韩柳点头同意："对，是瞎猜，全是瞎猜。"

　　"她哭着从物理老师的办公室跑出来，很多人都看见了。"赵智说，显然，他没意识到谈话的走向即将失控。

　　章玉突然说："我困了，我要上楼去睡一会儿。"刚要站起身，又对韩柳说："你过来跟我住，好不好？我不想一个人睡。"韩柳答应了，两个女孩一起上楼，她们的脚步声渐渐消失了，二楼的房门打开，马上又关上了。

　　"她妈妈后来怎么样了？"李浩成问赵智，袁颖忽然松了一口气。

赵智说："不清楚，好像后来又去上班了，在一个什么工厂，她那个病，疯一阵好一阵的，找不到太好的工作。上次回来听我妈说，那家工厂倒闭了，不知道她现在哪里工作。"

袁颖说："你们聊吧。我也困了，昨夜几乎没睡。"罗翰跟着她站起来，陪她一起回到房间。袁颖开始收拾过夜用的洗漱用品，连同那件真丝睡衣都塞进一只正红色的漆皮手提包里。这只包是为了收礼金而特意买的，典礼结束后，礼金都拿出来交给罗翰的妈妈。

"今天我太累了，"袁颖说，"我想一个人睡，韩柳那间屋空着。"

"他们还在外面，你就这么走过去？"罗翰说。他的白衬衫依旧笔挺，最上面的扣子解开了两颗，鬓边微微有汗。

不知怎么，袁颖忽然不想违背他了，甚至觉得，他很有道理。今晚是新婚之夜，她就明目张胆地告诉朋友，她不愿跟老公睡一间房？未免太不给面子。

她坐在床上，宽大柔软的床，床单触感细腻。两个人默默无言，过了一会儿，她听见赵智和李浩成的脚步声和房门开合的声音，她又说："我想一个人去睡会儿，就一小会儿。"用着商量的语气。这次，罗翰没有反对。

傍晚，整幢房子都静悄悄的。袁颖躺在另一间卧室的床上，韩柳的东西都拿走了，房间空空荡荡，因为整洁而显得格外冷清。楼上有人轻轻地走动。

这间卧室靠近别墅的大门，窗帘放了下来，室内一片漆黑。她听见有人用房卡开了门，感应门锁发出轻轻的一声"嘀"，随之而来的脚步声有些沉重。服务员一般不在这个时候来打扫，可她就是来了。袁颖听得见她在收拾桌子，摆上新的干净茶杯，把用过的餐具一样样地收走，擦抹窗台、电视柜和木质的沙发扶手，用夹着一块毛巾的拖把清洁地板。她弯着腰，穿着印有酒店名字的米色制服，头发紧紧地盘在脑后，耳边露出白发。

袁颖翻身下床，踩上那双搭配红色敬酒服的中式绣花鞋，走到门前，伸手一拉，发现房门从里面锁着，两道锁，连她自己都忘了为什么要下意识地上锁。她走出房间，看见服务员正在系一只垃圾袋的袋口。听见袁颖开门，她转过身来，露出职业的微笑，一张已过中年的陌生脸孔。

袁颖松了一口气，为自己的胡思乱想感到可笑。她感到一阵困倦，真正的睡意袭来的那种困倦，不再是躲避什么的借口。她再次关上房门，回到床上，踢掉那双绣花鞋，软缎做的后帮被踩平了，显得很难看。今天用到的所有东西，衣服、饰品、鞋子，统统都是一次性的，而婚姻将会长长久久——罗翰那么好，那么帅，当年人人都喜欢他。

十七岁，足够犯罪了。

她闭上眼睛，尽力摒除那些乱七八糟的荒唐念头，在满室的黑暗中，崔凌妈妈的绝望神情不断地浮现，一半是因为悲伤，一半是因为她自身固有的疯狂。无论如何，有个人至今逍遥法外，而她和罗翰已成眷侣。

她翻了个身，不再刻意对抗沉沉的睡意。累死人的婚礼终于结束了，明天，他们将去热带岛屿享受蜜月，两个人都向往了许久。她买了好几条大花的裙子、草帽、轻薄的艳色披肩和塑料的鸡蛋花发卡，决心用九宫格的美照占领所有人的朋友圈。不管怎么说，嫁给罗翰，是一件让很多老同学唏嘘不已的事，是她前半生一场稀有的胜利。以后，他们会日日同床共枕，然而今夜，只有今夜，她想要一个人度过。

天黑了，雨后的山谷湿润而安宁。明天这个时候，他们已经到达东南亚的小岛，干燥、暴晒，蓝天白云耀眼，细沙热得发烫。她想象着，罗翰露出脊背，在海水里缓缓地游动，像一条不知名而巨大的、没有牙齿的鱼，而自己站在齐腰深的水里，阳光灼热，蓝到发绿的海水却是凉的，有片暗沉的影子围绕着她，正当她害怕起来，想要尖叫时，一个人的双臂从背后围过来，像保护，也像束缚，她猛地惊醒，原来是梦。

胸前松松地搭着两只手，其中一只手上戴着戒指，那是在所有人的注视之下，袁颖帮他戴上的，素面铂金，里头暗暗地镶了半圈碎钻。她手上自然也有一只同款，交换戒指的时候，她父母哭得稀里哗啦，觉得是把女儿交出去了。

罗翰侧身抱着她，他的额头和鼻尖轻轻顶住了她的后颈，用嘴温柔小心地探寻。她还在梦境的边缘恍惚着，有一刹那觉得浑身发冷，仿佛被酷烈阳光照耀下的阴影给攫住了。她轻轻地挣扎，腾出一只手来，小声地说："我累了。"

他抱得更紧了："你是我老婆啊。"

袁颖闭上眼睛，他说得没错，结婚之后，冥冥之中，他就拥有了某种权利，对应地，她也有此义务。天理昭彰，反驳不得。

"我累了。"

"那我抱着你睡。"

袁颖心里一松。当然，他们早不是第一次了，一起出外旅行住酒店，也是常有的事。今天不知怎么了，她打心眼里反感。累了，她给自己找的借口是：结婚太累了。

她闭上眼睛，直到听见罗翰的呼吸变得平稳，才再度蒙眬睡去，身体仍然紧绷僵硬，盖着被子也感觉不到温度。夜深了，一丝一毫的动静都显得格外刺耳，袁颖醒来时，听见真真切切的叩门声。

她一动，罗翰也醒了，两个人都没睡深。袁颖说："有人敲门？"

罗翰说："没有。"

"我听见门外有响声。"

"不是门外，"罗翰低声地安抚她，"门外没人，是屋顶。"

天花板上，传来细碎的响声，可是袁颖确定她听见的不是这个声音。罗翰说："山里老鼠多，有时候，它们钻进空调的通风管，找不到出路，就困死在里面。"

敲门声没有再出现。过了一会儿，她就接受了罗翰的解释，是老鼠，它们在黑暗曲折的管道里来回奔跑，直到失去全部的力气，喘息着倒毙。

两个人都醒着，黑夜团团地围裹着木屋。罗翰开始抚摸她，拥抱她，她试图挣脱，却被他了无痕迹地化解开来，继续进攻，动作中带着一种温柔的强硬。她勉强笑着，说："累了，睡吧。明天——"她的话语被罗翰的舌头封住了，只剩下咕哝的语音，"明天我们就到海边了。"

他不回答，似乎没听见，也不在乎她的话，他要行使他的权利，假装忽视了妻子的抗拒。袁颖忽然烦躁起来，罗翰试图点燃一把火，她却觉得浑身又湿又重，很疲惫，像穿着梅雨季节里晾不透的衣服，一切都浸透了潮气。新婚之夜，没有干柴烈焰，只有一缕失败的青烟。

她推开他，坐了起来，一言不发。罗翰不明所以地望着她，过了半晌，忽然委屈起来："小颖，你怎么了？"

袁颖不答，他又过来拥抱，她仍是不动。罗翰说："小颖，你爱我吧？"

袁颖没想到他会问这么上纲上线的问题，她想她是爱的，只是今天太累了。今夜，只是今夜，就不能让她一个人待着？

她点点头，让气氛缓和了些。

"那你为什么拒绝我？今天是大喜的日子。"

她找不到合适的理由，隐隐地感到自己被某种规则或者道德绑架了，这桎梏远比罗翰的怀抱勒得更紧。她不能说不爱他，这是新婚之夜，前头还有漫漫的日子要过，然而她既爱他，为什么要拒绝呢？这不是提问，这是指责。

　　她想不明白，二十九岁的袁颖并不比十七岁的崔凌更明白些。有一刻，她放弃了抵抗，开始否认自己的感受，那是不应该的，她告诉自己，拒绝罗翰，拒绝新婚的丈夫，是不应该的——只要从心理上说服自己，她就不必被强奸。最后，她认命地合上双眼，任由自己陷入罗翰的怀抱，像失足跌进一片深不见底的海，缓慢而持续地向下沉没。她下意识地挣扎，想要浮上水面，而罗翰的影子再度沉重地压下，一边低头吻她，一边用力按住她的双臂。

后

记

从《新婚之夜》出版到现在，关于小说和写作的看法有很多变化，有对自己的肯定和否定，也有对未来的想象和期待。重读这些作品有隔世之感，有些时刻再也不会回来，然而总有新的时刻在远处或不远处等待。文学是孤独的事，即便面对写作本身，作者也常常是被动的、茫然的，只有一个字一个字写下去才能在黑暗中开出一条路来。对我来说，写作既是劳动的过程，也是成果本身，我永远享受那些迟疑、困惑、踌躇以及片刻的柳暗花明。

希望读到的朋友也享受到小说的乐趣。

感谢出版方中信春潮，感谢为这本书的再版而工作的编辑老师们。

辽京

2025 年 1 月 16 日